本书系信阳师范学院精品资源共享课程项目资助成果

新时代文学理论教程

主　编　吕东亮

副主编　杨文臣　王委艳　陈春敏

　　　　王　丹　王海涛

WUHAN UNIVERSITY PRESS
武汉大学出版社

图书在版编目(CIP)数据

新时代文学理论教程/吕东亮主编. —武汉:武汉大学出版社,2022.9
ISBN 978-7-307-22485-8

Ⅰ.新… Ⅱ.吕… Ⅲ.文学理论—教材 Ⅳ.I0

中国版本图书馆 CIP 数据核字(2021)第 147615 号

责任编辑:李 琼 责任校对:李孟潇 版式设计:马 佳

出版发行:**武汉大学出版社** (430072 武昌 珞珈山)
(电子邮箱:cbs22@ whu.edu.cn 网址:www.wdp.com.cn)
印刷:武汉中科兴业印务有限公司
开本:720×1000 1/16 印张:11.25 字数:224 千字 插页:1
版次:2022 年 9 月第 1 版 2022 年 9 月第 1 次印刷
ISBN 978-7-307-22485-8 定价:38.00 元

《新时代文学理论教程》序

吴圣刚

新时代文学理论建设走过 70 余年历程。70 余年的历史轨迹，从苏联模板，到西方魅影，再到渐悟回归本土，理论之路在拓展中不断翻修。但社会主义中国文学理论探索的目标是，建设马克思主义文学理论。在这一方向下，马克思主义经典作家文论著作是中国文学理论建设的立论前提；中国优秀传统文化和古代文论，是建设中国特色文学理论的深厚基础；毛泽东《在延安文艺座谈会上的讲话》，是中国共产党为中国特色文论贡献的最重要的思想和理论资源。《在延安文艺座谈会上的讲话》阐明了文艺的立场，即从什么角度、以谁的身份说话，维护谁的利益和为谁服务的问题，指出人类的社会生活是文学艺术的唯一源泉，强调"文艺批评有两个标准，一个是政治标准，一个是艺术标准"①，提出文艺的目标是创造为老百姓喜闻乐见的"中国作风中国气派"等论断，成为社会主义文艺实践和文学理论建设遵循的基本规律。

2014 年 10 月，习近平发表的《在文艺工作座谈会上的讲话》是对毛泽东《在延安文艺座谈会上的讲话》的继承和发展。习近平在《在文艺工作座谈会上的讲话》中继承中国优秀文化传统，总结社会主义文艺的经验，把握新时代的脉搏，体现出鲜明的时代特征和精神品格，为当代中国的文艺发展和特色文论建设明确了思想维度和理论方向。

第一，坚定文化自信，文艺才能拥有强健的品格。文艺的力量来源于文化的厚重和深邃，更来源于文化强大的精神魂魄。习近平指出："文化是一个国家、一个民族的灵魂。"② 中华民族五千年文明史积淀了丰富深厚的文化资源，形成了绵延

---

① 毛泽东：《在延安文艺座谈会上的讲话》，《毛泽东著作选读》，人民出版社 1986 年版，第 546 页。

② 习近平：《要有高度的文化自信》，《习近平谈治国理政》（第二卷），外文出版社 2017 年版，第 349 页。

不绝的优秀传统；中国共产党在领导人民近百年的革命和建设中，创造了昂扬的革命文化和先进文化，这是新时代社会主义文化繁荣发展的基础，更是文艺创新、超越的动力。文艺创作要坚定道路自信、理论自信、制度自信、文化自信，树立坚定的理想信念，打造坚如磐石的民族之魂，体现文艺强大的精神力量。"文化自信，是更基础、更广泛、更深厚的自信，是更基本、更深沉、更持久的力量。"① 习近平强调："没有文化自信，不可能写出有骨气、有个性、有神采的作品。"② 文艺要涵纳民族优秀文化，弘扬革命文化和先进文化，激扬时代风采，为中华民族伟大复兴积蓄精神能量。

第二，社会主义文艺是人民的文艺。文艺也是人民的一种必要需求。习近平要求，永远把人民对美好生活的向往作为奋斗目标，创作生产什么样的文艺产品，提供什么样的文艺消费，对人民群众的精神成长关系重大。"社会主义文艺，从本质上讲，就是人民的文艺。"③ 强调了文艺的人民性。首先，人民需要文艺，"人民对精神文化生活的需求时时刻刻都存在"。"随着人民生活水平不断提高，人民对包括文艺作品在内的文化产品的质量、品位、风格等的要求也更高了。"④ 其次，文艺需要人民，人民的文艺必然是反映人民群众生活内容的文艺，一定能够让人民在文艺中看到自己的身影、思想、情感、喜怒哀乐，认识到生活的价值和意义，树立起奋斗的目标和信念。习近平强调，"人民生活中本来就存在着文学艺术原料的矿藏，人民生活是一切文学艺术取之不尽、用之不竭的创作源泉"⑤。再次，文艺要热爱人民，文艺是一种有温度、有热度，又非常有柔性的精神营养品，它之所以能够抚慰人的心灵，就在于它饱含的大众情怀、人文关怀，其中最核心的元素就是爱。习近平强调，"要用有筋骨、有道德、有温度的作品，鼓舞人们在黑暗面前不气馁、在困难面前不低头，用理性之光、正义之光、善良之光照亮生活"⑥。

第三，中国精神是社会主义文艺的灵魂。作为民族文化重要构成和载体的文

① 习近平：《要有高度的文化自信》，《习近平谈治国理政》（第二卷），外文出版社 2017年版，第349页。

② 习近平：《要有高度的文化自信》，《习近平谈治国理政》（第二卷），外文出版社 2017年版，第349页。

③ 习近平：《在文艺工作座谈会上的讲话》，《习近平总书记重要讲话文章选编》，中央文献出版社、党建读物出版社 2016年版，第191页。

④ 习近平：《在文艺工作座谈会上的讲话》，《习近平总书记重要讲话文章选编》，中央文献出版社、党建读物出版社 2016年版，第192页。

⑤ 习近平：《在文艺工作座谈会上的讲话》，《习近平总书记重要讲话文章选编》，中央文献出版社、党建读物出版社 2016年版，第193页。

⑥ 习近平：《在中国文联十大、中国作协九大开幕式上的讲话》，《人民日报》2016年11月30日。

艺,最高归旨就是深深植入民族文化的精神,让民族文化的精髓在文艺中熠熠生辉。文化精神简单地说就是民族精神,是中华民族长期形成的最闪光的道德情操、精神品质、核心价值。习近平强调,"中国精神是社会主义文艺的灵魂"。"文艺是铸造灵魂的工程,文艺工作者是灵魂的工程师。好的文艺作品就应该像蓝天上的阳光、春季里的清风一样,能够启迪思想、温润心灵、陶冶人生,能够扫清颓废萎靡之风。'凡作传世之文者,必先有可以传世之心。'"① 文艺体现中国精神,首先要有深厚的爱国主义思想内涵。"在社会主义核心价值观中,最深层、最根本、最永恒的是爱国主义。爱国主义是常写常新的主题。"② 文艺体现中国精神,要积极表现中华民族崇高的道德追求和道德情操,彰显真善美的审美精神。"追求真善美是文艺的永恒价值。"③

第四,文艺评价的标准是思想性和艺术性的统一。文艺评价的标准,既是对文艺整体发展状况的评价依据,也是对具体作品好坏优劣评价的标尺。以什么样的标准衡量一部作品,衡量文艺发展的业绩,体现着文艺的核心价值观。习近平指出:"我们必须把创作生产优秀作品作为文艺工作的中心环节,努力创作生产更多传播当代中国价值观念、体现中华文化精神、反映中国人审美追求,思想性、艺术性、观赏性有机统一的优秀作品,形成'龙文百斛鼎,笔力可独扛'之势。"④ 思想性是文艺的生命线,是文艺的灵魂。没有思想内涵的作品,必定是贫乏的作品,不可能产生久远的影响力。因此,文艺必须传播当代中国价值观念、体现中华文化精神、反映中国人审美追求,具有丰富的思想内涵和巨大的思想魅力。艺术性不是一种独立的存在,它存在于具体的作品之中,客观地与文艺的内容、思想联系在一起。无论是组织方式、结构方式还是展示方式,都不是简单的形式上的组合,与内容的构成、分配、话语的表达、思想的体现等浑然一体,凝聚着艺术家的创作智慧。

第五,文艺批评的作用是褒优贬劣、激浊扬清。文艺批评是文艺发展的重要动力。文艺批评一定要切合批评对象的实际,把握好文艺的文化语境和时代语境。习近平指出:"文艺批评就是要褒优贬劣、激浊扬清,像鲁迅所说的那样,批评家要

① 习近平:《在文艺工作座谈会上的讲话》,《习近平总书记重要讲话文章选编》,中央文献出版社、党建读物出版社 2016 年版,第 199 页。

② 习近平:《在文艺工作座谈会上的讲话》,《习近平总书记重要讲话文章选编》,中央文献出版社、党建读物出版社 2016 年版,第 199 页。

③ 习近平:《在文艺工作座谈会上的讲话》,《习近平总书记重要讲话文章选编》,中央文献出版社、党建读物出版社 2016 年版,第 200 页。

④ 习近平:《在文艺工作座谈会上的讲话》,《习近平总书记重要讲话文章选编》,中央文献出版社、党建读物出版社 2016 年版,第 186 页。

做'剜烂苹果'的工作，'把烂的剜掉，把好的留下来吃。'"① 因此，文艺批评就需要有高度的责任感，"铁肩担道义，妙手著文章"。其一，关注具体作品和文本，客观评价作品，直指创作得失，把优秀作品及时推介出来，把劣质作品扫入历史的垃圾箱。其二，切中文艺现实，不回避矛盾和问题，弘扬正气，鞭挞邪气，承担起创造优良文艺创作环境的责任。文艺批评的关键点是批评，批评的对象是文艺作品和文艺现象，矛头针对的是文艺中的问题和不足。文艺批评不能丢掉批评的武器，一定要坚持批评的原则和艺术标准，客观公正地介入文艺实践开展批评，为文艺的健康发展发挥积极作用。

第六，社会主义文艺要坚持党性与人民性、政治立场与创作自由统一。党与文艺的关系问题是社会主义文艺的重要问题。习近平强调："党的领导是社会主义文艺发展的根本保证。党的根本宗旨是全心全意为人民服务，文艺的根本宗旨也是为人民创作。把握了这个立足点，党和文艺的关系就能得到正确处理，就能准确把握党性和人民性的关系、政治立场和创作自由的关系。"② 首先，党的领导是社会主义文艺发展的根本保证。党是社会主义事业的领导核心，党领导制定的国家法律法规和文艺政策是文艺发展的基本保障。党根据国家大局和文艺实际，对文艺工作统筹规划，共同推进，与其他事业协调发展，是文艺事业繁荣的制度支撑。其次，党的根本宗旨与文艺创作的追求存在最终的一致性，即为人民服务。这说明，社会主义文艺的最终和最高追求，完全能够贯彻和体现党的路线、方针、政策和基本意图。再次，党与文艺的关系，具体体现为党性和人民性的关系、政治立场和创作自由的关系。党的文艺，即人民的文艺；换句话说，文艺体现了党的意图，从根本上也就体现了人民的愿望。

文学理论教材建设，是中国特色文论建设的重要内容，它既是理论体系化的成果化体现，更是文学理论教育、传承的基本依据。中华人民共和国成立之后，文学理论教材也经历了遵从苏联体系到接受西方观点，再到试图自主构建体系和话语的过程。新时期以来，先后出现过多个版本的文学理论教材，如以群的《文学的基本原理》、蔡仪的《文学概论》，比较突出意识形态，20世纪80年代在高校中文专业使用。90年代，童庆炳主编的《文学理论教程》出版，开始在全国大多数高校中文专业使用。这本教材被称为"换代"产品，核心话语转变为"文学是显现在话语蕴藉中的审美意识形态"。21世纪后，南帆的《文学理论（新读本）》、陶东风的《文学理论基本问题》相继出版，被学界称为具有反本质主义倾向的教材，

---

① 习近平：《在文艺工作座谈会上的讲话》，《习近平总书记重要讲话文章选编》，中央文献出版社、党建读物出版社2016年版，第204页。

② 习近平：《在文艺工作座谈会上的讲话》，《习近平总书记重要讲话文章选编》，中央文献出版社、党建读物出版社2016年版，第203页。

但关于文学理论的新建构，教材文本并没有形成具有中国历史和现实特色的理论体系。稍后，王一川的《文学理论》（修订版），尝试基于中国经验和个人探索的文学理论体系，但体系建构的民族根基仍嫌不够厚实。

与此同时，马克思主义理论研究与建设工程启动，马克思主义文学理论建设是"马工程"重要组成部分，主管部门邀约学界实力专家合力而为，形成马克思主义理论研究与建设工程重点教材《文学理论》。教材在阐明文学理论学科对象、性质、方法后，以"文学性质论、文学价值论、文学创作论、文学作品论、文学接受论、文学批评论和文学发展论"为主要框架，构成体系。这本教材"在马克思主义指导下，吸收世界上一切具有学理性的资源，积极探索、思考和总结文学活动实践中出现的新现象、新问题，给出具有创造性的深刻回答，努力形成具有中国特色、中国风格、中国气派的文学理论"①，它是中国特色文学理论建设的代表性成果，在全国高校中文专业推行使用。

作为文学理论建设成果的教材，自然要运用到文学教学中去。教材之于教学，除了理论体系、观点创新等因素，理论、知识的呈现方式也很重要，这就需要加强文学理论教学研究，根据教学实际，特别是施教对象的实际精心设计。信阳师范学院文艺学科数十年如一日，坚持根据文学理论体系、内容、观点和教材面目的变化，深化文学理论教学研究。特别是近几年，结合马克思主义理论教材建设的最新成果，戮力推进文学理论教学改革，围绕着立德树人和培养高素质文学人才的目标，在参照多种版本教材的基础上，着力改进教学内容、方式方法，形成了切合教学实际、有自身特色的文学理论教学蓝本，经过学科群体集中研讨、修正、完善，具备了教材的体系和面貌，遂拟订整理出版，一则固化这一文学理论教学改革的成果，二则重返教学实践，进一步深化文学理论教学改革，并期望对业界同行有所启发。

这本教材产生于教学，特点是突出实践性。但有所长则可能有所短，在理论性、体系性等方面的局限在所难免，敬请读者批评指正。

---

① 本书编写组：《文学理论》，高等教育出版社、人民出版社 2009 年版，第 7 页。

目　　录

第一章　马克思主义文学理论的创立与发展

马克思主义文学理论是马克思主义的重要组成部分，是马克思主义阐释文学的性质与特点的学说。马克思主义文学理论的权威性在于其理论学说本身的功能。它以历史唯物主义与辩证唯物主义的世界观和方法论为理论基石，批判地吸收和继承了以往哲学、美学和文学理论的优秀遗产，科学地概括和总结了不同时代文学实践的经验和教训，并随着社会历史和文学实践的发展而与时俱进。作为一门具有远大生命力的科学学说，马克思主义文学理论有着世界性的影响。在中国，马克思主义的世界观、方法论，是建设具有中国特色和时代精神的社会主义文论体系的指导思想。对于马克思主义文学理论，我们既要坚持那些来源于实践且为长期实践所检验的基本原理、原则，又要与时俱进地在中国文学活动的实践中对之进行丰富和发展，不断研究并解答新的历史条件、时代语境所提出的各种文艺问题。

第一节　马克思恩格斯与马克思主义文学理论的创立

从根本意义上来说，马克思主义文学理论是马克思本人与恩格斯所建立的理论学说。在马克思主义文学理论产生之前，虽然人类社会已形成了不同的文学理论传统以及各式各样的文学理论，这些理论与传统对于人类文学思想和文学创造活动的发展变化也曾起到相当重要的功用，但是，由于历史的局限性，以往的文学理论并没有摆脱历史唯心论的主客观束缚。只有在马克思主义的唯物史观诞生后，才真正有了建立在科学的世界观和方法论基础上的文学理论，这些文学理论使对文学艺术的分析和研究实现了与以往不同的历史性变革。就此而言，马克思、恩格斯所创立的马克思主义文学理论有着划时代的贡献。

作为一个历史性范畴，马克思主义文学理论是一定历史条件下的实践产物，具体针对的问题很多，涉及的论点、内容也十分丰富。不过，恰如恩格斯所指出的，"马克思的整个世界观不是教义，而是方法。它提供的不是现成的教条，而是进一步研究的出发点和供这种研究使用的方法"①。就此来讲，它主要涵括以下五个方面的基本原理：

一、关于文学作为艺术生产

马克思是在"艺术生产"的意义上阐释文学艺术的性质与特点的。在马克思看来，作为人类生产实践的社会形式之一，艺术生产和物质生产一样，最初是建立在人与自然界的实用关系之上、为了满足人的生活所需而进行的。因此，作为艺术生产，文学艺术起源于劳动，同时也是作为人得以生存、发展的生活资料来被消费的，它不可避免地受制于生产活动的一般规律。

不过，文学艺术生产也具有其作为特殊生产的自有属性，它既不可能脱离具体的社会历史状况，其发展与物质生产之间也存在着总体平衡而微观不平衡的辩证统一关系。在人类社会发展的不同阶段，艺术生产及其成果的属性相应地呈现出不同的状况。在《政治经济学批判（1857—1858 年手稿）导言》中，马克思明确说道："就某些艺术形式，例如史诗来说，甚至谁都承认：当艺术生产一旦作为艺术生产出现，它们就再不能以那种在世界史上划时代的、古典的形式创造出来。"②也就是说，随着社会分工即物质生产与精神生产的分离，艺术生产虽然仍是总体性生产的要素之一，但此时，它自有其相对于物质生产的特殊性。这种特殊的精神性表现在艺术生产的过程中，"人不仅通过思维，而且以全部感觉在对象世界中肯定自己"③。

换言之，作为以满足人的精神生活为己任的特殊生产方式之一，它一方面使得人通过对象化与世界形成一种"直观、展现自身"的新型审美关系，由此使人获得与物质享受截然不同的认知快感与精神愉悦。另一方面，艺术生产的过程及产物则成为显现人的感性存在与本质力量的对象与确认，构成了人类的审美活动与精神世界。

在马克思看来，虽然在人类社会发展的不同时期，诗人也需要通过写作获得收入来维持物质生活，但绝不是把创作当成财富积累的手段。而在资本主义经济机制中，当艺术家变成雇佣工人、沦为物化的非人商品、把自己的精神生产同资本交换、直接为其创造剩余价值时，文艺活动就成为一种以谋生的生理需要为中心的手段。作为异化劳动，它的"对象化表现为对象的丧失和被对象奴役"④。而成为商品资本的艺术品则"作为一种异己的存在物，作为不依赖于生产者的力量，同劳

---

① 《马克思恩格斯选集》第 4 卷，人民出版社 2012 年版，第 664 页。
② 《马克思恩格斯选集》第 2 卷，人民出版社 2012 年版，第 710 页。
③ 《马克思恩格斯文集》第 1 卷，人民出版社 2009 年版，第 191 页。
④ 《马克思恩格斯选集》第 1 卷，人民出版社 2012 年版，第 51 页。

动相对立"①。显而易见，这种"生产劳动"不仅异化艺术生产的精神性，而且扭曲了人的感觉、感性，剥夺了其自由自觉的本性，从而导致了艺术的商品性与精神性、物质生产与精神生产间的矛盾冲突，以及人与自然、人与社会、人与他者以及自我等方面的审美关系的全面异化。

显而易见，艺术生产在马克思那里是在抽象的一般生产、自由的精神生产与异化劳动三重内涵的复杂张力中被界定的，兼具了商品性与精神性二重性质。艺术生产之所以能具有商品性，源自"商品首先是一个外界的对象，一个靠自己的属性来满足人的某种需要的物"②。艺术生产的精神性则包含辩证统一的两个方面：审美性，即无（实用）目的、无功利的精神感受、身体感觉方面，以及合目的性与合规律性的理性—智慧需求层面。

二、关于文学与现实的关系

作为一种艺术生产的形式，文学是通过语言这一媒介，以艺术的方式来掌握世界。在马克思看来，"语言和意识具有同样长久的历史；语言是一种实践的、既为别人存在因而也为我自身而存在的、现实的意识。……意识一开始就是社会的产物，而且只要人们存在着，它就仍然是这种产物"③。按照马克思的表述，作为一种审美的社会意识形态，文学艺术首先是一种涉及每个个体的人的"意识"，而这个"意识"是社会性与历史性的，源于通过语言交往来进行的生活实践，并受到社会存在的制约。而在这种实践中，如同人的整个感官一样，语言亦是人本质力量的显现方式。

因此，从根本上来说，人与世界之间的审美关系是通过劳动实践建立起来的。这种生产的过程及其结果，让"人不仅通过思维，而且以全部感觉在对象世界中肯定自己"④。这一界定说明了文学艺术的广义、狭义内涵。从广义来看，它不仅是也应当是一种自由创造出文艺作品，从而满足人的审美需要的精神生产方式；从狭义来讲，它是指前者在特定历史时期中的具体显存，即资本主义条件下直接同资本进行交换的生产活动。

三、关于文学的价值功能

作为人类本质力量的外显，恰如马克思所指出的那样，"意识［daßBewuBtsein］在任何时候都只能是被意识到了的存在［das bewuBteSein］，而人们的存在就是他

---

① 《马克思恩格斯选集》第1卷，人民出版社2012年版，第51页。
② 《马克思恩格斯全集》第43卷，人民出版社2016年版，第23页。
③ 《马克思恩格斯选集》第1卷，人民出版社2012年版，第161页。
④ 《马克思恩格斯文集》第1卷，人民出版社2009年版，第191页。

们的现实生活过程"①。作为一种特殊形式的审美意识形态,文学和生活之间其实还存在着价值关系的"内在尺度",主体正是在这种关系过程中鉴别自身的实际生活以及存在于自身之外的社会生活,进而以其营构的艺术世界来确证和实现人的感性存在和感性活动。在这个意义上,文学其实是一种价值形态而不是反映形态的社会意识形态,它的性质及其地位和作用决定于一定的社会存在和社会结构。换言之,文学虽然关注作为写作客体的社会生活,却不是以认识客体本身或确切指谓和描述生活为根本目的,其最终目的是为了探讨它的社会意义、确定生活对象对于人的需要而言究竟意味着什么。

在这个意义上,文学艺术不仅是对现实的直观反映和摹写,即使它在文学书写上具有如实描摹生活的特点,它的价值和意义也还显现在作家以"命运共同体"的想象形式介入现实生活的积极策略、文化倾向和融入情感和理想的正面姿态。也就是说,文学艺术的现实意义和独特的审美价值不仅仅是如同史学话语那样去衡量——深入观察现实、记载事实并揭示出生活在实际上是怎么样的,而更在于改变人们理解世界的方式的同时,在价值关系的基础上对社会人生进行反思、批判与超越,以新的感觉、新的方式告诉我们美好的生活应该是什么以及如何实现。

四、关于文学与人的关系

在马克思主义的视域里,文学艺术首先是人的一种生活/生产活动。人的实践活动不仅创造了文学艺术的主体,同时也创造了文学艺术的客体。因而,高度关注人的感觉、人的本性及其具体存在,思索如何真正实现人的全面解放与社会历史进步,始终是马克思和恩格斯文艺思想演进的逻辑原点。人的现实生存、生活活动及其社会性基础,始终是马克思思考文学问题的基本立足点。

马克思曾明确指出,从生产本意上来讲,作为一种人在社会现实中进行的对象化实践,作为人区别于被动生物体的"类特性"的集中体现,文学艺术与科学、宗教、道德伦理等一样,是以人自身与外在自然的"类存在物"② 为改造对象的、自由自觉的能动活动,是产生物种生命的生活活动,更是一种创造生产/生活资料以满足自身需要的生产劳动。在马克思看来,在与自然、社会的遇合过程中,人能通过全部感觉来直观自身本质力量的对象化,由此获得不同于物质享受的精神快慰与感性愉悦。这即是马克思意义上的审美蕴含。因而,文学艺术问题既可以纳入总体劳动范畴作一般性考察,也能从人类实践的两方面来分析。

---

① 《马克思恩格斯文集》第 1 卷,人民出版社 2009 年版,第 525 页。
② 《马克思恩格斯文集》第 1 卷,人民出版社 2009 年版,第 163 页。

五、关于文学的创作与批评

从生产实践的层面，马克思在批判继承德国理论家莱辛讨论拉奥孔形象时使用的"美的规律"的说法，创造性地提出了"美的规律"的理论命题。从人的感性存在和实践、感性活动来理解人类的艺术和审美。他说道："动物只是按照它所属的那个种的尺度和需要来构造，而人却懂得按照任何一个种的尺度来进行生产，并且懂得处处都把固有的尺度运用于对象；因此，人也按照美的规律来构造。"① 换言之，所谓"美的规律"是指人在对象化的活动中，把植根于自身的审美经验、审美感觉、趣味与理想等物化为对象的规律，同时也是在这一过程中按照比例、和谐、匀称等造型法则改造对象使之艺术化、审美化的规律。准确认识和理解这一规律及其基本要求，对于文学艺术的创作和批评具有重要的指导意义。

在特定的时代，马克思恩格斯根据唯物史观和当时的文学实践现状，将"美的"规律思想予以具体化，总结并提出了具体的文学创作原则，即现实主义文学的创作原则。这就恰如恩格斯所指出的："据我看来，现实主义的意思是，除细节的真实外，还要真实地再现典型环境中的典型人物。"② 显然，这一原则既是对现实主义发展到巅峰的创作经验的概括与总结，同时又成为对现实主义文学创作的要求。它要求在具体的文学创作尤其是叙事文学的创作中，作家既要真实地描写现实而具体的复杂社会关系，亦须在反映时代发展的典型环境中塑造出"恰如其分"的典型人物，从而表现真实的人性和人性的真实。

在文学批评的标准问题上，首先提出马克思主义的批评原则的是恩格斯。恩格斯在批判以卡尔·格律恩为代表的一些人在论述歌德时提出的、脱离具体历史与现实的"人的观点"的基础上，初步阐释了"美学和历史的观点"这样一个文学批评的根本准则。随后，在他和马克思同费迪南·拉萨尔就剧本《济金根》展开论战时，进一步明确指出："您看，我是从美学观点和史学观点，以非常高的亦即最高的标准来衡量您的作品的，而且我必须这样做才能提出一些反对意见。"③作为贯穿马克思、恩格斯文艺批评始终的原则典范，美学的观点和历史的观点相互联系、相辅相成、不可分割。

第二节　列宁对马克思主义文学理论的丰富与发展

在帝国主义的新语境中，列宁把马克思主义发展到一个新阶段，创立了列宁主

---

① 《马克思恩格斯文集》第 1 卷，人民出版社 2009 年版，第 163 页。
② 《马克思恩格斯选集》第 4 卷，人民出版社 2012 年版，第 590 页。
③ 《马克思恩格斯选集》第 4 卷，人民出版社 2012 年版，第 443 页。

义。列宁主义是无产阶级革命和社会主义时期马克思主义新的、创造性的发展。就文学理论领域而言，列宁全面地继承了马克思主义的基本原理，将它同俄国文学的传统与时代实际紧密结合，在民族文化的批判继承、文学艺术的党性等一系列重要的文艺问题上，丰富和发展了马克思主义文学理论。在 20 世纪，列宁的文学理论推动了马克思主义文学理论在世界范围内的进一步传播，也对中国马克思主义文学理论的萌发和演化产生了相当重要的影响。

一、"两种民族文化"与文化遗产的批判继承

要建设和发展社会主义新文化、新文学，必然面临如何对待民族文化遗产的问题。针对当时"无产阶级文化派"全盘否定民族文化遗产、文艺遗产的历史虚无主义，以及民粹派等在"愿意继承遗产""民族文化"的口号掩饰下，给"遗产"添加错误东西的历史唯心主义，列宁运用唯物史观和辩证唯物主义，创造性地提出了"两种民族文化"的理论观点。他指出，任何一种民族文化中，都有两种民族文化，一种是体现资产阶级等反动阶级利益和愿望的腐朽、反动文化，另一种是代表劳动群众、工人阶级的、具有民主主义和社会主义因素和成分的先进文化。

在他看来，要在无产阶级的革命实践中，"重新加以探讨，加以批判，从而得出了那些被资产阶级狭隘性所限制或被资产阶级偏见束缚住的人所不能得出的结论"①。换言之，列宁认为对待民族文化遗产不是简单地继承或否定，而是以批判的态度去分析和鉴别过去的两种不同遗产，取其精华，去其糟粕。具体来说，一方面要批判地继承历史上一切优秀、进步的民族文化遗产，另一方面要扬弃历史上一切反动腐朽的民族文化。进而，"根据马克思主义世界观和无产阶级在其专政时代的生活与斗争的条件的观点，发扬现有文化的优秀典范、传统和成果"②，建设社会主义新文化、新文学。

二、"党性"原则与文学发展的方向

"党性"是对于文学艺术发展的一个要求和衡量尺度。在马克思主义创立之后，马克思、恩格斯曾明确提出了文学艺术的共产主义党性问题。列宁在《党的组织和党的出版物》中对之进行了集中阐述和系统论证。在他看来，文学事业不是与整个无产阶级事业无关的，而是这一伟大事业不可缺少的一个有机组成部分。因此，它应当接受无产阶级政党的领导。当然，坚持党对文学事业的领导，并不意味着对文学艺术特殊性的否定，也不是以简单的行政方式横加干涉，反而是与尊重文学艺术、文学事业的规律和特点辩证结合的。

---

① 《列宁选集》第 4 卷，人民出版社 2012 年版，第 284～285 页。
② 《列宁全集》第 39 卷，人民出版社 2017 年版，第 376 页。

　　与此同时，列宁还认为，社会主义文学事业"不是为饱食终日的贵妇人服务，不是为百无聊赖、胖得发愁的'一万个上层分子'服务，而是为千千万万劳动人民，为这些国家的精华、国家的力量、国家的未来服务"①的。这一文艺思想，不仅指出真正自由的文学创作不是为了私利贪欲或名誉地位，更不是超阶级、超历史的，而是出于"社会主义思想和对劳动人民的同情"，是同"无产阶级相联系的写作"②，是为"千千万万劳动人民"服务的。同时，更为重要的是，它也为社会主义文学的发展指明了方向。

三、深入新生活与文学创作

　　社会主义革命取得胜利后，在建设社会主义新文学的过程中，作家应当如何看待社会主义的新生活、新经验，在文艺实践中又要怎样写，这是马克思、恩格斯所未能遭遇的新问题。对于这一问题，列宁指出，在创作文艺作品时，"必须深深地扎根于广大劳动群众中间。它必须为群众所了解和爱好。它必须从群众的感情、思想和愿望方面把他们团结起来并使他们得到提高。它必须唤醒群众中的艺术家并使之发展"③。换言之，在他看来，只有主动深入广大人民群众的生活中去观察、体验，作家才能扩大创作视野并创作出为人民群众喜闻乐见的艺术珍品，塑造出生动感人的、富有生活气息的艺术典型，从而推动社会的发展。

第三节　马克思主义文学理论在中国的特色发展

　　十月革命后，特别是五四新文化运动以后，随着马克思主义文学理论在中国的自觉传播，马克思主义的理论思想与中国文艺的具体实践逐步结合。陈独秀、李大钊、恽代英、鲁迅、沈雁冰、瞿秋白、周扬、冯雪峰等人，都曾为此作出了重大贡献。这不仅开启了马克思主义文学理论中国形态化的历史进程，而且使马克思主义文学理论在中国得到持续地充实、丰富和发展，并展现出同其他国家马克思主义文学理论不同的特点。

　　在其中，毛泽东思想和中国特色社会主义思想体系中所蕴含的文艺思想，是马克思主义文学理论与中国文艺实际相结合所产生的光辉典范，是马克思主义文学理论中国化的形态体现和集中代表。立足中国，面向新的历史现实与时代语境，关注、回应和解答中国社会以及文学创作与理论批评所面临的现实任务和重大问题，不断引领、推动中国社会以及文学事业的发展，是马克思主义文学理论中国化形态

---

① 《列宁选集》第 3 卷，人民出版社 1995 年版，第 666 页。
② 《列宁选集》第 1 卷，人民出版社 2012 年版，第 666 页。
③ 《列宁论文学与艺术》，人民文学出版社 1983 年版，第 435 页。

特有的实践品格与根本特点。

一、毛泽东文艺思想的基本内涵

毛泽东文艺思想是毛泽东思想的有机构成部分，是以毛泽东为核心的中国共产党人在新民主主义革命、社会主义革命和建设初期，将马克思主义基本原理与中国文艺实际相结合所形成的重要理论成果。它既是马克思主义文学理论在中国的发展与深化，又是对"五四"以来中国革命文艺基本历史经验、社会主义新文学实践的科学总结，对我们现代文学艺术的发展产生了深远影响，科学地解决了其发展中存在的一系列重要现实与理论问题。毛泽东文艺思想主要体现在《新民主主义论》《在延安文艺座谈会上的讲话》《关于正确处理人民内部矛盾的问题》《在中国共产党全国宣传工作会议上的讲话》《同音乐工作者的谈话》（1956 年 8 月 24 日）等重要著述之中，其思想内涵主要包括以下几个方面：

（一）在文艺与人民群众的关系上，从根本上确立了文艺为人民群众服务的基本原则以及发展方向

毛泽东关于文艺与人民群众关系的论述是毛泽东文艺思想的根本和灵魂，其他问题始终是围绕着这一首要的和中心的问题展开的。毛泽东开宗明义地说道："什么是我们的问题的中心呢？我以为，我们的问题基本上是一个为群众的问题和一个如何为群众的问题。"① 在毛泽东看来，文艺与人民群众的关系问题首先是一个"为什么人的问题"，它"是一个根本的问题，原则的问题"②。虽然它是马克思、恩格斯，特别是列宁的学说中一贯重视且业已解决的问题。但是，由于主客观条件的限制，这一问题并未在当时中国的革命文艺实践中得到彻底解决。出于此，在《在延安文艺座谈会上的讲话》这篇马克思主义文学理论的经典文献中，他进一步发展了列宁提出的文艺"为千千万万劳动人民服务"的思想，结合中国实际提出文学艺术要为最广大的人民群众，首先是为工农兵服务。③ 这不仅科学回答并真正解决了革命文艺的描写对象和服务对象问题，而且为革命文艺运动、社会主义新文学的发展确立了发展方向。

对于如何做到以及以何种态度与形式做到这一点？毛泽东明确指出，文艺与人民群众相结合，这是解决文艺与人民群众关系的关键。首先，文艺工作者本身的立场、世界观要转移到无产阶级这一立足点上来，文艺工作者的思想情感要和工农兵

---

① 《毛泽东选集》第 3 卷，人民出版社 1991 年版，第 853 页。

② 《毛泽东选集》第 3 卷，人民出版社 1991 年版，第 857 页。

③ 《毛泽东选集》第 3 卷，人民出版社 1991 年版，第 855 页。

群众的思想情感打成一片，真正表现"新的人物，新的世界"①。其次，文艺工作者要深入人民群众中去，"了解各种人，熟悉各种人，了解各种事情，熟悉各种事情"。同时，这种深入实际要与学习马列理论、与"研究社会上的各种阶级，研究它们的相互关系和各自状况，研究它们的面貌和它们的心理"② 相结合，从而使为人民服务落到实处。

（二）文艺与生活、社会现实的关系及其功用

文艺与生活，是文艺实践中最基本的问题之一。毛泽东站在辩证唯物主义的认识高度，提出了文学艺术来源于生活而又高于生活的科学论断，对二者间的辩证关系作出了更为明确、深刻与科学的论述。

在毛泽东看来，"作为观念形态的文艺作品，都是一定的社会生活在人类头脑中的反映的产物。革命的文艺，则是人们生活在革命作家头脑中的反映的产物。人民生活中本来存在着文学艺术原料的矿藏，这是自然形态的东西，是粗糙的东西，但也是最生动、最丰富、最基本的东西；在这点上说，它们使一切文学艺术相形见绌，它们是一切文学艺术的取之不尽、用之不竭的唯一的源泉。这是唯一的源泉"③。文学艺术为人民大众服务，必须以人民生活为创作的源泉。而且，它是唯一的源泉。这就恰如毛泽东所指出的："过去的文艺作品不是源而是流，是古人和外国人根据他们彼时彼地所得到的人民生活中的文学艺术原料创造出来的东西。"④ 换言之，取材于过去/古代和外国的作品，其实也间接地取材于彼时彼地的生活。

就此而言，"源"即人民生活，是创造无产阶级文学艺术的物质基础，而"文艺遗产"则构成了"流"，亦即创造无产阶级文学艺术的精神基础。文艺工作者要以源为本，以流为鉴。经由此，达到典型化的"六更"："文艺作品中反映出来的生活却可以而且应该比普通的实际生活更高，更强烈，更有集中性，更典型，更理想，因此就更带普遍性。"⑤ 其中，"更典型"——高度个性化的艺术概括和艺术真实——是精髓，其他以其为前提和基础。离开了"更典型"，生活就进入不了艺术美的领域，也不可能转化为艺术美，更不可能放射出理想的光辉。

---

① 《毛泽东选集》第 3 卷，人民出版社 1991 年版，第 856~857 页。
② 《毛泽东选集》第 3 卷，人民出版社 1991 年版，第 852 页。
③ 《毛泽东选集》第 3 卷，人民出版社 1991 年版，第 860 页。
④ 《毛泽东选集》第 3 卷，人民出版社 1991 年版，第 860 页。
⑤ 《毛泽东选集》第 3 卷，人民出版社 1991 年版，第 861 页。

（三）繁荣社会主义文艺的"双百"方针，创造具有独特民族风格的文艺作品

进入社会主义阶段以后，新生的中华人民共和国在抓好经济建设的同时，如何促进文艺乃至文化建设的发展，成为当时亟待得到解决的重要问题。毛泽东认为，既然作为无产阶级革命事业的一部分，文学艺术就应当为改造国家和社会服务，具有政治性。从这个角度来说，"文艺是从属于政治的，但又反转来给予伟大的影响于政治"①。但是，这并不意味着不顾文艺发展规律，简单地利用行政力量来横加干涉。对此，毛泽东明确提出了"双百"方针，即"百花齐放、百家争鸣"。

毛泽东把它的基本精神概括为两个"自由"，即"艺术上不同的形式和风格可以自由发展，科学上不同的流派可以自由争论"②。同时，他还说道："百花齐放、百家争鸣的方针，是促进艺术发展和科学进步的方针，是促进我国的社会主义文化繁荣的方针。"③把"双百"方针确定为我国在文艺工作中的一项基本方针，是符合广大人民群众多种多样的审美需要的，也是符合艺术生产的规律和特点的。

与此同时，恰如毛泽东所着重强调的，"洋八股必须废止，空洞抽象的调头必须少唱，教条主义必须休息，而代之以新鲜活泼的、为中国老百姓所喜闻乐见的中国作风和中国气派。"④换言之，如何立足实际，正确对待传统文化遗产，创造出中国文学艺术自己的民族形式和民族风格，亦是发展社会主义文艺必须解决的又一迫切问题。对此，毛泽东提出了"推陈出新"⑤的方针。在他看来，"推陈"的目的是为了"出新"，即在批判地继承丰富的中外文艺遗产，特别是优良的民族文艺传统基础上，创造出中国自己的、社会主义的民族新文艺。

二、中国特色社会主义文艺思想

中国特色社会主义文艺思想，是自改革开放以来我国马克思主义文学理论创新发展的集中体现，构成了社会主义文艺思想在新时期、新时代的基本形态。以邓小平、江泽民、胡锦涛和习近平为核心的中国共产党在科学继承和发展毛泽东文艺思想的基础上，与时俱进地根据我国改革开放、社会主义现代化建设和中华民族伟大复兴的历史实际以及时代要求，创造性地回答和论述了新时期、新时代一系列重要

---

① 《毛泽东选集》第 3 卷，人民出版社 1991 年版，第 866 页。
② 《毛泽东文艺论集》，中央文献出版社 2002 年版，第 158 页。
③ 《毛泽东文集》第 7 卷，人民出版社 1999 年版，第 229 页。
④ 《毛泽东选集》第 2 卷，人民出版社 1991 年版，第 534 页。
⑤ 《毛泽东文艺论集》，中央文献出版社 2002 年版，第 135 页。

的文艺理论和文艺实践方面的问题。这一思想体系不仅促进了马克思主义文学理论中国形态化、当代形态化的进程，而且将马克思主义在中国的发展推进到一个新境界，对我国文艺事业的健康发展也有着极为重要的指导意义。

中国特色社会主义文艺思想的科学体系内容非常丰富，涵盖面十分广，而且，还在不断发展。就当下而言，其主要内涵至少体现在以下四个方面：

（一）在我国文学艺术繁荣发展的根本方针方面，将"二为"方向与"双百"方针有机统一，构成指导我国社会主义文艺前进方向和发展道路的根本指针

文学艺术是上层建筑中的社会意识形态，是随着社会生活的演化而发生变化与发展的。如果说"百花齐放，百家争鸣"是强调要尊重文学艺术的规律和作家创作自由，那么这种"尊重"和"自由"绝非是绝对的"为艺术而艺术"，更不是脱离实际、脱离人民群众的，而是相对的、有所限制的，在当今"文艺是不能脱离政治的"[①]。这种限制或"政治"就是邓小平在新时期所提出的"二为"方向，即"文艺为人民服务，为社会主义服务"。这两个方面在根本上是一致的，它构成了对社会主义文艺发展方向和服务对象的基本政治要求和性质定位。

随后，江泽民、胡锦涛结合新的人民实践与历史任务对其进行了充实，又进一步强调了二者的重要性。进入新时代之后，习近平也旗帜鲜明地强调要坚持"双百"方针、"二为"方向相统一。在 2014 年的文艺工作座谈会上，习近平指出："要坚持百花齐放、百家争鸣的方针，发扬学术民主、艺术民主，营造积极健康、宽松和谐的氛围，提倡不同观点和学派充分讨论，提倡体裁、题材、形式、手段充分发展，推动观念、内容、风格、流派切磋互鉴"[②]。但在同时，他还强调道："文艺要反映好人民心声，就要坚持为人民服务、为社会主义服务这个根本方向。这是党对文艺战线提出的一项基本要求，也是决定我国文艺事业前途命运的关键。"[③]

我们可以看到，在这些重要论述的精神中，"二为"方向和"双百"方针是相辅相成、不可分割的。中国特色社会主义文艺思想将二者相结合并有机统一起来，在坚持"二为"的基础上坚持"双百"、尊重文学艺术的特性，不仅将文艺事业提升至与人民利益、国家利益以及民族特色紧密关联的高度，科学有效地推动着中国

---

① 《邓小平文选》，人民出版社 1994 年版，第 256 页。

② 中共中央文献研究室：《十八大以来重要文献选编（中）》，中央文献出版社 2016 年版，第 125 页。

③ 中共中央文献研究室：《十八大以来重要文献选编（中）》，中央文献出版社 2016 年版，第 127 页。

文学艺术的大发展、大繁荣，而且把文学艺术置于当代中国社会主义现代化建设的整个体系中去考察，也在实际上确保了文学艺术的社会主义性质。

（二）在文艺方向上，进一步丰富文艺为人民服务的时代内涵

强调文学艺术与人民的关系，是马克思主义一以贯之的一条基本路线和核心传统之一。中国特色社会主义文艺思想在坚持毛泽东提出的文艺为人民服务的思想基础上，根据新的历史条件和历史任务，进一步丰富了它的时代内涵。

进入新时期，在1979年召开的全国文学艺术工作者第四次大会上，邓小平明确提出："人民需要艺术，艺术需要人民"①。在此鱼水不可分割的紧密关系基础上，他强调，作为精神文明建设的基本要素之一，"我们的社会主义文艺，要通过有血有肉、生动感人的艺术形象，真实地反映丰富的社会生活，反映人们在各种社会关系中的本质，表现时代前进的要求和历史发展的趋势，并且努力用社会主义思想教育人民，给他们以积极进取、奋发图强的精神"②。在文艺与人民的关系问题上，江泽民强调文艺工作者要虚心向广大人民群众学习、以人民创造历史的奋发精神推动文艺的进步，同时"使人民群众不断提高的精神需求得到满足，使弘扬主旋律与提倡多样化完满地统一起来"。在他看来，文艺除了具有审美、娱乐等功用，更要"给人民以信心和向上的力量"③。胡锦涛则基于科学发展观，明确提出文学艺术要坚持以人为本，"坚持以最广大人民为服务对象和表现主体，关心群众疾苦，体察人民愿望，为人民抒情，为人民呼吁"④。

进入新时代，习近平进一步强调了中国文艺的人民立场，不仅指出"社会主义文艺，从本质上讲，就是人民的文艺"⑤，强调"广大文艺工作者要坚持以人民为中心的创作导向"⑥，而且，还在此基础上阐明了文艺工作者怎样真正做到以人民为中心。习近平说道："只有牢固树立马克思主义文艺观，真正做到了以人民为中心，文艺才能发挥最大正能量。以人民为中心，就是要把满足人民精神文化需求作为文艺和文艺工作的出发点和落脚点，把人民作为文艺表现的主体，把人民作为

① 《邓小平文选》第2卷，人民出版社1994年版，第211页。

② 《邓小平文选》第2卷，人民出版社1994年版，第210页。

③ 江泽民：《在中国文联第六次全国代表大会、中国作协第五次全国代表大会上的讲话》，《人民日报》1996年12月17日。

④ 胡锦涛：《在中国文联第八次全国代表大会、中国作协第七次全国代表大会上的讲话》，《人民日报》2006年11月11日。

⑤ 中共中央文献研究室：《十八大以来重要文献选编》，中央文献出版社2016年版，第127页。

⑥ 习近平：《在中国文联十大、中国作协九大开幕式上的讲话》，人民出版社2016年版，第1页。

文艺审美的鉴赏家和评判者，把为人民服务作为文艺工作者的天职。"① 这些重要讲话与论断的精神都体现了对不同时期文艺与人民关系的正确理解和科学把握，是马克思主义关于文艺与人民关系重要命题中国化的代表性成果。

（三）在与古今中外文化的关系上，强调在批判继承的基础上进行文艺创新

在革命文艺和社会主义文艺如何对待古今中外文化的问题上，毛泽东文艺思想中提出了"推陈出新"的原则，对文艺的继承与创新作出了辩证唯物的科学解答。随着社会主义伟大事业的不断深入，这一关系又面临着诸多新的状况和时代特征，中国特色社会主义文艺思想结合阶段性实情以及历史经验作出了新的阐述。

改革开放初期，针对僵化的文艺观念和文艺创作的概念化倾向，邓小平提出"洋为中用、古为今用"② 的方针原则，强调在借鉴和继承的同时，更要注意提高创新能力。他号召文艺工作者端正态度，虚心研究，汲取古今中外优秀文化成果中一切好的、有益的成分以及艺术技巧、写作手法上可取之处，在此基础上用于创新，创造出时代特色与民族风格并存的文学艺术精品，③ 以丰富多彩的题材、主题、形式、风格满足人民群众不断发展的需要。

江泽民从代表中国先进文化的前进方向的历史高度指出，继承传统和发展创新是辩证统一的。"文艺工作者要努力继承和发扬中华民族的优秀文化传统，继承和发扬五四运动以来形成的革命文化传统，积极学习和借鉴世界各国人民创造的一切先进文明成果，坚持古为今用、洋为中用，与时俱进，推陈出新。"④ 从而实现体裁、题材、形式、手段的充分发展，推动观念、内容、风格、流派的积极创新。

胡锦涛进一步说道："古今中外，闻名于世的文艺大师，脍炙人口的传世之作，无一不是善于继承、勇于创新的结果。不朽的文艺经典，往往既渗透着历史积淀的体验和哲理、又蕴含着时代孕育的理想和精神，既延续着传统艺术的特点和优势、又创造着新颖鲜活的内容和形式。"因而，我们要"弘扬民族优秀文化传统，发掘民族和谐文化资源，借鉴人类有益文明成果"⑤，进而建设和谐文化。

在新时代，习近平结合传统优秀文化传承和新时代社会主义文艺的实践特点、

---

① 习近平：《在文艺工作座谈会上的讲话》，人民出版社 2015 年版，第 13~14 页。

② 《邓小平文选》第 2 卷，人民出版社 1994 年版，第 210 页。

③ 《邓小平文选》第 2 卷，人民出版社 1994 年版，第 211~212 页。

④ 《江泽民文选》第 3 卷，人民出版社 2006 年版，第 404 页。

⑤ 胡锦涛：《在中国文联第八次全国代表大会、中国作协第七次全国代表大会上的讲话》，《人民日报》2006 年 11 月 11 日。

鲜明特征与发展规律，强调传承中华民族文化基因、坚定文化自信的重要性，并指出"没有文化自信，不可能写出有骨气、有个性、有神采的作品"①，但同时还指出，繁荣发展的社会主义文艺及其创作"绝不是简单复古，也不是盲目排外，而是古为今用、洋为中用、辩证取舍、推陈出新"②。为此，文艺工作者要把培育和弘扬社会主义核心价值观作为根本任务，实现创造性转换和创新性发展，"创作生产更多传播当代中国价值观念、体现中华文化精神、反映中国人审美追求，思想性、艺术性、观赏性有机统一的优秀作品"③。

（四）在文艺与现实生活的关系上，强调植根现实、扎根人民生活

在文学艺术的源泉问题上，中国特色社会主义文艺思想继承和发展了毛泽东提出的人民生活是文艺取之不尽的唯一源泉的思想。如前所述，既然"社会主义文艺是人民的文艺，必须坚持以人民为中心的创作导向"，那么，也只有深入生活、扎根人民中才能进行"无愧于时代的文艺创造"④，创造出人民群众喜爱的作品。在如何深入并扎根于人民生活的问题上，中国特色社会主义文艺思想除了强调"三贴近"之外，还特别强调了文艺要"深入生活、扎根人民、无愧时代"。

邓小平提出了文艺工作者要认真学习，深入人民的生活之中，提高"认识生活、分析生活、透过现象抓住事物本质的能力"⑤。江泽民进一步阐述："中国社会主义文艺发展和繁荣的最深刻根源，在中国人民的历史创造活动之中。"⑥ 随后，胡锦涛着重强调文艺工作要坚持并贯彻"三贴近"，即坚持贴近实际、贴近生活、贴近群众。在他看来，"一切有成就的文艺家，都注重在时代进步的伟大实践中汲取创作灵感，都注重反映和引导人民创造历史的壮阔活动。只有与时代同步伐，踏准时代前进鼓点，回应时代风云激荡，领会时代精神本质，文艺才能具有蓬勃生命力，才能产生巨大感召力"⑦。由此，才能创作出更多优秀的文艺作品。

作为中国特色社会主义文艺思想的最新成果形态，习近平文艺思想进一步开辟了中国化马克思主义文学理论在文艺与生活关系问题上的当代新境界。习近平结合新的时代"发展怎样的、为谁发展、如何繁荣发展"社会主义文艺等根本性问题，

---

① 习近平：《在中国文联十大、中国作协九大开幕式上的讲话》，人民出版社2016年版，第6页。

② 习近平：《在文艺工作座谈会上的讲话》，人民出版社2015年版，第26页。

③ 习近平：《在文艺工作座谈会上的讲话》，人民出版社2015年版，第7页。

④ 《中国共产党第十九次全国代表大会文件汇编》，人民出版社2017年版，第35页。

⑤ 《邓小平文选》第2卷，人民出版社1994年版，第211页。

⑥ 江泽民：《在中国文联第六次全国代表大会、中国作协第五次全国代表大会上的讲话》，《人民日报》1996年12月17日。

⑦ 《胡锦涛文选》第2卷，人民出版社2016年版，第541页。

创造性地指出："人民生活中本来就存在着文学艺术原料的矿藏，人民生活是一切文学艺术取之不尽、用之不竭的创作源泉"，文学艺术"只有植根现实生活、紧跟时代潮流，才能发展繁荣；只有顺应人民意愿、反映人民关切，才能充满活力"①。从这个层面来讲，社会主义文艺要坚持以人民为中心的创作导向，就必须"在深入生活、扎根人民中进行无愧于时代的文艺创造"②。在他看来，文艺的创作与评论如果局限于象牙塔中只是无本之木，不会有持续的创作灵感和激情的。只有扎根人民、扎根生活，体会人民生活的本质、吃透其底蕴、聆听其脉搏和心声，才能回应时代课题，创作出让人民满意、认同的佳作精品，进而满足人民对精神生活的美好追求。

综上所述，作为中国化马克思主义文论的毛泽东文艺思想和中国特色社会主义文艺思想，是从我国不同阶段的社会历史文化语境出发，创造性理解、运用和发展马克思主义基本理论，将之同中国革命和建设的具体实践相结合的典范产物。而要真正理解文学艺术在中国革命和社会主义现代化建设中的存在与发展，以及它在社会主义初级阶段"以人民为中心"的独特功用和"为人民"的现实意义，就必须以马克思主义为指导，把它纳入本土化精神生产活动的复杂运作机制中进行动态考察和综合分析。

相应地，文学及创作也必须借助于作为精神生产特殊方式的艺术虚构来为新时代"画像""立传"和"明德"③。如此，方能使其关怀现实的创作活动超越个人固有的有限经验、琐屑感觉和零散而混杂的现象记录。进而，把美学因素和动态的历史进程水乳交融地结合在一起，在与中华民族的母语传统、民族文化、自然生态等构成的关系整体中实现对现实人生的审美把握，自觉追求并提升具有审美意义和核心价值的远大理想与积极信仰，多元化地满足新时代人民群众"求知""求善""求美"的高层次精神文化需求。同时，也才能显现并发挥面向中国特色的马克思主义文学理论的历史性意义和世界性影响。

---

① 习近平：《在文艺工作座谈会上的讲话》，人民出版社 2015 年版，第 15~17 页。

② 习近平：《决胜全面建成小康社会 夺取新时代中国特色社会主义伟大胜利——在中国共产党第十九次全国代表大会上的报告》，人民出版社 2017 年版，第 43 页。

③ 张珊珊、李昌禹：《为时代画像、为时代立传、为时代明德（我和总书记面对面）》，《人民日报》2019 年 3 月 5 日。

第二章　文学的本质

关于文学的本质，古今中外文论家历来具有众多不同的见解。其中，具有较大影响力的观点，如再现说，认为文学是对世界的摹仿；表现说，认为文学是对人的思想情感的流露、表达；形式说，认为文学与社会生活、作者、读者均无关，文学文本具有自足性，文学是一种特殊的语言建构；体验说，认为文学是读者对作品的意向性体验，尤其将文学视为读者在阅读作品中的再创造……这些观点虽然各有长处，但也各具偏颇，缺乏考察文学问题的整体性和社会性的视角和方法。这就需要以马克思主义为指导，用马克思主义的立场、观点、方法观察和分析文学现象，从而揭示文学的本质、属性等。

第一节　文学是社会意识形态

按照马克思辩证唯物主义和历史唯物主义相统一的原则，需要将文学置于整个社会结构的有机关系中加以考察以细致剖析其本质。其中，在经济基础和上层建筑的关系中，分析其作为一般社会意识形态的性质；在各类意识形态的关系中，分析其作为审美意识形态的性质；在它与语言的关系中，分析其作为特殊意识形态的性质。从而，实现对文学本质问题的全面把握。

首先，需要从总体上了解文学在社会结构中的位置。马克思在《〈政治经济学批判〉序言》中，对整个社会结构的宏观构成作了经典性阐释：

> 人们在自己生活的社会生产中发生一定的、必然的、不以他们的意志为转移的关系，即同他们的物质生产力的一定发展阶段相适合的生产关系。这些生产关系的总和构成社会的经济结构，即有法律的和政治的上层建筑竖立其上并有一定的社会意识形式与之相适应的现实基础。物质生活的生产方式制约着整个社会生活、政治生活和精神生活的过程。不是人们的意识决定人们的存在，

相反，是人们的社会存在决定人们的意识。①

根据马克思的观点，所谓经济基础，是指与一定的物质生产力相适应的生产关系的总和，是社会赖以生存和发展的现实物质基础。而耸立于经济基础之上的上层建筑，是指在经济基础上形成的政治、法律制度以及与之相适应的各类社会意识形态。所谓社会意识形态，是指人类一切精神活动的总和，包括政治观点、法律观点、哲学、道德、宗教、艺术、文学等意识形态形式。

显然，在整体社会结构中，文学处于社会意识形态的位置。而社会意识形态又是上层建筑的组成部分。上层建筑则建立于经济基础之上，最终受到经济基础的制约，且反作用于经济基础。由此，获得探讨文学本质问题的根本依据。

一、文学受到经济基础的制约

文学，作为一种社会意识形态，是在一定社会经济基础上形成和发展起来的，归根究底，是受其制约的。主要表现为：

第一，文学是社会生活的历史产物。文学并不是从来就有的，而是随着人类社会的发展，随着社会生产力的提高，人类活动中出现了体力劳动和脑力劳动的分工后出现的。而且在人类的精神活动中，伴随人类语言文字的发生，当人的审美需要成为人类不可或缺的精神需要后，文学才得以真正发生。

第二，文学来自社会生活，是对社会生活的折射。社会生活的具体面貌，最终受限于经济基础，不同的经济基础导致了不同的社会发展阶段具有不同的生活内容，从而在不同的社会历史时期，具有不同的文学内容、文学形式和文学风格。

从文学内容上看，如《伐檀》《硕鼠》等诗篇是对奴隶社会生活状况的反映；《三国演义》《水浒传》《红楼梦》等是对封建社会现实生活的展现；即使是《西游记》《聊斋志异》等描写神魔鬼怪、花妖狐魅的非现实作品，也是根植于现实生活，是对现实中人们的思想、情感、诉求等的曲折反映。这类作品，西方文学史上的代表作也很多，如歌德的《浮士德》、卡夫卡的《变形记》等。

从文学形式上看，它们的产生、发展、演变也无不受到社会生活的影响。如随着人类社会的发展，古代的神话、传说渐趋衰落，出现了更多与时代发展同步的文学样式和文学类型。在封建社会，占主流样态的文学形式是反映少数封建精英知识分子趣味的诗歌，伴随着资本主义生产力因素的萌芽，小说等大众文学形式逐渐取代了诗歌在文学领域的主导地位。而当下社会，随着网络、电子技术、大众传媒的兴起，网络文学、影视文学则越来越受到人们的重视。

从文学风格上讲，每一类文学风格的产生，都有其特定的社会缘由。如中国文

---

① 《马克思恩格斯选集》第 2 卷，人民出版社 2012 年版，第 2 页。

学史上著名的魏晋风度、盛唐气象等，无不与其所处的历史语境具有密切的联系。

所以，无论文学的历时存在还是共时存在，无论文学的内容表达还是形式传达，无不受到经济基础的最终限制。经济基础对作为社会意识形态的文学的终极作用是不容忽视的。

二、文学的相对独立性

虽然经济基础对作为社会意识形态的文学具有最终的决定作用，但文学由于在整个社会结构中处于"更高地悬浮于空中的意识形态的领域"①，所以文学一经产生，便具有了相对独立性。

在恩格斯看来，马克思主义的唯物史观不是经济决定论。对此，他作了详细阐释：

> 根据唯物史观，历史过程中的决定性因素归根到底是现实生活的生产和再生产。无论马克思或我都从来没有肯定过比这更多的东西。如果有人在这里加以歪曲，说经济因素是唯一决定性的因素，那么他就是把这个命题变成毫无内容的、抽象的、荒诞无稽的空话。经济状况是基础，但是对历史斗争的进程发生影响并且在许多情况下主要是决定着这一斗争的形式的，还有上层建筑的各种因素：阶级斗争的各种政治形式及其成果——由胜利了的阶级在获胜以后确立的宪法等等，各种法的形式以及所有这些实际斗争在参加者头脑中的反映，政治的、法律的和哲学的理论，宗教的观点以及它们向教义体系的进一步发展。这里表现出这一切因素间的相互作用，而在这种相互作用中归根到底是经济运动作为必然的东西通过无穷无尽的偶然事件（即这样一些事物和事变，它们的内部联系是如此疏远或者是如此难于确定，以致我们可以认为这种联系并不存在，忘掉这种联系）向前发展。否则把理论应用于任何历史时期，就会比解一个简单的一次方程式更容易了。②

所以，马克思主义指导下的文学观绝不是庸俗的、机械的经济决定论，而是对文学的辩证考察。文学具有相对独立性。具体表现为：

第一，文学总是受到上层建筑尤其是政治的影响。虽然文学与政治同属于上层建筑，二者均受制于经济基础，但是由于政治是经济的集中体现，一定阶级的政治往往集中代表了该阶级的利益和意志，所以，在整个上层建筑乃至社会生活中，政治均居于主导地位。从而，政治对文学的影响就成为自然而然的事情，如政治观点、政治思想、文艺政策乃至政党利益均会对文学发生影响。不过，政治对文学的

① 《马克思恩格斯文集》第 10 卷，人民出版社 2009 年版，第 598 页。
② 《马克思恩格斯文集》第 10 卷，人民出版社 2009 年版，第 591~592 页。

影响往往是通过诸多中间因素实现的，所以，政治对文学的影响并不是直接的而是间接的，不是一一对应的而是曲折渗透的。如政治观点通过潜移默化的方式进入作家、作品、读者的思想倾向或情感态度中，甚至成为人们无意识的习惯性表述。

第二，文学常常受到哲学、道德、宗教等其他社会意识形态的影响。如在中国文学发展过程中，魏晋时期玄学大兴带来整个文学观念、诗歌样式等的变化，而佛学、禅宗在唐代的风行，其世界观、思维方式则较多地渗透到诗人的创作中，理学则对明清文学产生了较大影响。纵观西方文学史，宗教对其的影响较为显著。如希腊神话，无论其创作思维还是创作内容都与宗教有着密切联系，而19世纪出现的浪漫主义文学则深受基督教神学思想影响，甚至主张回到中世纪，到宗教中去寻找神秘主义的幻想和体验，进而在文学中营建出田园牧歌式的理想生活，从而使得浪漫主义文学带上了较为浓厚的消极颓废、荒诞不经的色彩。

第三，文学具有自身的历史传承性。文学一旦出现，无论其内容还是形式都会在时间的淘洗中获得沉淀，形成相对稳定的思想资源，从而为文学今后的发展奠定坚实的前提和基础，不会简单地随着社会经济基础的变化而变化。如"诗言志""诗缘情"作为中国传统的文学观念，从产生至今，无不对中国文学的整体面貌发生重大影响，即使"五四"时期引进西方文学观念，也需要或多或少、或强或弱地联系中国自身的文学传统对西方相关观点进行相应的分析剖解，如作为中国近现代文学开拓者的王国维先生提出的"境界说"。而具体的文学内容、文学形式的历史延续性则表现得更为充分。如中国文学创作中，一些具有典型意味的思想情感和生活经验则成为古往今来文学表现的主题，如游子思乡、家人团聚、男女相恋等。而作家在长期创作过程中摸索出来的文学形式，只要是符合美的规律的，是适合相应思想情感表达的，均具有较强的生命力，从而在文学发展中得到继承和沿用，甚至成为相对稳定的规范，制约着作家的创作。如中国文学一开始强调的"兴""比""赋"等创作手法，直到今天也是众多作家进行文学创作的方法参照。而诗歌、小说、散文、戏剧等体裁，则以自身的创作特征和形式要求，为作家的表情达意提供相应的文学样式。

可以见出，作为社会意识形态的文学，固然从根本上受到经济基础的限制，但这种限制从来不是简单的、僵化的，文学不仅接受经济基础的制约，而且受到社会上层建筑诸多因素的复杂影响，无论政治、哲学、道德、宗教还是它自身，所以文学具有相对独立性，不是由经济基础唯一决定的。

三、文学的反作用

在整个社会结构中，文学虽然受到经济基础、上层建筑和其他各类意识形态的制约，但它并不是被动无为的，它会对经济基础、上层建筑和其他意识形态发生能动的反作用。

第一，它会对经济基础、社会发展发生反作用。积极的、进步的文学往往能促进经济发展和社会发展，消极的、落后的文学则常常阻碍经济发展和社会发展。如对西方近现代史产生重大影响力的文艺复兴运动，其间，涌现出了大量提倡人文精神、肯定世俗生活的文学作品，如薄伽丘的《十日谈》、莎士比亚的《哈姆莱特》、拉伯雷的《巨人传》等。这些文学作品通过曲折生动的情节、形象有趣的人物、紧张激烈的矛盾宣扬了人依靠自身立足现世建设美好家园的观念倾向，从而有力打击了基督教神学无视现实追求天国、否定人性强调神性的思想，据此进一步推翻了整个社会的神学世界观，为西方社会资本主义的兴起开辟了历史道路。值得注意的是，文学虽然会反作用于经济基础、社会发展，但它的这种作用往往通过一定的中介环节加以实现，如时代精神、社会心理等。如文艺复兴运动中的文字作品之所以能在摧毁基督教对西方社会的全面统治方面发挥重大作用，并不是依靠对人文思想的简单宣讲达成的，而是借助其强大的艺术感染力将相关思想倾向潜移默化地注入读者心灵，进而成为整个时代的主流思潮对社会发生作用，带来社会形态的根本变化，当然也包括经济基础的变化，从此资本主义私有制在西方社会取得统治地位。

第二，文学对作为上层建筑的政治的反作用。在阶级社会中，作家都是一定阶级的成员，他总是在一定阶级世界观的指导下观察生活，进入文学创作后，他对其所表现的社会生活，尤其一些政治事件、政治运动进行描写时，总是会做出审美的、历史的评价，表达一定的思想感情，流露一定的倾向性。读者阅读时受其影响，从而在全社会范围内产生一定的政治影响力。如恩格斯所言："悲剧之父埃斯库罗斯和喜剧之父阿里斯托芬都是有强烈倾向的诗人，但丁和塞万提斯也不逊色；而席勒的《阴谋与爱情》的主要价值就在于它是德国第一部有政治倾向的戏剧。现代的那些写出优秀小说的俄国人和挪威人全是有倾向的作家。"[①] 而中国文学史上，孔子言《诗经》可以"兴""观""群""怨"，"诗三百"很早以来就可以帮助民众表达政治诉求；唐代白居易和元稹提倡的"新乐府"诗歌就以查补时政、泄导人情为创作目的；清末的"讽刺小说"、"五四"时期的"问题小说"、其后的"革命文学"和"抗战文学"，甚至新时期的"伤痕文学""反思文学"等，无不对社会政治产生影响。所以，无论作家是否意识到，是否承认，他的作品中必然带有一定的政治倾向性，对政治、社会发生作用。在特殊的历史语境里，作家甚至会将文学作为介入政治的特殊工具影响政治，但首先需要遵循文学的审美原则，而不是不顾文学的自主性，让其简单地沦为政治的传声筒。

第三，文学对其他意识形态的反作用。文学与哲学、道德、宗教等都属于社会意识形态，且均处于整个社会结构的最上层，所以，不仅哲学、道德、宗教影响文

---

① 北京大学中文系文艺理论教研室编：《马克思恩格斯列宁斯大林论文艺》，人民文学出版社1980年版，第130～131页。

学，而且文学反过来对它们发生作用。文学总是作者在一定世界观的指导下进行创作的，无论作者的世界观是明晰的还是模糊的，是系统的还是零散的，其世界观总是具有一定的哲学意味，那么当文学作品在社会中广泛传播时，其思想内涵就可能对哲学产生一定的影响。如萨特创作的《恶心》《苍蝇》等，将存在主义观点推向社会，引起了现代西方的存在主义哲学思潮的大肆推广。同时，文学作品通常含有一定的道德内容，必将在文学阅读的过程中对社会的道德观念、道德标准等产生影响。如封建社会的文学作品，通过塑造耳熟能详的屈原、岳飞等忠君报国、宁死不屈的形象，为封建礼教深入人心立下了汗马功劳。当然，文学也可能含有一定的宗教思想，无论是对宗教思想的宣扬还是对宗教观念的批判，都必然会对宗教发展产生一定作用。如中国古代诗歌中的以玄入诗、以禅入诗等，均是对相关宗教思想的有力推动，而西方但丁的《神曲》、雨果的《巴黎圣母院》等则较为深刻地揭露了宗教的虚伪和堕落，为基督教全面退出历史舞台贡献了积极力量。

第二节　文学是审美意识形态

文学是社会意识形态，主要着眼于文学和其他意识形态与经济基础、政治制度、法律制度的区别，从一般性层面对文学本质加以考察。而通过对文学与其他意识形态的区别进一步细致地讨论文学的本质，则是从特殊性层面对文学本质的揭示，是对研究文学本质问题的推进。

一、文学与审美意识形态

意识形态具有多种种类，如哲学、政治、道德、审美等。那么，文学与意识形态具有何种关系呢？苏联美学家阿·布罗夫曾有言："'纯'意识形态原则上是不存在。意识形态只有在各种具体的表现中——作为哲学的意识形态、政治意识形态、法的意识形态、道德意识形态、审美意识形态——才会现实地存在。"[1] 另一苏联文论家沃罗夫斯基则认为审美的意识形态，"其实质是对生活作出诗意的反映"[2]。可见，审美意识形态是意识形态的种类之一，具有自身的特殊性，而文学是审美意识形态的一种类别。

在此基础上，又应该如何正确理解审美意识形态呢？所谓审美意识形态，是指与现实社会生活密切联系的审美表现领域，包括文学、音乐、绘画、雕塑、戏剧、电影、摄影等艺术活动。它一方面是具有审美特性的社会意识形态；另一方

---

[1]　阿·布罗夫：《美学：问题和争论》，凌继尧译，上海译文出版社1987年版，第41页。

[2]　沃罗夫斯基：《马克西姆·高尔基》，张守慎译，见《沃罗夫斯基论文学》，人民文学出版社1981年版，第271页。

面又渗透着社会生活和其他意识形态的形式因子，且两者处于有机融合状态。所以，审美意识形态不是审美和意识形态的简单相加，是审美表现过程中审美与社会生活诸方面的相互浸透、相互依存。具体而言，审美意识形态不是抽象的存在，它总是与社会生活发生具体关联，且具有融合和综合的特性，可以将政治、法律、哲学、道德等非审美的社会内容吸收进去，融合于内，将它们转化为自身的有机组成部分。

作为审美意识形态的文学，又具有哪些与其他意识形态不同的根本差异性呢？童庆炳认为，文学是对整体的人的、美的、个性化生活的反映，这种审美性是它区别于其他意识形态的特征。钱中文也颇为关注此问题，他认为："文学作为审美的意识形态，是以感情为中心，但它是感情和思想认识的结合；它是一种自由想象的虚构，但又具有特殊形态的多样的真实性；它是有目的的，但又具有不以实利为目的的无目的性；它具有社会性，但又是一种具有广泛的全人类性的审美意识的形态。"① 既强调了文学的一般意识形态性，也突出了作为意识形态的文学的特殊性：即文学是一种感性体验、情感评价。可见，他们皆是围绕内蕴于文学中的审美与意识形态的关系探讨文学区别于其他意识形态的属性的。所以，必须对文学本身的审美意识形态性质详细考察，才能更准确地把握住文学的本质问题。

二、文学的审美意识形态性

文学的审美意识形态性，是指文学的审美表现与意识形态相互渗透、相互浸染的状态。即审美中综合了意识形态，意识形态在审美中得到了传达。具体表现为文学的无功利性、情感性、形象性与社会权力结构之间的多重关联，即文学的无功利性与功利性、文学的情感性与认识性、文学的形象性与理性的相互交织。

（一）文学的无功利性与功利性

从世界与文学的关系来言，作为审美意识形态的文学，是对世界的审美把握。

首先，对世界的审美把握，不需要改变对象的物质存在以满足现实的功利需要，可以凭借想象达到对世界的自由掌握。也就是说，审美不寻求实际利益的满足，具有无功利性。正如丹麦文学批评家勃兰兑斯所言：

> 任何事物都可以从三方面去看——从实用角度去看，从理论上去看，从美学角度去看。对于一片树林，有人会问它是否有益于本地区的健康状况，树林的主人会估计它作为柴禾能值多少钱，这都是从实用观点去看它；植物学家对

① 钱中文：《文学是审美意识形态》，《新理性精神文学论》，华中师范大学出版社 2000 年版，第 136 页。

它生长的情况进行科学考察，这是从理论观点去看；如果一个人只想到它的样子，想到它作为景色的一部分所起到的作用，他就是从艺术或美学观点去看。①

这里，可以较为鲜明地看到，无论从实用角度还是从科学研究角度，其活动都充满功利性，都致力于追求某种离开事物本身的外在目的：商人关注树林，是希望在商品的交换中获得较大的物质财富；科学家关注树林，是为了发现树林的较为抽象的普遍的特征、性质和规律等。而唯有审美的观照，是为了关注树林自身的色泽、形态、生气等并由此获得某种超越自然、超越自身的自由感和愉悦感。所以，审美是无功利的。

作为审美意识形态的文学，也必然具有无功利性，且这种无功利性在作家的创作活动和读者的阅读活动中得到较为集中的体现。如文学创作常常强调作家保持虚静、淡泊之心，舍弃外在名利对自身的诱惑而达到无功利状态，在与世界的融合中感受世界的美、发现世界的美、创造世界的美。而读者也需要放弃各种利害目的，全身心投入阅读中，才能真正欣赏到内蕴于文本的美，甚至参与到文本的美的再创造之中。

但审美从来不是孤立的，它既内在于社会生活也超越于社会生活。它虽然由于自身的超越性具有直接的无功利性，但又因为与社会生活的密切关联，受到实际利益需要的推动，即在它无功利的背后还隐伏着功利性。具体地讲，其一，审美固然是对世界的无功利把握，但毕竟它力图通过这种无功利把握达到掌握世界的目的，即它直接的无功利性是为了实现其间接的功利性。如文学创作常常要求作者保持一颗"静心""童心""赤子之心"，不为功利所惑，最终是为了作者能在对世界无功利的超然态度中体验、创造世界的美。其二，在审美的无功利中发现世界的真，审美进一步成为影响社会发展的力量，从而具有实践性和目的性。古今中外众多文论家均提到，文学可以凭借自身的审美超越性，扩大自身视野，提升自身境界，体察更具普遍性和真实性的社会历史内容，并在对人心的感召激荡下，唤醒社会，引导民众，参与到改变世界的实践中去。其三，审美在无功利中获得了对世界对人本身的超越，审美将人从狭隘庸常的状态中提升出来，纯洁了人的心灵，健全了人的品性，由此，"审美带有令人解放的性质"②。所以，无功利性与功利性纠缠于审美内部。

作为审美意识形态的文学，必然具有此种审美意识形态性：直接的无功利性与

---

① 勃兰兑斯：《十九世纪文学主流》第 1 卷，张道真译，人民文学出版社 1980 年版，第 146~147 页。

② 黑格尔：《美学》第 1 卷，朱光潜译，商务印书馆 1996 年版，第 147 页。

间接的功利性的相互渗染。

（二）文学的情感性与认识性

文学，是对世界的审美的把握。而美，在根本上，既不是事物的客观属性，也不是纯粹的主观意识，而是主客体之间的价值关系。这种价值关系的确立，一方面需要以客观对象为基础；另一方面需要人的主观因素，如人的愿望、诉求、兴趣等。所以，文学需要建立在人与对象的需要关系上，是对象对人的需要的满足。这种满足，是合规律性和合目的性的人的本质力量的实现，在对对象、对自身有所认识的基础上按照事物的规律对人的需要的满足，其最终是为了获得生命自由的愉悦感。整个价值评判过程，是在情感的推动下对情感的表达。因此，文学既具情感性也具认识性，且以情感性为主导。

文学的情感性，是一种情感评价，是审美的情感表达。这种情感，是在非实用基础上产生的愉悦感，是超越人的利害得失关系的具有人类普遍性的情感，它可以跨越人际关系的障碍自由地交流，具有社会性。但同时这种审美感受是通过具体的个体主体实现的，较为明显地表现为每一位作家独特的审美体验，具有个体性。

情感，在文学中占据重要地位。在文学创作中，情感是一种强大的心理动力，也是文学创作的核心内容。如别林斯基言："感情是诗情天性的最主要的动力之一，没有感情，就没有诗人，也没有诗歌。"[1] 狄德罗也认为："激情表现得越强烈，剧本的趣味就越浓。……没有感情这个因素，任何风格都不能打动人心。"[2] 而情感表达内容也是多样的，既可以是人与自然相遇相感的心绪感动，也可以是人悲欢离合、穷达哀乐的社会感情；既可以是对美好人事的歌颂，也可以是对丑恶现象的揭露；既可以是对平凡事物的同情悲悯，也可以是对崇高力量的敬仰礼赞。只要是人的真情实感，无不可以在文学中得到表达。

虽然，文学的主要目的就是抒发情感、以情动人。但情感在文学的表达中，并不是不受约束、肆意泛滥的。健全的情感应该受到理性的规范和调节。理性，通常是对事物本质、规律的认识，较之于感性心理，处于人类诸心理因素的高级阶段，能够对情感活动起到指导和调整的作用。如作家首先要有对社会生活的认真观察和深沉思考，才能激发和调整各种情感因素，创造出高水平的作品。文学是作家根据一定的立场、观点、方法对社会生活进行的创造活动。所以，文学具

---

[1]　别林斯基：《爱都华·古别尔诗集》，《外国理论家作家论形象思维》，钱锺书等译，中国社会科学出版社 1979 年版，第 74 页。

[2]　狄德罗：《论戏剧诗》，《狄德罗美学论文选》，张冠尧、桂裕芳译，人民文学出版社 1984 年版，第 135 页。

有认识性。

文学的认识性，是指文学能够帮助人们认识自然、社会和人的精神世界的性质。具体表现为：第一，文学是客观世界在作家主观世界中的能动反映。正如毛泽东言："作为观念形态的文艺作品，都是一定的社会生活在人类头脑中的反映的产物。革命的文艺，则是人民生活在革命作家头脑中的反映的产物。人民生活中本来存在着文学艺术原料的矿藏，这是自然形态的东西，是粗糙的东西，但也是最生动、最丰富、最基本的东西；在这点上说，它们使一切文学艺术相形见绌，它们是一切文学艺术的取之不尽、用之不竭的唯一的源泉。"① 第二，文学中蕴含着作家对社会生活的认识。作家总是在一定思想观念的指导下，力图透过纷繁复杂的社会现象把握其内在的发展规律，并通过符合艺术规律的方式表达他对社会生活的思考和认识。第三，文学通过独特的艺术形象实现对社会关系的整体把握，这就需要文学将自然、人、社会生活等有机构成的总和作为反映的主要对象，关心人的生存、生活状况，关注人类的普遍命运，思考生命的意义和价值，以促进人们认识社会历史发展的真实面貌，为人类争取更加美好的生活提供积极的支持。

但文学的认识性，并不意味着文学里的思想观点、见解理念等可以脱离情感因素，直接以概念、判断、逻辑推演等形式出现。文学的认识因素必须融化在活泼泼的情感里。这种融合，不是情感与认识的简单拼凑，而是二者的水乳交融、浑然无间。宋代诗论家严羽对此作过非常精彩的阐述：

> 夫诗有别材，非关书也；诗有别趣，非关理也。然非多读书，多穷理，则不能极其至。所谓不涉理路，不落言筌者，上也。诗者，吟咏情性也。盛唐诸人惟在兴趣，羚羊挂角，无迹可求。故其妙处透彻玲珑，不可凑泊，如空中之音，相中之色，水中之月，镜中之象，言有尽而意无穷。②

在他看来，文学与抽象的知识、观念无关。文学需要的是具有审美性质的内容和趣味。但文学也不能完全离开认识，否则就不能达到较高的艺术境界。只有将认识不留痕迹地融化于情性中，才能形成情理交融的兴趣，才能抵达言尽而意无穷的蕴藉空灵状态。

可见，文学既是对作者主观评价的表达，也是对世界的客观反映，二者相互交织共同实现了对社会生活的艺术创造，从而揭示出文学审美意识形态性的内在关联。

---

① 《毛泽东选集》第 3 卷，人民出版社 1991 年版，第 860 页。

② （宋）严羽：《沧浪诗话》，《沧浪诗话校释》，郭绍虞校释，人民文学出版社 1961 年版，第 26 页。

（三）文学的形象性与理性

文学，这种对世界的审美把握方式，常常通过生动具体的形象去反映社会生活，且不仅仅停留于对世界表象的描摹，而是力图深刻地揭示生活的规律、特征等。所以，形象是文学特有的存在方式，但文学中也含有理性，不是对世界的简单复制。

文学的形象性历来受到人们的重视。黑格尔言："感性观照的形式是艺术的特征，因为艺术是用感性形象化的方式把真实呈现于意识。"[1] 高尔基也深有体会："艺术的作品不是叙述，而是用形象、图画来描写现实。"[2] 与自然环境、日常生活（如生活中的各种人物、事件、场景等）、科学研究（如教学挂图、科技模型等）中的感性形象不同的是，文学的形象更富有鲜活隽永的生气和丰富深厚的意蕴。黑格尔对此作过较为细致的分析，在他看来，艺术"不只是用了某种线条、曲线、面、齿纹、石头浮雕、颜色、音调、文字乃至于其他媒介，就算尽了它的能事，而是要显现出一种内在的生气、情感、灵魂、风骨和精神，这就是我们所说的艺术作品的意蕴"。所以，"遇到一件艺术作品，我们首先见到的是它直接呈现给我们的东西，然后再追究它的意蕴或内容。前一个因素——即外在的因素——对于我们之所以有价值，并非由于它所直接呈现的；我们假定它里面还有一种内在的东西，即一种意蕴，一种灌注生气于外在形状的意蕴。那外在形状的用处就在指引到这意蕴"[3]。

文学形象的内蕴复杂，除了作家的种种情感因素外，也含有各种理性因素。从文学与世界的关系来看，一方面，文学形象是以生活中的真实形象为源泉的，所以必然保留了现实形象本身所具有的外部特征；另一方面，文学形象努力通过对典型场景、典型人物、典型情节的提取和呈现，力图揭示社会生活的本质和发展规律，所以，必然具有较强的概括性。从文学的创作来看，作者需要在一定思想指导下观察生活、确定主题、取舍素材、构思情节、人物关系等，这必然融入了作家的理性认识。从文学作品本身来看，文学是艺术形象构成的世界。艺术形象是在作家思想情感作用下通过感知、想象、联想等心理活动将现实物象加工为意象形成的，而意象的构成成分里必然包括作家对现实物象的认知、思考成分。从文学的阅读来看，读者在对作品的再创造过程中，必然将个人的世界观、价值观、人生观、美学理想、艺术原则等投入其中，在读者实现的文本中必然带有各种具有其个体特殊性的

---

[1]　黑格尔：《美学》第 1 卷，朱光潜译，商务印书馆 1979 年版，第 129~130 页。

[2]　高尔基：《同进入文学界的青年突击队员谈话》（1931 年），《文学论文选》，孟昌、曹葆华译，人民文学出版社 1958 年版，第 133 页。

[3]　黑格尔：《美学》第 1 卷，朱光潜译，商务印书馆 1979 年版，第 24~25 页。

理性内容。所以，文学形象虽然是生动的、具体的，但也是具有理性深度的，文学是形象的，其深层也具有一定理性，这从文学的存在方式角度揭示了文学的审美意识形态性。

第三节　文学是语言艺术

文学是社会意识形态，是从一般层面对文学本质的界定；文学是审美意识形态，是从特殊层面对文学本质的界定；文学是语言艺术，是从文学相对于其他艺术形式，如音乐、绘画、建筑、雕刻、摄影、电影等而言，是从文学的个别性层面对文学本质的解释。

一、文学与语言

文学是语言的艺术，语言不仅是文学表达思想情感的方式，也是文学的内容，是构成文学的特质。

瑞士语言学家索绪尔将语言划分为两大体系：语言系统和言语。语言是社会普遍性语法系统，是潜在的规则和惯例。言语是个人的语言运用行为，是外显的行为和现象。语言决定和支配着言语，言语反作用于语言。具体地说，语言是关于语言符号系统中各语言单位关系组织的概括和抽象，但它也是人们在长期的语言实践中约定俗成的；言语是具体的、个别的、丰富的、复杂的应用语言的实践行为。它一方面受到语言系统规则的限制和规定；另一方面具有能动反作用，不仅在实际的语言实践中确认语言系统，而且改变着语言系统。因为语言系统根本上是语言规则的约定，而旧约定的打破、新约定的生成，都是在言语实践中完成的，所以，言语对语言的形成也具有较大的不可忽视的作用。可见，离开了语言的言语是混乱的，离开了言语的语言则是一堆僵死的教条。二者相辅相成、辩证统一。

文学语言则属于应用语言的特殊言语行为。作为一种具体的言语行为，它和其他的言语一样，具有积极的创造力：一方面，它受到语言的束缚，遵循语言的规范；另一方面，它也不断突破规范、逾越规范，创造出新的语言规范。

作为一种特殊的言语实践，文学语言根本区别于日常语言、科学言语等。

首先，文学语言更偏重表达情感，既包括表现作者的情感，也包括作者把情感传达给读者，对读者的情感施加影响。而科学语言则重在陈述事实、说明事物、揭示存在于事实事物内部的必然性。它严格拒斥情感因素的侵入，不允许情感因素扰乱它指涉事物真相的客观性。日常语言主要是为了满足人们实际生活需要进行的信息交流。虽然日常语言中也存在着大量的情感用法，但是它的情感用法更多地指向某种功利目的，文学语言中的情感用法一般都不具备这种直接的利益性。另外，日常语言是一种复杂多变的语言，还存在大量语言的非情感用法。而情感用法是文学语言最主要、最普遍、最经常的用法。

其次，文学语言具有含蓄性。文学语言常常运用迂回曲折的表现手法，如比喻、象征、借代、双关、反语等表达意思。中国古代诗歌特别讲究"比、兴"等方法的运用，以达到诗意深远、含而不露、意在言外的效果，读者不经过一番思索或揣摩较难把握读者所表达的意思。文学语言的含蓄性的形成，一方面是因为文学表达的内容本身具有某种不可穷尽性，文学常常表达的是作者对世界、生活的复杂感受和感悟，连带着含有某些纷繁的情绪、印象等，而这些不确定的感性因素很难完全通过语言明确地表达出来，作者只有通过间接方式，如比喻、象征等来处理、传达和呈现，从而文学语言必然成为含蓄的语言；另一方面文学的审美性也必然要求文学留给读者想象和回味的接受空间，以充分调动读者的主动性，投入对文学审美世界的创造中去。所以，文学语言必须是含蓄的。科学语言则要求表达清楚、明晰，语符和语义之间保持直接对应的确定性，不允许有半点的含糊不清。日常语言，通常来说也要求表意准确明白，除非出于某种功利目的，故意说一些引起歧义的话。

再次，文学语言更具有越规性。文学常常出于美学的目的，强调语言运用的独创性和个性，以增强语言的生动、活泼、别致的效果，激起读者特别的兴致。要使语言不同寻常就需要打破语言常规，使语言发生变形、反常、变异，在标新立异中显示其不同凡响的魅力，从而文学语言表现出鲜明的特征：对一般语言规范的触犯、打破和超越。如文学语言对语法常规的反叛、借助特定语境在对语言的灵活运用中使得语言的具体语义偏离它在语言系统中的稳定的意义、逾越语体的常规模式侵入其他语体等，皆有助于文学语言违背常规，出人意料。而科学语言，其内在严明的逻辑性决定了它对语言规则的遵循。日常语言，是为了人们之间进行有效的现实沟通的，所以往往也需要遵守语言规则清楚地表达意思。

总之，文学语言是对语言的特殊应用。文学具有语言特性，但语言特性只是文学特性中的一种，不是全部。不能将语言等同于文学，也不能将文学等同于语言。

二、文学语言的性质

文学语言，运用语言符号表现艺术形象进而表达思想情感。文学语言虽然塑造了文学形象，但它只能提供一种语词概念，让人根据概念借助想象，将符号转换为形象，并不能直接呈现作用于人的感官的具体事物和确定图景。所以，文学语言具有间接性，也可称为非直观性。

文学语言，由于出自一种观念性符号，所以较为缺乏感性具体性，但同时它也摆脱了来自物质材料的束缚，从而使得文学有能力打破时空、外部世界和内部世界的限制，获得表达的丰富性和自由性。文学语言不仅能对自然景物、社会生活等客观事物进行描摹，而且能深入表现人的内心世界。

马克思、恩格斯曾明确指出："语言是思想的直接现实。"① 文学语言，借助语言的这一特性，通过对语言的积极组织调动各种艺术表达手段，如夸张、变形、梦境、幻想等，能够进至人的深层次的心理世界，将人的各种心理感受传达出来：爱恨情仇、喜怒哀乐、旷达洒脱、宁静悠远……由于人类的审美体验是主体与客体、感性和理性、直觉与思维、意识与无意识的统一，是来自人的生命本身的战栗与呼唤，所以，文学语言所能抵达的人类的精神领域不仅是广阔的，而且是幽深的，具有其他艺术难以比拟的精神深刻性。

例如列夫·托尔斯泰在小说创作中就常常通过"心灵辩证法"，将人物内心深处的精神状态生动地表现出来。对此，车尔尼雪夫斯基发表过精辟见解："托尔斯泰伯爵的注意力却特别集中于一种情感、一种思想怎样从另外一些情感和思想中发展而来；他满有兴致地观察：一种直接从某种情势或者某种印象所产生的感情，怎样受到回忆作用、受到由想象所提供的联想能力的影响，从而转变为另一些情感，重新回到原来的出发点，接着由怎样顺着回忆的全部连锁，一再的反复，转变。一种由最初的感觉所产生的思想，怎样引发了另一种思想，接着又继续不断地发展开去，从而把梦想与现实之感，把幻想未来和反映现在融为一体。"这就细致深入地传达出了"心理过程本身，心理过程的形式，心理过程的规律，用明确的术语来表达，这就是心灵的辩证法"②。

语言，本身是带有韵律的。所谓韵律，是指由语言自身的音节、声调、长短等相互呼应、对比等形成的有规律的现象。而文学语言是审美的语言，较之日常语言，更具节奏美和声韵美。如我国古代的格律诗，非常强调平仄、对仗、押韵等在诗歌语言中的运用，其目的就是为了尽量充分地把握住诗歌的韵律美。即使在现代的白话诗、小说、散文等的创作中，语言也同样具有韵律美，只是韵律美的形式比古代诗歌更自由、更多样，更强调作家思想情感的内在节奏与语言的声音节奏等的内在统一性。著名诗人闻一多针对现代诗的创作，着重提出过要重视诗歌中的音乐美和建筑美。在他看来，诗歌的音乐美主要体现在声调的抑扬顿挫、押韵和节奏等，诗歌的建筑美主要表现为诗歌节奏、句式的匀称均齐之美。

同时，语言具有社会性，它产生于社会实践之中，也反作用于社会实践。作为具体运用的文学语言，必然存在于各种社会关联中并发挥作用，从而不可避免地具有意识形态性。如创作者在创作作品时，会考虑到作品在特定读者群体产生感染力的问题，以便实现自己、实现作品的社会实践影响力；读者在阅读作品时，会受到作品思想情感等的影响，从中了悟到某种人生观念甚至人生实践方略，并在自己今

---

① 《马克思恩格斯全集》第3卷，人民出版社1960年版，第525页。

② 车尔尼雪夫斯基：《童年与少年》，《车尔尼雪夫斯基论文学》下卷（一），辛未艾译，上海译文出版社1982年版，第260~261页。

后的实际生活中加以落实。可见，文学语言不仅在表情达意方面具有无限可能性，也会对社会生活施以影响，成为一种社会话语实践。

　　通过以上讨论，我们可以对"文学的本质"做出如下的界定：文学是存在于语言中的审美意识形态。这一界定，是从"文学是社会意识形态—文学是审美意识形态—文学是语言艺术"三个层面加以讨论完成的。具体地讲，文学是蕴含于语言中的审美意识形态，而这种审美意识形态是一般社会意识形态的特殊形式，而一般社会意识形态属于整个社会结构中的上层建筑，它受限于经济基础且反作用于经济基础。

第三章　文学的价值和功能

作为审美意识形态的文学，一方面，来源于社会生活，随着社会生活的发展而发展；另一方面，反作用于社会生活，在社会生活中发挥着较为重要的作用。文学的价值和功能是文学的社会作用和意义的集中体现。对文学的价值与意义的充分考察，有助于推进对文学性质及其相关特征、规律的认识。

第一节　文学的价值

人们面对生活和世界时，常常强调对真、善、美的追求。文学活动，亦是如此。文学价值既包括审美价值，也包括认识价值、道德价值，且三者相互联系，相互渗透。那么，文学价值究竟具有怎样的特质和具体的内容，则需要细致讨论。

一、文学的价值与价值观

价值是揭示客体满足主体需要的关系范畴。价值观是人们关于价值本质的认识以及关于事物和人的评价方法、评价标准、评价原则的观点的体系。由于人的社会经历、成长背景和文化教养等方面的差异，不同的人可能拥有不同的价值观。所以，在价值观的影响下，即使面对同一客体，不同的主体也可能做出不同的价值判断。

文学价值是文学作品满足人和社会需要的属性。一部优秀的文学作品，将会对人和社会产生较大的影响，给人的心灵带来较强的审美愉悦和感染启示，进而促使人省查自身、思考人生，并在行动中推动社会的发展与进步。

文学价值是由作者和读者共同创造的。首先，作家通过对社会生活的审美表达和评价，创造出一定的文学价值；其次，读者联系自身的具体情况对文学作品中表现的社会生活和作家在作品中传递的立场态度等做出自己的评价，以此完成文学价值的实现和再创造。可见，文学价值具有一个生成的过程：作家通过创作作品为文学价值的生成提供了基础，读者的阅读接受使文学价值的实现成为现实。即文学价值的生成具有两个重要环节：文学价值的创造和文学价值的实现。

　　文学价值并不是作者、读者依据自己的意愿、情感随心所欲生成的。文学价值具有深刻的社会历史根源。社会生活中，无论平凡小事还是重大事件，无不具有自身价值，文学价值正是以生活价值为源泉，获得创造自身的不尽活水。如小说《红岩》里描述的中华人民共和国成立前夕重庆地下党与国民党反动派的顽强斗争（无论地下工作者狱前的艰苦工作还是狱中的英勇斗争）首先就是客观的历史事件，且具有较大的社会历史意义：对于中国革命来讲，他们是为了国家的进步、人民的幸福而与国民党反动派展开不屈不挠的战斗；对于中国历史来讲，他们用自己的英雄行为推动了社会主义、共产主义在中国的发展，这是根本不同于封建社会、资本主义社会的新的社会历史形态。《红岩》的文学价值正是以这一客观历史事件的意义与价值为现实基础，进一步在作品中得到集中表现和提炼升华的。所以，文学价值的生成，离不开客观的生活价值，生活价值是文学价值的本源。

　　但是，文学价值并不是对生活价值的简单摹写。因为文学是作者以艺术的方式对社会生活的反映、理解和阐释。所以，文学价值除了具有来自表现对象的价值外，还包含作者对社会生活的认识、道德的评价和美的创造。正如《红岩》用小说的形式对重庆地下党对国民党反动派的斗争进行艺术表现后，它的文学价值就不仅仅局限于这一历史事件的价值本身，更是表达了作者对众多革命者，如江姐、许云峰、齐晓轩、成岗、华子良等人崇高的革命精神和大无畏的英雄气节的歌颂，对中国革命必胜的坚定信念，而且小说通过人物形象的生动塑造、曲折紧张的情节推进等显现了较强的艺术感染力和震撼力，展现了光辉的艺术风采。可见，生活价值和作者的艺术创造共同构成了文学价值的来源。

　　文学价值的最终实现，有赖于读者的阅读和接受。读者在阅读过程中，对作品中的现实描写有所认识、对作者表达的思想观点和道德立场有所理解，对作品中的艺术手段有所体察，从而获得见识上的扩大、思想上的启迪和精神上的享受，作品的潜在价值通过读者的接受转化为一种显性的存在。同时，读者的阅读是积极的、主动的，读者的价值观也会影响到对作品价值的评判，进而参与到文学价值的建构过程中，所以，文学价值的构成是复杂而丰富的。

　　值得注意的是，生活价值经过作者的艺术反映和表现后，转化为存在于作品中的文学价值。作品中的文学价值由于未经读者阅读，所以尚处于潜在状态。而读者由于受到地域、时间、民族、阶级、性别和个人的文化教育、道德修养、审美倾向、审美水平等因素影响，他们对文学作品的解读必然存在差异，进而导致文学价值在最终完成时不可避免地具有差异性。

二、文学价值的多样性与主导性

　　由于文学价值由多因素、多环节生成，所以文学价值必然具有多样性。所谓文学价值的多样性，是指文学具有多种不同的价值。其中，既包括文学作品自身价值的多样性，也包括文学作品在读者接受中显现的多种价值。

按照不同的分类标准，可将文学价值分为不同类型。就具体内涵来言，文学价值分为审美价值、伦理价值、认识价值、文化价值、交往价值、商业价值等。就价值的效果和意义而言，可分为积极价值和消极价值、正面价值和负面价值、长久价值和短暂价值、现实价值和未来价值、显在价值和潜在价值等。由于文学作品的具体构成因素和结构存在差异，其价值也随之出现不同，如诗歌侧重审美价值、小说偏重认识价值、道德戏剧则更突出劝谕讽刺价值等。

同时，文学价值的评判标准随着读者的审美需要的变化和时代的变迁而发展变化，所以，文学价值在不同读者不同时代呈现出差异性，进而带来文学价值的多样性。如汪曾祺的小说，由于比较重视小说中的诗意传达，所以在将文学，尤其小说视为对生活的再现的文学观的年代里，他的小说并不受到人们重视；随着时代的发展，人们越来越重视文学，尤其小说的艺术表达时，汪曾祺小说的价值越来越被人们发现、肯定和赞美。

文学价值虽然具有多样性，但它也存在主导价值。所谓文学价值的主导性，是指文学多样性的价值中有一种占主导地位的价值。通常说来，文学的思想、认识、道德等价值一般居于主导地位，但它需要和审美、语言艺术等价值融合起来，才能发挥主导作用。作为总体概念的文学，一定时代和国家的主流意识形态是它的主导价值的体现，它代表着民族精神的发扬、历史前进的方向。

当今时代，文学的主导价值是社会主义核心价值观的传达。文学来自生活、服务于人民。文学既要反映人民的生活需要、时代风貌，也要引领人民的精神生活，提高人民的审美修养、道德情操。文学是民族的、大众的、科学的。现阶段，文学的主要价值取向表现为，繁荣社会主义先进文化，弘扬民族优秀文化传统，借鉴人类一切有益的文明成果，以形成全社会共有的道德信念和理想追求，为全国人民团结起来建设社会主义和谐文化和和谐社会打下坚实的思想基础。对文学主导价值的表达，需要遵循文学自身的规律。文学有其特殊的审美性，它"必须保证有个人创造性和个人爱好的广阔天地，有思想和幻想、形式和内容的广阔天地"①，将时代精神融入个人的审美情感中，以得到多样性的艺术表达。

三、文学的真、善、美价值

虽然对于文学价值的具体看法，古今中外学者不尽相同，但他们都普遍承认文学是对真、善、美的追求，即文学具有认识价值、道德价值和审美价值。

首先，文学价值的真，是指文学要以符合艺术规律的方式，揭示和反映社会生

---

① 《列宁选集》第 1 卷，人民出版社 2012 年版，第 664 页。

活的内蕴：对社会真实状况的描写、对作者真实情感的表达，对社会人生本来面目的揭示。也就是说，文学需要在认识世界的本质和规律的基础上反映真实、表达真情、追求真理。如19世纪现实主义大师巴尔扎克所言："获得全世界闻名的不朽的成功的秘密在于真实。""艺术家的使命就是把生命灌注到他所塑造的这个人体里去，把描绘变成真实。"① 但文学的真，不同于生活的真，不是对生活现象的照抄照写；也不同于科学的真，不会将社会人生隔绝于人的主体意识之外做纯粹的认知性把握，而是怀抱着对社会生活的人文关怀立场，从人的生命体验和审美感受出发反映生活本相。即使文学有时对反映对象做了夸张、变形的表达，但这些夸张、变形都建立在符合真实的事理逻辑或情感逻辑的基础上，所以，文学的认识价值是始终存在于文学内部的，且是文学其他价值的基础。

其次，文学价值的善，是指文学要表现出对生命尊严的尊重，对人的生存、发展的关注乃至对全人类的命运、和平、正义、幸福等的关切，及对人与自然和谐共处的珍惜等。而文学"善"的追求离不开文学对社会生活本质规律的深刻揭示，"真"是"善"的基础，丧失"真"的"善"是没有历史内容的空洞虚假的"爱的呓语"。同时，文学"善"的价值在文学作品中不是赤裸裸的教义式的直白，而是通过文学艺术性的呈现方式于艺术形象、意象、意境中自然而然流露出来，进而带给读者美的享受、情感的共鸣、精神的呼应，促进读者思想的纯净、情操的陶冶和境界的提升。如恩格斯言："倾向应当从场面和情节中自然而然地流露出来，而无需特别把它指点出来。"② 列夫·托尔斯泰也表达过类似观点："每一种富有诗意的情感，都得由抒情风格、场面、人物、性格或大自然的描写等等流露出来""不要议论"③。

再次，文学价值的美，是指文学在真和善统一的基础上，满足了人们对美的需要，从而在人们心中引发的精神愉悦。它包括语言美、形式美、形象美、意境美、精神美等。具体地讲，它是作者根据美的规律，对生活的真和伦理的善进行艺术加工实现的。如通过将情感寄寓于形象的创造之中，并与理性的思考相交融，借助种种艺术技巧和手段，把真、善、美作为整体表现出来，从而形成更高形态的美——文学的艺术美。可见，文学的美的形成，离不开生活的真、伦理的善，而也正是通过文学的美的创造，生活的真、伦理的善才转化为了艺术的真、艺术的善，实现了与文学的美的有机统一。

---

① 王秋荣编：《巴尔扎克论文学》，中国社会科学出版社1986年版，第143页。
② 《马克思恩格斯选集》第4卷，人民出版社1995年版，第673页。
③ 古典文艺理论译丛编辑委员会编：《古典文艺理论译丛》（1），人民文学出版社1962年版，第199页。

不同时代、阶级和流派关于文学的真、善、美价值的具体内容的理解不尽相同，有的将生活中处于自然状态的真等同于文学的真，致使文学停留于对客观世界肤浅表象的描摹层面；有的将特定阶级的利益需求等同于文学的善，从而将文学当作为某一特定群体服务的工具；有的将非理性、无意识等同于文学的情感需要，从而导致文学堕落为感官刺激物；有的将语言技巧等同于文学的形式美需要，从而带来文学意义的消解……这些观点不可不避免地具有时代局限性、理论片面性。而马克思主义对文学的真、善、美的追求，代表了广大人民群众精神文化的普遍要求，代表了社会发展历史前进的进步方向。在马克思主义文学价值观的指导下，必将能创造出更多为老百姓喜闻乐见的优秀的文学作品。

尤其需要注意的是，文学中的真、善、美具有不可分割的内在一致性，三者相互联系、相互融合，形成有机整体。这是因为文学价值的追求，从根本上言，是人对自由自觉活动价值的追求。这必然是对人的合规律性和目的性的追求，从而必定体现为真、善、美的一致。但在文学史上，确实存在只强调其中一种或两种价值的观点。如儒家的"尽善尽美"说，只看到文学价值是善和美的统一，忽视了善和美的社会历史根源，将善和美视为离开现实生活的可以抽象出来的"空中楼阁"。又如晚明思想家李贽将文学价值单一地解释为"童心"，忽视了文学价值中的善与美。失去了善与美的真，将使文学成为无聊的娱乐、琐碎的玩物。

马克思主义文学价值观认为文学的真、善、美本质上是一致的。判断一部作品是否具备真、善、美，关键是看作品是否对社会关系作了自然深刻的反映，是否以人文情怀关注了人们的生活境遇，是否对社会持有高度的责任感，是否对社会的文明进步和人类的发展命运倾注了深情的关切，是否真正推进了文学形式的拓展、情感体验的深化、写作技巧的创新。文学不仅反映历史，而且在自身真、善、美的统一中反思社会、关爱人类、推动世界的积极发展。

第二节　文学的功能

文学功能是文学价值属性的实际反映和具体体现。文学价值的内涵在文学接受过程中发挥作用，形成文学功能，即文学价值是文学功能存在的内在依据。所以，有必要对文学功能作进一步考察，以推进对文学价值的理解，从而更加深入地实现对文学规律、属性的把握。

一、文学功能的多样性和整体性

文学在社会生活中起着多方面的作用。人们对此早就有认识。孔子言："诗可以兴，可以观，可以群，可以怨。迩之事父，远之事君；多识于鸟兽草木之名。"①就是说，诗歌具有感染启发、认识现实、促进人群凝聚甚至批评政治不足的作用。近代梁启超也认为，小说具有"熏""浸""刺""提"的功能，即小说能使人在阅读过程中不知不觉地受到熏陶，沉浸其间，甚至给人以刺激，使人移情交融于作品之中。

西方文论也存在类似观点。西方古代著名学者亚里士多德提出："音乐应该学习，并不只是为着某一个目的，而是同时为着几个目的，那就是（1）教育，（2）净化，（3）精神享受，也就是紧张后的安静和休息。"② 这里，亚里士多德认为，艺术可以给人以教导、让人精神得到提高升华，同时也指出艺术还能让人在愉快中放松，驱赶疲劳。现代作家福克纳则强调，作家的"特殊的光荣就是振奋人心，提醒人们记住勇气、荣誉、希望、自豪、同情、怜悯之心和牺牲精神"③，突出了文学对人心的种种激发和提升作用。

综上可见，文学的功能不是单一的，而是充满多样性，如认识功能、教育功能、启迪功能、净化功能、审美功能、娱乐功能等。而且，文学的功能不是孤立存在的，它的各种功能相互联系、相互作用、相互渗透，具有整体性，集中体现为对人的情感、道德、信念、理想、人格等潜移默化的影响。

二、文学的主要功能

虽然文学的功能是多样的，但是并不是说它的所有功能都处于相同位置、具有同等的重要性。实际上，文学的功能存在诸种主次、轻重之分。一般来讲，文学的主要功能为：认识功能、教育功能、审美功能、娱乐功能。

（一）认识功能

文学的认识功能，是指文学具有帮助人获得多方面的社会、人生知识，拓展深化人了解生活、理解世界的功能。正如车尔尼雪夫斯基所言：

　　艺术的目的就是在缺乏为现实所提供的最完美的审美享受的场合，尽力之所能再现这个可贵的现实，为了人的福利而解释生活。

---

① 《论语·阳货》，《十三经注疏》，中华书局 1980 年影印本，第 2525 页。
② 北京大学哲学系美学教研室编：《西方美学家论美和美感》，商务印书馆 1980 年版，第 44 页。
③ 威廉·福克纳：《在接受诺贝尔文学奖时的演说》，李文俊编选：《福克纳评论集》，中国社会科学出版社 1980 年版，第 225 页。

　　就让艺术满足于它的崇高而美丽的使命：当现实不在跟前的时候，在某种程度上代替现实，并且给人作为生活的教科书。①

　　确实，处于现实之中的人，由于时代、民族、国别、个人经历等条件的限制，对生活的了解总是存在一定局限性。而文学则为人们拓宽视野见到更宽广的世界提供了有效的渠道。如曹雪芹创作的《红楼梦》，恰如一部晚期封建社会的百科全书，从日常生活的细节到社会历史的发展，从底层人群的心理到贵族团体的情思，从纷繁复杂的人际关系到微妙幽深的个人情愫的描写，无不得到形象深入的展现。即使是抒情类文学作品，也具有较强的认识功能。通过阅读，人们既可以直接对作品中所描述的情感历程、情感脉络有所了解，也可以通过抒情主人公主观心灵对现实世界的折射，间接地把握时代精神和社会风貌等。如郭沫若在"五四"时期写作的抒情长诗《凤凰涅槃》，表达了诗人冲破牢笼、获得新生的强烈情感。此种激情，一方面代表了"五四"时期获得初步觉醒的青年的普遍心态；另一方面也反映了"五四"时期社会狂飙突进的时代精神。而那些充满荒诞感的西方现代主义著作，虽然表现手法是荒诞的，但是揭露了现代资本主义社会物质压抑人、科技宰制人的异化现实。可见，文学不但能让人获得对外部社会现实的认识，也能获得对人的内心世界的认识。而且，优秀的文学作品往往能够通过对特定时代历史内容的敏感把握，概括出时代的本质。如马克思、恩格斯多次称赞巴尔扎克的作品对资本主义社会本质、规律的揭示，比当时所有的职业历史学家、经济学家、统计学家加在一起还揭示得多。

　　文学之所以具有认识功能，是因为文学从根本上根源于社会生活，必然需要真实反映社会生活；且它源于生活，高于生活，所以常常要求对社会生活作集中的典型性反映，从而达到对生活本质的洞察。

　　同时，由于文学以形象的方式反映生活，往往通过对现实生活素材的选择、过滤，在想象力的推动下，将情感凝聚提升，转换为艺术形象来描写生活、揭示生活真相，所以，文学的认识功能具有生动性、具体性和感性化的特征。由此可见，文学的认识功能不同于科学的认识功能。科学虽然也强调对世界本质规律的探索，但是科学坚持纯粹客观理性的原则，将人的情感排斥在外，通过对客观事物的观察和分析，抽象概括出事物现象背后的规律。科学的认识功能具有客观性、理性、明晰性和确定性。但这并不意味着文学的认识功能比科学的认识功能逊色很多。文学通过想象、直觉、灵感等作用，常常能够突破单一的理性思维的限制，抵达人对世界的整体体验的境界，进而在对世界的妙语中获得关于世界真相的捕捉，甚至从中获

---

　　①　车尔尼雪夫斯基：《车尔尼雪夫斯基文学论文选》，辛未艾译，上海译文出版社1998年版，第146页。

得比科学研究更具前瞻性的认识。如法国作家儒勒·凡尔纳创作的科幻小说《海底两万里》《地心游记》《从地球到月球》《神秘岛》《环游地球八十天》等，虚构出人造卫星、航天飞机、宇宙飞船、月球车、潜艇、地铁、海底隧道等。这些文学上的虚构物在一百多年后通过科技手段转化为了现实。可见，文学认识以自身的前瞻性推动了科学认识的发展。二者相互区别，相互补充，积极推动人们对世界的完整认识，否则人们对世界的认识难免陷入片面之中。

（二）教育功能

文学的教育功能，是指文学具有影响人的思想情感、净化人的心灵世界、改变人的人生态度、增强人的生活信心和勇气的功能。广义上言，文学的教育功能还包括文学具有政治的、伦理道德的、社会的启蒙和教化功能。优秀的文学作品，往往能帮助人们培养高尚的思想情感、道德情操，树立正确的、进步的世界观，塑造健全完善的人格。所以，文学的教育功能促使人向"完整的人"和"丰富的人"的方向前进，对人对社会发挥着强大的作用。

文学的教育功能，根据性质、强度和形式的差别大致可分为三种：宣传功能、启迪功能和陶冶功能。

文学的宣传功能与政治、道德、宗教等实践要求有关，如中国古代常常强调文以载道；呼吁文学扬善惩恶，经夫妇、成孝敬、移风俗、厚人伦；主张文学补察时事以有益于国等。需要注意的是，不能将文学简单地等同于宣传工具，将文学视为政治的传声筒或生硬的道德说教、宗教传播。鲁迅曾犀利地批评宋代道学家的小说："宋时理学极盛一时，因之把小说也多理学化了，以为小说非含有教训，便不足道。但文艺之所以为文艺，并不贵在教训，若把小说变成修身教科书，还说什么文艺。"[1] 文学固然通过作品暗示出某种人生态度或价值取向，且于有意无意间影响了读者，具有了宣传的成分。但文学流露出的诸种立场倾向均需要尊重文学的审美规律，并以此为前提才能实现自身的宣传功能。所以，一切文学都是宣传，但并非所有宣传都是文学，二者具有质的区别。

文学的启迪功能，是指人在阅读文本的过程中，通过对文学形象的审美感受，接受它的启发、点拨，从而对凝聚在文学形象中的思想观念、情感内蕴有所觉察和感悟，进而产生理智上的认同。如路遥的《平凡的世界》，通过对农村家庭出身的两兄弟：孙少安、孙少平在改革开放后选择不同的人生道路，但都以自身生命的全部热忱和坚忍顽强投入人生的拼搏与奋进中的描写，揭示了人面对生活的苦难和折磨，只要敢于迎难而上艰苦奋斗，其人生就是充实的有意义有价值的；而世界正是由无数这样平凡的人通过自己的血与汗创造出来的，所以，这样的人是值得尊敬

---

① 鲁迅：《中国小说史略》，商务印书馆 2017 年版，第 193 页。

的，这样的人生是充满希望的，这样的世界是可歌可泣的。大概读过这部作品的人都深深地被主人公对生活、对世界、对生命的那种执着、坚毅、勇敢所打动，进而对人生的真谛、世界的真相多一点感悟，多一点剖析，多一点认同和思索。

文学的陶冶功能，指主要通过熏陶、感染和潜移默化，使得读者的情感、趣味和情操在不自觉中获得提高和升华。它没有明确的目的性，如同"随风潜入夜，润物细无声"的春雨般，通过文学的情感作用感发人心、化育人心。对此，人类很早就有所发现。古希腊的亚里士多德提到"悲剧"的效果时，就明确指出悲剧往往借助引起人的怜悯和恐惧，使人的心理、情感得到宣泄、调整和净化，于不知不觉中感发牵引人心。

文学之所以具有教育功能，是因为文学与生活具有内在关联。一方面，文学反映和表现的对象本身具有教育意义，如作品中有了令人敬佩的英雄人物，才会凭借这些英雄人物的崇高品格和壮烈行动，打动人感染人启发人教育人；另一方面，主要由作家的价值倾向引起。因为作家在创作作品时，在对生活的反映中必然寄予着自身的理想、愿望和诉求，必然会表达自己的立场、态度，做出自己的判断、评价。而作家总是通过塑造艺术形象将自己的这些价值观念和价值评判传递给读者，进而对读者的价值取向产生影响，起到一定的教育作用。正如契诃夫所言："凡是使我们陶醉而且被我们叫做永久不朽的，或者简单地称为优秀的作家，都有一个非常重要的共同标志：他们在往一个甚么地方走去，而且召唤您也往那边走。"[①] 读者接受了作品传达的价值观念后，将之贯彻到自身的实践中去，文学的教育功能必然对人心、人的行为、社会发展产生较大影响。

文学的教育功能不同于一般的教育规劝或训诫。因为文学在根本上是生动的、感性的，所以它往往通过将抽象的价值观念等转化为艺术形象加以传达，这就不仅需要对价值观念等进行美感审视，而且需要将价值理性情感化，使之转变为形象。这样，价值观念的说服力就由直接变为间接，由迫切的教导转化为潜在的感化，让人们在审美愉悦中获得心灵的撞击和领悟，而不是干巴巴的说教。

（三）审美功能

文学的审美功能，是指文学通过自身的艺术美满足人的美感和情感需要，使人获得精神对现实的超越，心灵得到滋养和提升，进而促进人的个性和自由全面发展的功能。人类通过文学实践创造了美，这是对人的自由自觉本质的实现，也是文学审美属性发生的一般性原因。而文学的审美功能则是文学审美本性发生作用的产物。具体地讲，文学是为了满足人的审美需要而出现、存在和发展的。所以，审美功能是文学的核心功能、最基本的功能。

---

① 契诃夫：《契诃夫论文学》，汝龙译，人民文学出版社 1958 年版，第 217 页。

文学通过作家按照一定的审美理想和美的规律，加工改造来自现实生活的素材，创造出艺术形象，传递出艺术美，而经过作品对艺术美的呈现，读者在与作品的接触中获得美的享受。这种美的享受，不同于简单的生理快感，而是超越感官快感之上的精神享受。而这种审美享受的实现，是一个循序渐进、潜移默化的过程。首先，它是艺术形象对想象的激发。文学的美是通过艺术形象来传达的，而对艺术形象的把握则需要通过想象来实现。一方面，艺术形象引发和诱导着想象；另一方面，读者通过想象感知艺术形象，甚至在想象力的推动下，进一步填充形象之间的空白且对之加以拓展形成有机的形象体系，从而得以充分地身临其境地感受到文学形象之美。其次，在真切感受到形象美的基础上，读者的情感活动随之变得活跃起来，进入审美享受的第二个阶段：情感的活跃。此阶段，一方面，伴随着形象美的冲击，读者于不知不觉中受到吸引感染，情感亦发生系列波动：或悲或喜、或忧或乐、或哀或伤……另一方面，读者情感被触发后，又会将自身的情感投入其中，实现审美情感的交汇融合。随着情感强度、力度、交融度的加深加大，读者的心灵变得更加充实完满，整颗心灵距离丑陋、黑暗、罪恶的东西就越远，距离美丽、光明、高尚的东西就越近，从而达到文学审美享受的极致阶段：心灵的升华、性情的陶冶、境界的提升。

文学在带给读者美的享受的同时，还推动着读者审美能力的提高。文学审美价值的实现，一方面有赖于美的文学作品的创造；另一方面有赖于能够敏锐感受和体验的审美主体的存在。但审美主体的审美能力往往是参差不齐的，有的甚至缺乏基本的审美能力。大量阅读文学作品是提高人们审美能力的有效途径。特别是那些优秀的文学作品，具有巨大的审美价值，能够以富有韵味的精致的语言、光彩动人的形象、真挚深厚的情感意蕴和独特灵动的艺术个性，深刻地影响读者的趣味、情调、眼光，培养读者的审美感知力、判断力和创造力，从而带来读者审美能力的提高和优化。

具体地看，文学的审美功能不是单一的，可以划分为不同类型：悲剧型、喜剧型、优美型、阳刚型等。悲剧型的文学审美功能，主要是指文学作品通过展现美好的事物或价值的毁灭，引起读者在审美体验中心灵遭到强烈震动从而获得情感的净化和境界的提升的功能。喜剧型的文学审美功能，主要是指文学作品通过戏谑、夸张的手法来讽刺、嘲笑、揭露社会的丑恶、阴暗、落后现象，使读者在对滑稽的嘲讽中获得轻松快感的功能。优美型的文学审美功能，主要是指文学作品通过秀丽柔和风格的传达，让读者获得舒适愉悦体验的功能。阳刚型的文学审美功能，主要是指文学作品通过昂扬、刚健、雄壮、阔大的风格传递，使读者心灵获得强大力量感的功能。虽然文学的审美功能存在具体的类型差异，但是它们最终都是为了引导人的心灵实现更高层次的升华。

文学的审美功能是一个历史范畴，具有历史性。文学审美意识和审美心理的形成受到特定历史时期特定区域的经济、文化、人群生活方式等因素影响，从而具有不稳定性，随着历史的发展而发生变化。这也就决定了文学的审美功能在不同历史时期的差异性，在不同时期不同区域不同人群中具有不同的具体表现。

需要注意的是，文学虽具有认识、教育、审美、娱乐等功能的区分，但实际上这些功能不能截然分离单独发生作用。它们相互作用、相互促进，甚至相互转化，共同构成一个复杂的文学功能系统。从与读者的关系来看，文学的审美功能往往起着更直接的作用。一方面，文学的审美功能是文学其他功能得以实现的中介。因为无论是文学的认识、教育功能还是文学的娱乐及其他功能，都是通过读者的审美体验实现的。文学的本性决定了文学的情感意蕴是通过生动感性的艺术形象传达的，文学不是一系列抽象概念，这就内在地决定了读者从一开始就必须采取美感的接受方式把握文学。从而，审美成为进入文学的重要途径，文学的审美功能的发挥是实现其他功能的前提和基础。另一方面，文学的审美功能是以情感为中心的整体性概念，它为文学各种功能的协调提供了重要保证。文学的其他功能不仅在内容上都不同程度地渗透或含有情感体验的审美因素，而且它们都以文学的审美为旨归，通过文学的审美统一起来。所以，文学的审美功能在文学功能体系中具有最基本的核心地位。

（四）娱乐功能

文学的娱乐功能，是指文学带给人情绪上的轻松、感觉上的快适和精神上的愉悦的功能。

文学的娱乐功能的主要特点是让人产生生理和心理的轻松快乐感。比如当人心情郁闷时，读几首或欢快活泼或清新淡远的小诗，可以有效驱赶心里消极的情绪；当人的身体和精神高度紧张疲乏的时候，读一部幽默风趣引人入胜的小说，很明显地可以转移身心压力，获得情绪的释放和宣泄，带来心理的放松和平和，给人的身心以良性的调剂。

表面看，好像文学的娱乐功能削弱甚至消解了文学的认识功能、教育功能、审美功能，实际上，文学的娱乐功能和文学的其他功能不仅不矛盾，而且相互贯通、相互作用。因为文学娱乐功能的形成，从根本上源于文学是按照美的规律造型的。文学要引起美感，必须塑造形象，而形象是直接诉诸感性的，也直接作用于人的感性，从而使人在跟文学接触的刹那，就可以在当下的轻松中直观形象，产生各种情绪反应。如果这些形象有一整套合于人接受的形式和内容，便能切合人天然的好奇心理和游戏心理，甚至切合人的生理需要，如节奏感、对称感、平衡感等，由此让人产生生理心理的快乐感，即获得娱乐。可见，文学的娱乐功能是由文学的审美本性决定的，且为文学审美功能的全面发挥奠定了基础。同时，文学常常以自身的娱乐功能为契机，吸引人们进行阅读，获得知识，受到教育。文学的娱乐功能不但没有取消文学的认识功能、教育功能，而且为它们的实现提供了有效渠道，增强了它们的影响力。对此，周恩来有较为清楚的认识，在他看来："群众看戏、看电影是要从中得到娱乐和休息，你通过典型化的形象表演，教育寓于其中，寓于娱乐之中。"① 鲁迅甚至从源头上指出了文学与娱乐的密切联系："至于小说，我以为倒是起于休息的。人在劳动时，既用歌吟以自娱，借它忘却劳苦了，则到休息时，亦必要寻一种事情以消遣闲暇。这种事情，就是彼此谈论故事，而这谈论故事，正就是小说的起源"②。所以，文学的娱乐功能和文学的认识功能、教育功能、审美功能是可以相互加强、辩证统一的。

文学的娱乐功能，具有多方面的含义。

第一，它具有生理满足的意义，而且是一种想象性的满足。一般来说，对生活体验的富有细节性的真切表达、形式上富有美感的细致塑造，如和谐的节奏及韵律、风趣的语言、曲折的结构等，都可以给人带来生理的快乐感。正如朱光潜言："我们做诗或读诗时，虽不必很明显地意识到生理的变化，但是它们影响到全部心境，是无可疑的。就形式方面说，诗的命脉是节奏，节奏就是情感所伴的生理变化的痕迹。人体中呼吸循环种种生理机能都是起伏循环，顺着一种自然节奏。以耳目诸感官接触外物时，如果所需要的心力，起伏张弛都合乎生理的自然节奏，我们就觉得愉快。"③

第二，文学的娱乐功能带有益智的特点。心智的调动，是高层娱乐的标志。通常那些优秀的大众娱乐作品，都比较重视对某种独特的甚至接近或超过专业水平的技能的展示，如武术、推理、侦探、谋略、棋艺、画法等。金庸的武侠小说之所以广受大众喜欢，就与他作品里描述的高超玄妙的武术有较大关联。人们常常对他作品中出现的各种绝世神功、传世剑谱、独门暗器等津津乐道，推敲品味，甚至专研学习，在娱乐中提高了自己的智力水平，获得了更具满足感的快乐。

第三，文学的娱乐功能最终指向高雅的格调。因为文学的娱乐功能根本上产生于文学的审美本性。文学审美性本质上是人的自由自觉本性的表达，所以，文学对人的生理心理的满足最终是为了实现作为整体的人的全面的身心自由，从而文学的娱乐功能就绝不能简单地停留于人的生理心理层面，必须成为整体的人的追求的有机构成部分才具有真正的生命力。

在当今市场经济条件下，市场化写作越来越强调文学的娱乐功能，甚至将文学的娱乐功能视为文学的主要功能或唯一功能。这种文学上的"娱乐过度"的倾向，必然导致文学偏离它对审美本质、精神内涵、终极关怀的追求，必然导致文学走向衰败。我们需要在正确认识文学娱乐功能的内容和根源的基础上，坚持文学娱乐功

---

① 《周恩来选集》下卷，人民出版社 1984 年版，第 337 页。

② 《鲁迅全集》第 9 卷，人民文学出版社 2005 年版，第 312~313 页。

③ 朱光潜：《从生理学观点谈诗的"气势"与"神韵"》，《朱光潜全集》第 3 卷，安徽教育出版社 1987 年版，第 368 页。

能对高雅格调的最终指向。

　　综上所述，文学功能是多样的，具有多样性。其中，文学的审美功能是最根本的，是文学的核心功能，其他功能的展开和实现都需要以它作为基础和前提。同时，文学的各种功能相互作用、相互促进，具有整体性。唯有对文学各种功能的发挥保持科学的尊重态度，才能创作出满足人民群众真正需要的优秀作品。

第四章　文学创作的相关问题

文学创作是文学活动的重要环节，是人类精神生产的一种重要方式。文学创作是一项富有个性的精神活动，因创作主体和创造客体等因素的差异而显现出多样化的特点。① 基于此，本章对于文学创作过程的描述主要是呈现文学创作的一般规律，介绍一些与文学创作相关的具有共通性的问题。

第一节　文学创作过程

文学创作过程，是创作者依据社会生活经验、在特定创作动机的驱使下，通过多样化的艺术构思方式对相应生活素材进行审美加工，最终形成艺术化的形象世界的过程。

一、创作动机

创作动机就是促使作家创作文学作品的心理驱动力量。人类做任何事都有动机，或大或小，或长远或切近。动机是带有本原性的心理机制。我国古人很早就发现了这一心理机制，《礼记·中庸》讲"天命之谓性"，孔颖达《五经正义》疏引贺场说："性之与情，犹波之与水，静时是水，动则是波，静时是性，动则是情。"② 这里所讲的"情"就是动机的起源状态，也可以宽泛地理解为动机。在先贤看来，人的内心的原初状态就像平静的水面，外在因素的影响就像平静的水面被

---

① 关于文学创作具体情形的材料，可以参考作家的创作谈。一般来说，作家在创作谈中对于创作过程的陈述是真诚的，也是可靠的，但也有不少作家故弄玄虚，有意将自己的创作过程神秘化，这也是需要我们在研究创作过程时需要注意的问题。在当下的文坛，作家的创作谈较为少见，一些作品的后记——比如贾平凹长篇小说《山本》的后记——可以视为创作谈，著名文学杂志《中篇小说选刊》在选载每一篇中篇小说时都会配发作者关于该作品的创作谈，是比较集中发表创作谈的刊物，值得作为重要参考资料来源对待。

② 钱锺书：《诗可以怨》，钱锺书：《七缀集》，上海古籍出版社1994年版，第126页。

石头击破，激荡起一圈又一圈涟漪，而涟漪则一定会恢复到平静状态。正如人的内心一样，一定要恢复到原初的平静状态。否则，人的内心就会处于紧张状态，这种紧张状态时时要求自我消除进而恢复平静。这种紧张状态就是情感的生发状态，而要求恢复平静的动力就是动机。对于文学创作而言，动机则是人类因性动情生而带来的表意的需要。具体而言，这样的动机也有很多种，取悦别人、表白自我、证明能力、获得实利，如此等等，不一而足。一般来说，较为良好的创作动机往往是心灵内在的需要所生成。一部优秀的文学作品，歌颂或讽喻世事也好，抒发或宣泄情感也罢，都需要经过内心的激荡或浸染才好。外在的功利动机有时虽然强劲，但如果没有在心灵的水面激起明显的涟漪，那么由此创作出来的作品，质量一般较为低劣。

　　具体的创作动机虽然多种多样，不一而足，但根据人的内心状态而言，可以分为丰富性动机和缺失性动机。所谓丰富性动机，就是由于内心获得意外的、超过期待的满足而产生的一种表达愉悦之情的需要。在日常生活中，丰富性动机常常表现为炫耀、逢人说项等行为。在文学创作中，这种丰富性动机则大多表现为对于愉悦心情的歌唱或赞颂，比如唐代大诗人孟郊在考中科举之后写了一首《登科后》，诗中直率地抒发"春风得意马蹄疾，一日看尽长安花"，既是古文名篇又是书法名篇的《兰亭集序》也是王羲之愉悦之情的挥洒。相对而言，缺失性动机则是由于内心的缺失状态长期得不到弥补而产生的一种强烈的宣泄或替代性满足的需要。人的一生总会遭遇很多挫折和困厄，造成损失是难免的，而有些损失一时难以挽回，甚至永远不会得到弥补。这种经验必然形成内心的紧张状态，而内心的紧张也必然要求宣泄。我们的先贤早就发现"饥者歌其食，劳者歌其事"，这里的"歌"其实就是宣泄。唐代文豪韩愈强调"不平则鸣"，认为"有不得已者而后言，其歌也有思，其哭也有怀。凡出乎口而为声者，其皆有弗平者乎"[1]，指的也是内心不平衡所产生的创作（鸣）欲望。除了宣泄之外，作家们还会营造一种虚幻的满足所欠缺的心理欲求的情境来获得替代性安抚。奥地利心理学家弗洛伊德曾经写过一部著作《创作家与白日梦》，阐释作家创作出来的世界与其内心隐秘之间的关系，认为作家笔下的世界往往是他内心难以实现的梦幻情境的曲折再现，"作家通过改变和伪装他的利己主义的白日梦以软化他们的性质"，进而"使我们从作品中享受到我们自己的白日梦，而不必自我责备或感到羞愧"[2]，使读者分享到共同的替代性满足。这种阐释是有着充分的文学作品依据的。清代杰出的小说家蒲松龄所创作的

---

① 韩愈：《送孟东野序》，郭绍虞、王文生主编：《中国历代文论选》第2册，上海古籍出版社1979年版，第129页。

② 弗洛伊德：《弗洛伊德论美文选》，张唤民、陈伟奇译，知识出版社1987年版，第37页。

《聊斋志异》在很大程度上即是作家白日梦的反映。蒲松龄怀才不遇，屡试不第，长期在大户人家当私塾先生，坐馆西窗，地位低下，清冷孤独，得不到异性的温存。于是，在他的笔下反复出现类似的一幕：一位穷困潦倒的书生，在城外的荒庙中苦读，寒夜来临，一位由狐仙化成的美丽女子翩然而至，红袖添香伴他夜读，不仅给他女性的温柔体贴，而且更重要的是赏识他的才华。这样的情境毫无疑问是蒲松龄本人所欠缺的，也是他渴求的一个幻梦。因此可以说，《聊斋志异》的创作动机在很大程度上可以视为蒲松龄寻求替代性满足的需要。还有一种缺失性动机所造成的创作现象，即作家所创作的作品不一定完全与自我生命的缺失相对应，但作家期望通过自己的创作来证明自我的才华和品质，以象征性地挽回自己的缺失。中国古代文化传统中有一种发愤著书的传统，发愤大致就是缺失性的创作动机。在发愤著书方面比较典型的是司马迁创作《史记》。司马迁因为在朝廷上为李陵辩诬而惨遭宫刑，既遭受身体的苦痛，又遭受名节的凌辱，之所以含垢忍辱，就是为了写出《史记》，为自己尚未获得承认的道德文章作证。他在《报任少卿书》中的一番慷慨陈词有力地说明了这种缺失性创作动机："古者富贵而名摩灭，不可胜记，唯倜傥非常之人称焉。盖文王拘而演《周易》；仲尼厄而作《春秋》；屈原放逐，乃赋《离骚》；左丘失明，厥有《国语》；孙子膑脚，《兵法》修列；不韦迁蜀，世传《吕览》；韩非囚秦，《说难》《孤愤》；《诗》三百篇，大底圣贤发愤之所为作也。此人皆意有所郁结，不得通其道，故述往事、思来者。乃如左丘无目，孙子断足，终不可用，退而论书策，以舒其愤，思垂空文以自见。"① 文中所罗列的著作在司马迁看来，都是"发愤"而成，都是出于缺失性动机所写就的。

放眼中西文学史，我们会发现杰出的文学作品大部分是出于缺失性动机而写成的，或者说缺失性动机所产生的优秀作品要比丰富性动机所产生的优秀作品多。这种现象早就有人发现。唐代韩愈说"欢愉之词难工，而愁苦之言易好"，宋代欧阳修说"诗穷而后工"，都是对缺失性动机的创作效力深有体会。这种现象产生的原因，主要是造成缺失性动机的心理力量不容易消散，更容易向内积聚起强大的驱动力，这种驱动力强烈地要求宣泄、补偿或替代性抚慰，转化成的创作欲求也就更强烈。因而，缺失性动机创作出来的作品就很多，而且这些作品中所蕴含的作者的心志更醇厚、更丰富，作品的质量也就相对较高。对此，著名学者钱锺书先生在《诗可以怨》一文中引述众多名家的意见阐释道："盖诗言志，欢愉则其情散越，散越则思致不能深入；愁苦则其情沉着，沉着则舒籁发声，动与天会。""盖乐主散，一发而无余；忧主留，辗转而不尽。意味之浅深别矣。""乐的特征是发散、轻扬，而忧的特征是凝聚、滞重。欢乐发而无余，要挽留它也留不住，忧愁转而不

---

① 司马迁：《报任少卿书》，刘文忠选注：《汉魏六朝文选》，人民文学出版社 2011 年版，第 137 页。

尽，要消除它也除不掉。"①

　　理解了创作动机的生成机制，我们就不难考究创作动机对于创作过程的影响。创作动机不仅影响文学作品的内容，而且会影响作品所采用的艺术手法和作品的风格情调，更重要的是创作动机的强度、对作家心灵的驱动度深刻地影响了作品的质量。路遥立志向写出巨著《创业史》的柳青学习，创作出一代农村有志青年的改革史诗《平凡的世界》。在这部作品中，路遥倾注了全部生命，也包含了曾经作为农村有志青年的他的坎坷生命体验。《平凡的世界》中的很多故事来自路遥的缺失性创作动机。《平凡的世界》的素材以及雄强的现实主义风格，也显示了路遥不甘认输、想在现代派手法风靡的文坛独树一帜的创作动机。事实证明，《平凡的世界》取得了巨大的成功，成为当之无愧的当代文学经典。这也说明了创作动机对于文学作品品质的重要意义。

二、艺术构思

　　艺术构思是指作家在创作动机的引导下，运用选择、提炼、想象等处理创作素材的手法塑造艺术形象、创设故事情节最终形成完整的艺术世界的思维过程。

（一）艺术构思的主要过程

　　艺术构思是文学创作过程的核心环节，其主要过程大体是形构文学世界的整体框架、设计具体的艺术形象、组织情节场景。

　　一部作品，无论是抒情性作品，还是叙事性作品，都并非三言两语所能完成，都需要一个恰当的结构来安排文学元素，因而形构作品的整体框架是创作构思的首要环节，关系着作品主题思想的贯彻。整体框架设计不好，主题思想的表达就不充分、不到位，甚至是走向失败。抒情性作品需要不同场景的安置、情感意象的组合，叙事性作品需要安排情节和人物的布局分配，这些需要作家设计出一个框架，如同建造一座大楼需要先设计出主体框架、绘制出一幅图纸一样。宋代著名文学家苏轼在名文《文与可画篔筜谷偃竹记》中说："竹之始生，一寸之萌耳，而节叶具焉。自蜩腹蛇蚹以至于剑拔十寻者，生而有之也。今画者乃节节而为之，叶叶而累之，岂复有竹乎？故画竹必先得成竹于胸中，执笔熟视，乃见其所欲画者，急起从之，振笔直遂，以追其所见，如兔起鹘落，少纵则逝矣。"② 苏轼在这篇赞赏文与可画竹之前"胸有成竹"，指的就是头脑中先有一幅关于竹子的整体图景，所批评的一些拙劣的画家"节节而为之，叶叶而累之"，就是缺乏整体设计的表现。同

---

① 钱锺书：《诗可以怨》，钱锺书：《七缀集》，上海古籍出版社 1994 年版，第 127、128 页。

② 张志烈、张晓蕾选注：《苏轼选集》，人民文学出版社 2002 年版，第 296、297 页。

样，从事文学创作的人如果没有整体设计的意识，随心所欲，想到哪里写到哪里，很快就会遭遇创作的挫败。当然，作家所设计的作品主体框架在进入创作实际过程之后还会遇到变更、调整等情况，这些在创作中实属正常现象。但是，形构作品主体框架是必不可少的，它制约着创作的成败，从一开始就决定了创作是否能够最终完成。鲁迅先生在创作短篇小说《药》之前，一直处于思想探索的彷徨状态，对于辛亥革命的意义和效果表示深刻的怀疑，对于革命者的悖谬性命运体会颇深。他想写出民主革命的困境，排解自己内心的苦闷，在有了这样的创作动机之后就开始了艰苦的艺术构思，终于在头脑中孕育出《药》的故事框架，最终创作出了以"药"的双关性象征意义连接整个故事的杰出作品，写出革命先驱者的悖论性命运：启蒙者为被启蒙者所拒绝进而所吞噬。如果鲁迅没有寻找到以"药"作为隐喻的整体构架，那么鲁迅先生写下的可能会是当时为许多人所热衷写的政论文，而不是一部短篇小说的杰作。

在构思过程中，作品主体框架搭建之后，具体艺术形象的设置就是主要任务了。在叙事性作品中，艺术形象主要是人物形象，人物形象有多有少，有主要的也有次要的，人物形象的设置要合乎作品结构的要求，同时要有照亮结构的效果。沈从文的名作《边城》创造了一个清新柔美的少女形象——翠翠。翠翠的婚事风波形成了小说的主要结构，翠翠在婚恋中的选择及其心理波动体现了作家沈从文对于故园的哀愁和追怀，翠翠这个人物形象也使得作品的结构比较自然，让人有一种浑然之感。在抒情性作品中，艺术形象主要表现为意象。意象的分布设置要呼应作品的整体框架，与作品的整体情调氛围相契合。毛泽东《沁园春·雪》就是如此，词中雪的意象及雪时、晴日的不同场景等相辅相成，共同摹写出雄奇壮丽的风景，酣畅淋漓地抒发了豪迈昂扬的感情。值得注意的是，艺术形象有着自身的规定性，人物形象要合乎生活的情理和人性的依据，意象也要与事物的原初形态有着可以理解的联系。因为这个原因，在创作的过程中有时会出现艺术形象与主题、结构的矛盾，这时作家对于艺术形象的设计安排就需要进行调整或改变。就以小说创作而论，我们会认为小说家对人物形象及其命运有生杀予夺的权力，但小说家的权力是有限制的，小说家在创作时并非是全然自由的。当小说家发现人物形象的生长已经与既有的主题追求、整体框架相违背时，往往会设计一场意外来结束人物的生命，应该说这样的做法是便捷的，但也暴露了作家的思想破绽。在路遥的长篇小说《平凡的世界》中，高中毕业回到农村的孙少平一直与身在省城的地委书记的女儿田晓霞保持着恋爱关系，但对于具有生活经验的读者来说，这种恋爱关系的保持是令人惊奇的。从生活情理上讲，孙少平博览群书，视野开阔，自尊自爱，富有见识，确实迥异于一般的农家少年，这也是其吸引出身干部家庭的田晓霞的地方，从中我们也可以看出田晓霞没有特权意识、不以出身论人、重视才华人格的为人品质。但尽管如此，随着两个人生活际遇的改变，两个人的人生状态的差距越来越大，身在省城并且担任记者工作的田晓霞视野更加开阔，对世界和时代的体认更深刻也更准确，而此时回到农村随后来到煤矿的孙少平事实上很难再保持对田晓霞的智力优势，也很难再持续生长出吸引田晓霞的魅力。作者路遥为了保持田晓霞这一形象的道德感，也为了不伤害孙少平的自尊心，就不想将田晓霞写成在情感上有负于孙少平的人，于是只能在小说中终结对这一想象的描写，仓促安排她在一场洪水中英勇殉职。应该说，田晓霞形象的发展是与小说的整体设计相冲突的，这也是路遥在人物形象设置方面的一个问题。由此可见，具体艺术形象设置不仅要与小说的整体结构、主题表达相适应，而且要符合艺术形象内在的情理。

组织情节场景是艺术构思过程后期所要完成的主要任务。情节和场景是文学作品的血肉和肌肤，为塑造具体艺术形象提供细节和场景支撑。在叙事性作品中，作家塑造人物形象的主要手段是围绕人物形象安排故事情节，通过情节、细节来表现人物的性格和品质，进而表达主题思想。王安忆的长篇小说《长恨歌》用大量细碎的情节书写了上海滩名媛王琦瑶波澜不惊的一生，集中描述了她对精致的日常生活的执着追求。纷至沓来、细细碎碎的细节与庸常人生的涟漪感相得益彰，凸显了精致的日常生活的光魅，形成了对于当代文学中宏大叙事和深度意义模式的有效反拨。在抒情性作品中，作家营造艺术形象的方式主要是通过描绘具体场景来烘托意象。李白的《静夜思》短短二十字，却描绘了冷清秋夜、寂寞客馆的场景，表现了月亮这一意象带给人的故园之思，出语平淡却成千古经典。情节场景的丰富性、真实性直接决定了作品的质量，概念化的作品、图解思想或政策的作品之所以令人生厌，一个主要的原因是情节场景的干枯。这些作品的情节多是生编硬造或胡编乱造的，缺乏生活气息；场景往往是虚假的，堆砌的，缺乏一种元气淋漓的气象。值得注意的是，一些作品中往往会出现一种过分追求情节曲折性、丰富性的现象，尤其是一些通俗小说，过分注重情节的传奇、离奇，对人物形象塑造构成负面影响，损害了人物的真实性，这些作品中的人物往往有一种被神化的色彩。名著《三国演义》对诸葛亮的描写就带有传奇化的色彩，小说中一些关于他的故事情节是出离现实生活可能性的。对此，后世的评论家就认为《三国演义》把诸葛亮描写得接近妖魔，反而损害了诸葛亮多谋善断、鞠躬尽瘁的形象。因而，对于故事情节的组织并非越曲折越好、越传奇越好，而是要围绕着塑造真实丰满的人物形象而组织，不能单纯追求情节的曲折离奇而淹没、损害人物形象。总之，组织情节场景虽然是艺术构思过程的最后一环，却也是异常重要的，关系着具体艺术形象塑造任务的落实，也关系到主题表达的最终完成。

（二）艺术构思的主要方式

艺术构思的方式有很多种，但主要是艺术概括，艺术概括的过程即是创作主体对生活素材进行艺术加工使之转化为艺术形象的过程。艺术概括的手法大体上可分为综合、简化和变形三类。

所谓综合，是指创作主体在创作过程中对所掌握的生活素材进行重新组接合并的过程。在小说等叙事性作品中，创作主体在塑造人物时往往会选择生活原型进行描述。有的形象的原型是拥有很多故事的，性格原本是比较丰满的，但在大多数情况下，生活原型不具备直接进入艺术形象的条件，缺乏艺术形象应有的丰富性，这就需要创作主体根据人物的性格逻辑广泛地组合情节，综合其他同类型人物的故事进行创作。文学史上一些著名的典型人物形象，多是艺术综合的结果。长篇小说《亮剑》塑造了李云龙这一英勇善战、足智多谋、独立思考、敢于负责、个性鲜明的革命战将形象，获得了极大的成功，李云龙形象也被视为新时期以来军旅文学形象画廊中的成功的典型形象。作家都梁熟悉革命战争史，作品中李云龙将军的故事就是综合了王近山、钟伟、许世友、韩先楚等人民解放军高级将领的事迹而成的，李云龙形象也是革命战争中成长起来的一代战将的传神写照。艺术综合的过程中，需要注意人物的性格逻辑问题，要有方向性，不能细大不捐、简单堆砌，使得人物形象臃肿不堪，更不能走上神化人物的路径，违背生活的真实性。抒情性作品中的艺术综合也是如此，意象的营造也是经过了对事物原初形象的综合过程，同样也需要注意综合过程中物象所传达情意的合理性，不能走向场景混乱、意象模糊的歧途。

所谓简化，就是在艺术构思过程中对生活素材进行删繁就简、突出核心特征的过程。实质上，艺术概括的过程必然伴随着艺术简化的过程，因为创作主体不可能将生活实有状况全部搬进作品，必然要经历一个选择处理的过程。艺术构思过程中的简化，主要强调的是创作主体对于生活素材的删减、汰选和提炼，以突显艺术形象的主要特征。鲁迅先生认为，如果用较少的笔墨刻画人物，最好的方式是集中描写他的眼睛。鲁迅先生也是这么做的，在他的短篇小说中，常常可以发现描写人物眼神的妙笔，充分彰显了眼睛是心灵的窗户这一真理。《祝福》中祥林嫂的眼神、《故乡》中闰土的眼神等都是艺术简化的典范。余华的长篇小说《活着》被视为当代文学的经典，小说写了福贵这样一个小人物所经历的 20 世纪，福贵经历了 20 世纪中国几乎所有的苦难，亲人不绝如缕地死去，使他领悟到活着就是活着本身，无需也不可能获得外在的意义依据。福贵一开始作为败家的少爷，继而成为皮影艺人，随后又被卷入第三次国内革命战争，后来成为街道平民，进而成为父亲、外祖父，在风云变幻中一定经历了很多故事，拥有丰厚的人生经验，但作家余华却集中笔墨，只写福贵所遭遇的纷至沓来的死亡，令人叹为观止、心灵震颤，深刻地领会到活着即活着本身的存在主义况味。毫无疑问，余华在创作《活着》时所进行的艺术简化，焕发出极大的情感力量，给读者带来巨大的心灵冲击。抒情性作品中的艺术简化，同样是普遍的。朱自清先生的散文名篇《背影》，只抓住父亲那蹒跚的背影来描写，让我们感受到父辈的艰辛不易、不甘衰颓的责任感以及对孩子深沉的爱。柳宗元的五言绝句《江雪》只有二十个字："千山鸟飞绝，万径人踪灭；孤舟蓑笠翁，独钓寒江雪。"此诗写出了诗人孤绝自守的高洁品格，诗中的景象给人一种排除之感，同样写作的过程也是一种排他性的过程，诗人没有写世俗官场的污浊，也没有感慨自己怀才不遇，而是通过艺术简化，将雪中一江、江中一舟、舟中一翁的情景定格化，凸显了诗人自立不俗、独标高格的心志，成为千古绝唱。对于创作主体而言，艺术简化可能是更需要心智和精力的构思方式，既需要创作主体忍痛割爱、大力删削，又需要创作主体慧眼如炬，抓住生活实感最强、意义最丰富的情景来集中笔墨书写。

所谓变形，是指创作主体通过改变素材的生活实存形态来使之传达相应艺术效果，进而上升为艺术形象的过程。艺术变形的主要手段就是对创作客体的常态进行变异性改造，在变异性改造的过程中需要处理好与生活真实性的关系，不能任意而为，要符合作品内部的情理，使读者能够理解作家进行艺术变形的创作诉求。20世纪中期之后，西方一些作家为了表现生活的荒诞感、体制化的世界对人的压抑感，采用了变形的手法对这种生存感受进行书写，形成了现代主义的创作潮流。比较典型的是卡夫卡的《变形记》，写主人公由于生活的挤压而变成了一只甲虫，强化了生存的压抑感和悲剧意识。中国文学传统中也有艺术变形的例子。明代戏剧家汤显祖创作的名剧《牡丹亭》，写了情爱意识觉醒的杜丽娘为了自己强烈的爱欲生可以赴死、死又可以复生的故事，这种违背生活常理的情节设计其实也是一种变形。至于中国文学中对世人变形成妖魔鬼怪的书写，就举不胜举了，只不过这种艺术变形，更多地与相应的宗教信仰及其神话世界相联系，相对于西方现代派文学中的变形，不那么突兀罢了。

综合、简化和变形这三种艺术概括方式常常为作家同时采用，即便在同一部作品中，作家也不仅仅只局限于采用一种艺术概括方式，而是根据文学表达的需要，灵活地采用多种方式进行艺术构思。

三、语言呈现

语言呈现是文学创作过程中的物化阶段，也是最后的阶段，标志着创作的彻底完成。所谓语言呈现，就是指创作主体将头脑中的文学图景用语言文字呈现于纸上的过程。这个过程的完成需要创作主体掌握语言表达的技艺。文学创作的语言表达，和一般的文字表达要求有所不同，特别讲求语言的形象性、准确性和表现性。

所谓形象性，是指文学创作中使用的语言要使读者由此进入一个形象化的世界，不能停留于纸面。古人云"得鱼忘筌"，而语言就是用来钓鱼的"筌"，旨在使人"得鱼"，而尽快忘掉语言文字本身，进入一个形象化的世界。杜甫的《绝句》只有四句："两只黄鹂鸣翠柳，一行白鹭上青天，窗含西岭千秋雪，门泊东吴万里船。"这首短短的诗篇立刻在我们眼前打开了一幅初春图景：明净开阔的天空，振翅高飞的白鹭，远处山岭的积雪，娇嫩的翠柳与欢快啼鸣的黄鹂，清澈的春水与散发着暖意的船只。这幅图画色彩鲜明，明亮而偏于素雅洁净，令人爱怜珍惜这欣欣向荣、一切美好刚刚开始的感觉。文学创作中的语言表达，最忌讳抽象性，语言艰涩迟滞，读来拗口，是很难让人进入形象世界的。西方的现代诗创作，追求一种智性的表达，别具一格，但其中的末流，蛮横地扩大语言的艰涩感，去故弄玄虚地表达深奥的哲理，使读者久久停留于语言表面，苦于无法进入诗歌世界，这样的诗歌是直接取消了诗歌本身。读者与其读这些哲理诗，不如去直接研读哲学著作。

所谓准确性，是指创作主体对语言的使用要贴切，最大限度地接近表现对象。美人如花，"芙蓉如面柳如眉"是形象的，道出了一般人的生活感知。但一个作家如果在作品中泛泛地使用美人如花这样的措辞，会给人一种笼统之感。美人如花，是怎样一个美人，究竟像什么样的花朵，这些需要创作主体进一步增强语言使用的准确性，使之贴近表现对象，使表现对象的独特性最大限度地呈现出来。《红楼梦》写了众多的青年女子形象，却各有各的容貌风韵，各有各的气质秉性，她们的一颦一笑都被作家的生化妙笔刻画出来，令人赞叹不已。中国古代文学史上有不少诗人作家推敲语言文字的佳话，连"推敲"二字本身都源于唐代诗人贾岛苦吟文字的故事。近现代以来作家推敲文字，追求语言准确性的事例也不胜枚举。老舍先生的话剧名作《茶馆》是经典作品，其成为经典的一个重要因素便是语言运用的准确性。《茶馆》里有这么一场对话：

> 常四爷 （闪过）你要怎么着？
> 二德子 怎么着？我碰不了洋人，还碰不了你吗？
> 马五爷 （并未立起）二德子，你威风啊！
> 二德子 （四下扫视，看到马五爷）喝，马五爷，您在这儿哪？我可眼拙，没看见您！（过去请安）
> 马五爷 有什么事好好地说，干吗动不动地就讲打？
> 二德子 嘁！您说的对！我到后头坐坐去。李三，这儿的茶钱我候啦！（往后面走去）

在《茶馆》中，二德子是教堂里洋人的狗腿子，为洋鬼子跑腿办事，挟洋自重、狐假虎威，连先前尊敬的常四爷也不放在眼里，常四爷对之不屑，出言讽刺，自感受到冒犯的二德子便想打上前去。这时，在洋教里地位较高的马五爷发话劝止，意识到马五爷在场的二德子赶紧收起了威风，变色龙似的去巴结马五爷了，随后又灰溜溜地坐到后面去了。在这一场戏中，马五爷只说了短短一句话七个字"二德子，你威风啊"，就煞了二德子的威风。在话剧的排练中，剧中饰演马五爷的演员觉得这句台词不够有力，就建议老舍先生改成"二德子，你好威风啊"，他认为多加一个"好"字，马五爷对二德子的反感会更有力些。老舍先生坚决否定了这个建议，他所讲出的道理也得到了演员们和导演的认可。在老舍看来，二德子在与其洋教地位悬殊较大的马五爷那里，不是威风过头的问题，而是能不能威风的问题。在马五爷面前，二德子根本就不能抖丝毫的威风，根本就不应该有任何的存在感，只能溜到后面坐着。所以，"你威风啊"相对于"你好威风啊"而言，更准确，更贴近于马五爷和二德子这两个形象的实际处境。增删一字，语言的准确性就大受影响，这就是文学创作中语言呈现的特别要求。

所谓表现性，是指语言要有表现力，要生发出一种与表现对象艺术魅力相协同的表达效果。语言的表现性与语言的形象性、准确性相一致。语言只有具备形象性、准确性，才会具有表现性。相对于语言的形象性、准确性而言，表现性是一种更高的要求。但高明的作家往往善于发挥语言的表现力，使自己的语言也内在地具有一种表现性，使得读者在阅读作品时通过语言就获得了一种隐隐的形象感，进入作品的形象世界就更自然，对作品形象世界的体验更全面、更投入。著名作家汪曾祺的短篇小说《受戒》被誉为当代经典、小说中的"神品"，很多评论家赞美过小说的语言运用，我们试着看其中的一个段落：

这家人口不多，他家当然是姓赵。一共四口人：赵大伯、赵大妈，两个女儿，大英子、小英子。老两口没得儿子。因为这些年人不得病，牛不生灾，也没有大旱大水闹蝗虫，日子过得很兴旺。他们家自己有田，本来够吃的了，又租种了庵上的十亩田。自己的田里，一亩种了荸荠——这一半是小英子的主意，她爱吃荸荠，一亩种了茨菰。家里喂了一大群鸡鸭，单是鸡蛋鸭毛就够一年的油盐了。赵大伯是个能干人。他是一个"全把式"，不但田里场上样样精通，还会罩鱼、洗磨、凿碓、修水车、修船、砌墙、烧砖、箍桶、劈篾、绞麻绳。他不咳嗽，不腰疼，结结实实，像一棵榆树。人很和气，一天不声不响。赵大伯是一棵摇钱树，赵大娘就是个聚宝盆。大娘精神得出奇。五十岁了，两个眼睛还是清亮亮的。不论什么时候，头都是梳得滑滴滴的，身上衣服都是格挣挣的。像老头子一样，她一天不闲着。煮猪食，喂猪，腌咸菜——她腌的咸萝卜干非常好吃，舂粉子，磨小豆腐，编蓑衣，织芦篚。她还会剪花样子。这里嫁闺女，陪嫁妆，磁坛子、锡罐子，都要用梅红纸剪出吉祥花样，贴在上面，讨个吉利，也才好看："丹凤朝阳"呀、"白头到老"呀、"子孙万代"呀、"福寿绵长"呀。二三十里的人家都来请她："大娘，好日子是十六，你哪天去呀?"——"十五，我一大清早就来!""一定呀!"——"一定! 一定!"

　　这样的语言，短句子如珠玉般自然罗列，顺承又是那样的自然，具有一种轻柔而灵动的跳跃感，语言的细细碎碎与作品里所描写的日常生活碎片以及其中的烟火气融为一体，很好地传达出小说所要表现的平凡生命在俗世间的自然真切的欢乐。这样的文学语言一下子让读者的阅读心态松弛了，使读者很快进入作家所要表现的洋溢着民间温情的日常生活状态中去。这样的语言也是汪曾祺吸取民间文学营养的结果，在 20 世纪 40 年代他是崇奉现代派的作家，语言有些欧化，五六十年代受时势影响，从事民间文学搜集及戏曲编创工作，从民间文学语言中获益很大，新时期之后又对自己吸取的语言经验进行熔铸，形成了文人语言与民间语言水乳交融的语言风格，这种语言风格在《受戒》中淋漓尽致地展现出来。《受戒》在 80 年代初的文坛诞生，给人一种空谷足音之感，这种感觉首先来自语言上的冲击力。当时的文坛充满了严肃庄重、如怨如诉的气氛，这种气氛是和当时人们的政治关注联系在一起的，本质上是一种政治气氛，当时的小说作品中的语言很多是政治语言的变种，甚至有些小说直接在文中使用政论式的语言表达具体的政治见解。相形之下，《受戒》的语言就带给人一股温馨的清风，呈现了一个天高地远、烟火缭绕的凡俗生活世界，令人心底宁静，无限怀恋日常生活的美好。王安忆《长恨歌》中的语言也富有表现力，那种细细碎碎的语言映现出上海石库门日常生活的光晕。陈忠实的《白鹿原》的语言质朴厚重，与其所表现的关中平原历史变幻中的朴实刚劲的风土人情相得益彰。文学创作中的语言呈现，一般都会强调要对语言进行选择、提炼，很多作家诗人也都追求"语不惊人死不休"，但需要注意的是，作家对语言的加工并非意味着追求辞藻的华丽丰富这样一个方向。事实上，追求辞藻的华丽新奇往往是创作的低端状态，很多作家常常追求出语平淡的效果，陶渊明被人称颂就是因为他在士人争相炫耀玄言的时代"一语天然万古新，豪华落尽见真淳"。追求平白如话，并不是简单的"我手写我口"，将日常语言直接搬到纸面上，而是对语言的二度加工，是对华丽书面语的再次改造。当然，文学语言的呈现也不是越平淡越好，只不过需要注意语言的加工修辞有不同的方向、方式，而加工的方式、方向都要立足于增强语言的表现力。

第二节　文学创作的心理机制

　　文学创作是一项具有创造性的精神活动，作家的创作过程常常包括许多复杂的、独特的心理机制，比如艺术直觉、艺术想象、艺术体验等。童庆炳指出，"审美主体对生活的诗意把握过程，也是认识过程，也要调动主体的感觉、知觉、诗意、记忆、表象、想象、理解等心理机能"，"但是审美主体对生活的诗意把握过程，又不仅仅是认识过程，它与认识主体的心理过程又有相异之处。和认识主体的认识过程不同，审美主体在把握生活的一系列心理过程中，始终存在着情感的积极的介入"。① 情感的积极参与，是文学创作心理机制的重要特征，这一点是需要特别加以注意的。

一、艺术直觉与灵感

所谓直觉，是指不经逻辑思维过程，仅仅依靠个别的、片面的印象就直接把握事物规律或底蕴的能力。所谓艺术直觉是指创作主体在创作过程中经由对创作客体个别性特征的感知而形成的领会其承载的丰富意蕴，进而形成艺术形象世界的能力。艺术直觉具有瞬时性的特点，常常突然而至，不可索解其来去缘由，正如美学家克罗齐说："直觉是离理智作用而独立自主的；它不管后起的经验上的各种分别，不管实在与非实在，不管空间时间的形成和察觉，这些都是后起的。"② 克罗齐所说的"后起的"，就是指日常化的、经过逻辑推理后的意识能力。在作家、艺术家创作中的直觉状态下，创作主体呈现出非常敏锐的感受力、非常丰富的想象力以及非常饱满的创造力，以不可思议的迅疾和圆满完成审美形象创造过程。一些诗人看到一片茂密的森林，会觉得自己立刻幻化为林间的一只羽毛绚丽的小鸟或者一朵娇嫩的、散发着迷人香气的花朵；一些作家在街头看到一位憔悴的妇人，会情不自禁地想到古代的一场因为外族入侵而引发的战争劫难；如此等等，不一而足，都显示了艺术直觉所具有的令人惊奇的创造性及魅力。

艺术直觉来源于作家的神秘的把握现实世界的能力，虽然这种能力难以解释清楚，但从根本上说来源于作家体认现实世界的审美经验。一个神探从嫌疑人不经意间的一个眼神能够窥视其内心所想，从而确定正确的侦破方向，最终顺利破案，这是神探的直觉，来自其经年累月的探案实践，积淀着其难以总结和解释的心理经验；同样，作家的艺术直觉总体上来自其长期的生活发现，作家不停地追问人性人情、追问历史中人的存在状态及情感样式、追问人的梦想，对人的幽微心理有所体贴，对人所携带的历史经验有所体察，他的直觉就会帮助他迅速地把握人物、发现人性，在脑海中展现出一片形象世界。陈忠实创作长篇小说《白鹿原》的契机来源于他创作中篇小说《蓝袍先生》时的艺术发现，即他在白鹿原南原街镇上看到徐家旧门楼及宅第时的艺术直觉："我的笔刚刚触及他（蓝袍先生）生存的古老的南原，尤其是当笔尖撞开徐家镂刻着'耕读传家'的青砖门楼下的两扇黑漆木门的时候，我的心里瞬间发生了一阵惊悚的战栗，那是一方幽深难透的宅第。也就在这一瞬，我的生活记忆的门板也同时打开，连自己都惊讶有这样丰厚的尚未触摸过的库存。徐家砖门楼里的宅院，和我陈旧而又生动的记忆若叠若离。我那时就顿生遗憾，构思里已成雏形的蓝袍先生，基本用不上这个宅第和我记忆仓库里的大多数

---

① 童庆炳、钱中文：《文学审美特征论》，华中师范大学出版社 2000 年版，第 36 页。
② 克罗齐：《美学原理》，朱光潜译，作家出版社 1958 年版，第 11 页。

存货，需得一部较大规模的小说充分展示这个青砖门楼里几代人的生活故事……长篇小说创作的欲念，竟然是在这种不经意的状态下发生了。这确实是一次毫无准备，甚至可以说是不经意间发生的写作欲望。"① 陈忠实对于《白鹿原》"不经意间" 创作开启的夫子自道，可以说是艺术直觉状态及魅力的形象说明，而他所说的 "毫无准备" 实际上是没有意识到的准备，因为记忆仓库的 "库存" 是在不经意间储积的。

在文学创作过程中，与艺术直觉相似，但更经常被提起的话题是灵感。灵感是指创作主体在创作过程中表现出的创造性思维特别亢奋的状态，在这种状态下，主体在意象的创造、情节的构思、语言的表达等方面都进入了出神入化的境界。创作灵感作为一种思维状态具有突发性、亢奋性、创造性等特点，在灵感降临的状态中，创作主体百思不得其解的难题瞬间得到创造性的解决，如有神助一般。"灵感"（inspiration）一词源出古希腊，原本含义为 "神的气息"，被应用于创作中是指 "代神立言"。古希腊哲学家柏拉图曾如此谈论灵感："诗人只是神的代言人，不得到灵感，不失去正常的理智陷入迷狂，就没有能力创造，就不可能做诗和代神说话。"② 柏拉图的言说当然是其唯心主义哲学的表达，但却揭示了灵感的神秘性，这种神秘性贯穿了迄今为止关于灵感的讨论，尽管现在心理学等精神科学发达，但依然没有完全呈现灵感产生的心理过程。不过，古往今来，人们关于创作灵感积累了十分丰富的经验，对灵感的存在及表现方式有了较为深切的认知。魏晋时期的陆机在其名作《文赋》中如此描摹 "灵感"："感应之会，通塞之纪，来不可遏，去不可止，藏若景灭，行犹响起。"③ 陆机所说的 "感应之会" 指的就是灵感。郭沫若是天才式的人物，在文学、学术多个领域都有卓越的建树，人们更熟悉他自由不羁的诗才，他自己也多次强调作诗要靠灵感，不能依靠技术，他曾回忆写作《凤凰涅槃》时的状态："突然有诗意袭来，便在纸上东鳞西爪地写出了那诗的前半，晚上行将就寝的时候，诗的后半部又袭来了，伏在枕上用铅笔只是火速地写，全身都有点作寒作冷，牙齿都在打战，就那样把那首奇怪的诗写出来了。"④ 郭沫若的描述让我们看到灵感来临的突然性及其带给作者的迷狂状态。在人们的认识中，灵感与艺术直觉较为相似，指的都是创作主体的思维特别活跃、创造力异常旺盛的一种精神状态。不过一般来说，艺术直觉往往体现在创作经验比较丰富的成熟的作家身上，这些作家的艺术直觉也相对稳定一些，灵感的偶发性则更加强烈；灵感比艺术直觉指涉的范围要广，不仅仅限于艺术构思过程，还表现于具体的写作过程，包

---

① 陈忠实：《寻找属于自己的句子》，上海文艺出版社 2009 年版，第 1 页。
② 柏拉图：《文艺对话集》，朱光潜译，人民文学出版社 1963 年版，第 8 页。
③ 曹道衡主编：《汉魏六朝辞赋与骈文精品》，时代文艺出版社 1995 年版，第 317 页。
④ 郭沫若：《沫若文集》第 11 卷，人民文学出版社 1959 年版，第 144 页。

括细节的设计、对话的创造以及语言呈现阶段的遣词造句等方面。

灵感和艺术直觉虽然来去无踪，难以理性把握，但从根本上是来自创作主体长期的观察、思考以及写作的训练。"文章本天成，妙手偶得之"，如果说"天成"的灵感无法预期，那么创作主体应该坚持修炼，首先成为一位文章"妙手"，否则，即便文学之神垂临，没有准备的作者也只能是两手空空。著名作家李佩甫的中篇小说《学习微笑》是当代文学的名篇佳作、"现实主义冲击波"中的代表性作品，其创作源起则是作家回乡探望生病的老父亲而在医院旁边看到的一个守厕所收费的老人：

> 我一下子怔住了。这人竟是我熟悉的一位师傅。他曾是一家工厂有名的师傅！他坐在那里，很平静地对一个人说，同志，你还没交费呢。那人说，小便也收费？他说，小便一毛，大便两毛。他是笑着跟人说的。我知道他曾是一个大工匠，在一家工厂辛辛苦苦干了几十年。在那家工厂里，他曾是非常受人尊重的。看见我，他笑起来，说，回来了？我说，回来了。看着他那苍苍的白发，我问，怎么？厂里……他笑了笑，说，开不下去了。说了，就再没有话。没有埋怨，也没有牢骚，淡淡的。我看着他，心里一时涌上了一阵感动。我在老人身上看到了一个"活"字。这是一个小小的"活"字，一个平平淡淡的"活"字。很多人都穷其一生在追求那个"大"，而在这里，我看到了一个静静的"小"，就是这个"小"，让我感受到了一种有尊严的高贵。应该说，这就是我写"学习微笑"的最初灵感。①

这次灵感的降临，看似缘于一次普普通通的回乡见闻，实际上却是李佩甫数十年如一日深入思考人之生存方式的结果。在很多时候，灵感是对长期辛勤劳作的创造者的馈赠。

艺术直觉和灵感，作为理性难以完全把握的思维活动，确实有着神奇的效能。但作为作家，不能完全依靠或主要依靠直觉和灵感来写作，一味等待灵感的降临，那样的话写作将是难以为继的。在文学史上，一些经典作品是依靠直觉或灵感创造出来的，也有一些经典作品在诞生过程中并没有直觉或灵感的垂青，是靠着作家的不懈努力完成的。李佩甫曾经说，世上的作家有天才型的，有苦修型的，他视自己为苦修型的。苦修型的作家也会遇到灵感，但很多情况下是靠自己的积累沉淀来完成艺术构思和主题发现的，也许是因为思考的漫长，灵感来临时变得自然化了，不再表现得突如其来，或者说灵感以被稀释了的形式来临，冲击力不再那么强烈了，作家也就不大会有战栗、飞升等超凡脱俗般的感受了。总之，对待灵感和艺术直觉

① 李佩甫：《李佩甫小说自选集》，河南文艺出版社1999年版，第1、2页。

57

问题，既要看到其创造性的魅力和发挥作用的神秘性，又要看到其来源的生活基础，不能单方面去追求和等待艺术直觉和灵感的降临。正如周恩来在 1959 年 5 月 3 日发表的讲话《关于文化艺术工作两条腿走路的问题》中所指出的那样："好作品的产生，可以是偶然得之，但是这种偶然得之是建筑在长期的生活和修养的基础上的，这也是偶然性与必然性的辩证统一。"① 关于灵感的培养，著名美学家朱光潜先生有一番见解："凡是艺术家都不宜只在本行小范围之内用功夫，须处处留心玩索，才有深厚的修养。鱼跃莺飞，风起水涌，以至于一尘之微，当其接触感官时我们虽常不自觉其在心灵中可生若何影响，但是到挥毫运斤时，他们都会涌到手腕上来，在无形中驱遣它，左右它。在作品的外表上我们虽不必看出这些意象的痕迹，但是一笔一画之中都潜寓它们的神韵和气魄。这样意象的蕴蓄便是灵感的培养。它们在潜意识中好比桑叶到了蚕腹，经过一番咀嚼组织而成丝，丝虽然已不是桑叶而却是从桑叶变来的。"② 朱光潜先生的论述是富有启发性的，值得我们重视。

二、艺术想象

艺术想象是创作主体在观念形态上再造关于现实的形象世界或者创造新的形象世界的心理功能。这种心理功能决定了创作的成败，没有想象，创作就无从谈起，因为现实表象不可能直接为文学创作提供所有的东西，创作主体也不可能直接复制现实，作家的想象力在创作一开始就介入了。因此，古今中外的作家们都很重视想象的作用，十分推崇个体的想象力。中国古代文学中一直存在着张扬想象力的一脉，从《庄子》到屈原、到李白再到龚自珍，想象奇丽的诗篇不绝如缕。刘勰的文论名著《文心雕龙》中的"神思"篇专门讲了艺术想象的问题，其中很多名句比如"思接千载""视通万里"等不断为人称道、征引。西方诗人雪莱、拜伦等人的诗歌以浪漫不羁的想象享誉世界文坛，法国现代派诗人波德莱尔则宣称："如果没有想象力，一切能力无论多么坚强，多么敏锐，也等于乌有。"③

艺术想象可以分为再造性想象、创造性想象。所谓再造性想象，就是联想，是指再现创作主体头脑中储存的关于现实表象的记忆以及将记忆内容完整化、丰富化的心理活动。晚唐诗人李商隐的名作《夜雨寄北》写的是诗人在宦游之地四川思念家乡的情景："君问归期未有期，巴山夜雨涨秋池，何当共剪西窗烛，却话巴山夜雨时。"诗人收到爱妻催问归程的书信，增添了在外谋生的孤独凄凉，巴山绵绵

---

① 中共中央书记处研究室编：《党和国家领导人论文艺》，文化艺术出版社 1982 年版，第 26 页。

② 朱光潜：《谈美》，《朱光潜全集》第 2 卷，安徽教育出版社 1987 年版，第 89 页。

③ 波德莱尔：《波德莱尔美学论文选》，郭宏安译，人民文学出版社 1987 年版，第 405 页。

的秋雨涨满了池塘，如同诗人的愁绪一样，越积越多，不曾稍减。这时诗人反而联想起昔年在家时与爱妻剪烛西窗、任意而谈的温馨情景，进而又想象假如这次回乡之后诗人与爱妻秉烛而谈，一定会告诉爱妻自己此时在巴山夜雨中思念不断、愁绪堆积的孤寂场景，那时真是悲欣交集，"别有一番滋味在心头呀"！而此时对往昔、对未来场景的想象，又何尝不是百感交集呢？《夜雨寄北》中千回百转的情感，全赖诗人丰富的想象道出。同为晚唐诗人的杜牧有一首诗叫《赤壁》，是流传千古的咏史佳作，其中写道："折戟沉沙铁未销，自将磨洗认前朝，东风不与周郎便，铜雀春深锁二乔。"该诗写的是诗人在赤壁江边游玩，捡到一小块铁片，便由此生发了想象，脑海中生发了当年令曹兵樯橹灰飞烟灭的赤壁之战的场面，诗人根据历史认识还进一步想象，如果没有东风对于吴国都督周瑜的帮助，那场战争的结果可能完全不同，吴国的美人大乔小乔可能被曹兵掠走，成为铜雀台上曹操的爱妾。杜牧在想象过程中根据历史记载再现了赤壁大战的场景，并且想象了历史的另一番可能，在想象中充满了对于历史无常的慨叹。这种慨叹是杜牧对其所处时世之忧虑的表现，而历史场景的再现、历史可能性的显现无疑增添了诗人忧思之深沉。诗歌如此，以叙事功能为主的小说等文体形式，也离不开想象力的参与。著名作家刘庆邦的短篇小说《鞋》获得了鲁迅文学奖，是当代文学中以心理描写引人入胜的名篇。《鞋》写了一位待字闺中的农村姑娘守明，经媒人说合，与一位农村男青年有了婚约，按照当地的风俗，守明为自己的未婚夫做了一双鞋，并在他出门远行之前送给了他。故事很简单，令人赞叹的是作者作为一名男性作家，对于守明心理的刻画实在是惟妙惟肖、细腻贴切。作者对于守明心理的把握来源于他在农村时对于待嫁姑娘言行举止的记忆，也在此基础上添加了自己的想象，尤其是对于主人公守明在做鞋时对未来夫妻生活的想象、幻觉进行了想象性书写，这种想象之想象真是令人拍案叫绝。刘庆邦的小说善于进行心理描写，这既与他丰厚的生活记忆有关，也与他善于贴近人物生命状态进行大胆想象有关。刘庆邦推崇的小说写作理念是"贴着人物写"，一个"贴"字体现了他想象力的源起，即对生活复杂性、人物内心丰富性的尊重和发现。

所谓创造性想象，是指创作主体在自我情志的激发下创造出生活现实中所没有的新的形象世界的心理功能。相较于再造性想象，创造性想象所呈现的世界更加奇幻诡谲，对想象力的腾飞也提出了更高的要求。西方文学世界中的"乌托邦"和中国文学世界中的"桃花源"，都是创造性想象成就的理想世界，反映了人类对于自由与美好的永恒向往。中国古典小说名著《聊斋志异》继承了志怪、志异小说的传统，写妖画鬼，想象奇丽，创造了一个令人叹为观止的鬼神世界。作者蒲松龄在《聊斋自志》中谈到自己的创作初衷："才非干宝，雅爱搜神；情类黄州，喜人谈鬼。闻则命笔，遂以成编。久之，四方同人，又以邮筒相寄，因而物以好聚，所积益夥。甚者，人非化外，事或奇于断发之乡；睫在目前，怪有过于飞头之国。遄飞逸兴，狂固难辞；永托旷怀，痴且不讳。展如之人，得毋向我胡卢耶？然五父衢头，或涉滥听；而三生石上，颇悟前因。放纵之言，或有未可概以人废者。"① 蒲松龄的自诉既为自己的鬼神书写作了一番价值论证，又袒露了自己的情志追求，所谓"遣飞逸兴，狂固难辞；永托旷怀，痴且不讳"，就是为了表达其在人间社会怀才不遇的悲凉境遇，这种"有志不获骋"抑郁愤懑只能在想象中的鬼神世界里尽情释放了。伴随着近代科学的兴起，西方出现了科幻小说这一小说类型。19世纪的法国涌现了儒勒·凡尔纳这样杰出的科幻小说家，他的名作《格兰特船长的儿女》《海底两万里》《神秘岛》等想象奔涌、情节奇特、异趣横生，充满勇往直前的冒险精神，表现了人们对于未知世界的兴趣，也显现了人们在科学探索的支持下征服自然界的主体信念。儒勒·凡尔纳被世界文坛尊为"科幻小说之父"，开启了科幻小说写作的潮流。在科幻小说创作领域，中国的小说家也表现不俗。今天，中国科幻小说家刘慈欣创作的《三体》以超凡的想象演绎了人类面对宇宙浩劫的故事，充满了对于人类命运的忧思，小说以大手笔的太空想象和深切的关怀享誉世界，获得科幻小说全球最高奖"雨果奖"。科幻小说这一文学类型是典型的创造性想象的产物。

想象虽然是文学创作过程中不可或缺的，但并不是随意的，随心所欲、漫无边际的想象不是文学创作所需要的，想象要潜在地遵循形象世界构建的需要，或者说形象世界的构建作为一个前提要对想象的内容和边界进行规约或检查。法国美学家米盖尔·杜夫海纳说："在主体中，想象力首先是统一感性的能力。""它（想象力）不是分散真实之物，而是完全统一它。只有当想象力受到知觉所专心致志的一个迫切的对象的吸引和带领时，这才有可能。"② 伟大的社会主义作家高尔基指出："艺术家应该努力使自己的想象力和逻辑、直觉、理性的力量平衡起来。"③ 他指出想象力是统一或平衡感性与理性的能力，其实就是强调创作主体在创作中要追求想象的合目的性，再造性想象要使得重现现实的形象世界更加完整、更加真实，创造性想象则要使得虚拟的形象世界在情感表现方面具有一致性。文学创作推崇天马行空的想象力，但须知这种推崇是内在地含有一种限定性的。

关于艺术想象，还需要注意的问题是，作家的想象力不是天生的，依然需要后天的生活经验的积累。对于一个作家来说，生活经验积累得越丰厚，想象力就越饱满，反之，想象力就会贫乏。那些担心过于沉重、过于丰厚的生活经验压抑了作家

---

① 周先慎：《细说聊斋》，上海三联书店2015年版，第9、10页。

② 米盖尔·杜夫海纳：《美学与哲学》，孙非译，中国社会科学出版社1985年版，第67页。

③ 高尔基：《和青年作家谈话》，《高尔基选集　文学论文选》，孟昌、曹葆华译，人民文学出版社1958年版，第313页。

想象力的生成和展开的人，事实上是没有正确理解生活经验与想象力之间的关系。以刘庆邦的《鞋》为例，如果刘庆邦没有农村生活的丰富经验，他不会使得守明这个待嫁的农村姑娘的形象那么丰满地跃然纸上。曹雪芹的《红楼梦》对于贾家元妃省亲豪奢场面的描写，有想象的成分，但一定有他自己的贵族家庭生活经验作基础，否则可能会像笑话中讲的那样：一个流浪在穷乡僻壤的乞丐，想象达官贵人的生活，一定是天天都可以喝到酸菜疙瘩汤。所以，创作主体要培养自己的想象力，一方面要注意想象思维的训练，另一方面还是要注意积累生活经验，从长远培植自己的想象力土壤。

三、艺术体验

艺术体验是指创作过程中创作主体对于创作客体的审美感知和理性观照的心理能力。所谓审美感知，就是作家对于创作对象的美感把握和情感体验；所谓理性观照，是指作家对于创作对象的意蕴发掘和情感评价。审美感知和理性观照在创作过程中相辅相成、缺一不可，共同构成了艺术体验的内容。这就要求作家对于书写对象不仅要熟悉其物理性状，而且要深入其生命内部，对其生发审美移情，最后还要从对书写对象的生命共情中跳脱出来，以理性的、审视的眼光评价自己的情感，从中发掘出联通更多心灵、走向更广阔的生命存在的思想意蕴。这种要求，正如王国维《人间词话》中所论述的那样："诗人对宇宙人生，须入乎其内，又须出乎其外。入乎其内，故能写之。出乎其外，故能观之。入乎其内，故有生气。出乎其外，故有高致。"①

所谓"入乎其内"，就是要对书写对象生发情感，熟悉其生命状态，才能写出生动感人的形象和场景，即所谓"生气"。"生气"，对于作家创作来说，是首要的条件。很多作家善于观察事物，多愁善感，具有一颗敏感细腻的心灵，"登山则情满于山，观海则意溢于海"②，因而掌握和积累的可以用来书写的素材比较丰富，情感比较丰沛，写起来也比较顺手。李白看到洒落在床前的月光，感受其细密清寒，油然产生乡关之思，写下千古名篇《静夜思》；巴尔扎克深入赌场悉心观察赌徒的神态和肢体的细微动作，窥测其内心活动，创作出小说《驴皮记》，其中的赌徒形象拉斐尔成为世界文学形象画廊中的经典形象。反之，一些作家不熟悉自己要描写的事物，也就难以产生真挚的情感，写出的文字笼统而干枯，读者得不到鲜明的印象，也难以体会作者所要表达的情感，这种状态下写出的作品必然是失败的。

所谓"出乎其外"，就是指作家要对自己对于书写对象的情感有一番理性的审

---

①　王海涛、张纪娥：《人间词话新评》，辽宁教育出版社 2014 年版，第 324 页。
②　周勋初：《文心雕龙解析》，凤凰出版社 2015 年版，第 447 页。

视和评价，这就需要作家能够从对象中超脱出来，将个人的体验升华为具有超越性的、永恒性的人类普遍情感意蕴，即所谓"高致"。"高致"对于作家创作来说，是较高的要求，但却是生成佳作的必备条件。缺乏"高致"，缺乏对自我情感的审视和评价，创作就完全流于自我宣泄，也就不可能去感动他人，具有普遍性的感动力量。很多作家对于创作对象充满深情，但对这种情感缺乏评价，也不注意拓展情感内容、提升情感质地，而是将这种情感狭隘化，使其沦为一己之私，甚至沦为顾盼自雄式的炫耀和自恋。这个问题是创作中常见的。很多写亲情的文字，常常是作者自己感动得痛哭流涕、不能自已，却让读者感到无动于衷，这是因为作者狭隘的情感与别人的悲欢无关。在文学史上产生影响的佳作，其作者都是不仅善于体会书写对象的状态，产生设身处地的"同情"，而且都善于思考和评价书写对象的状态以及作者生发的感情。朱自清先生的《背影》是写亲情的名篇。朱自清先生写《背影》时，已经是几个孩子的父亲了，虽然他担任着大学教授职务，但家里的开销很大，时常感到经济吃紧，生活中是有压力的，因而对于父亲当年的心态有了更深切的理解，这种理解与文中自己年轻时嘲弄父亲的迂腐、感觉父亲办事情不大漂亮时的理解是不一样的。《背影》中父亲送别儿子之时正处家道中落的境遇，而且这种境遇是父亲的荒唐行径导致的，父亲面对这种境况，没有怨天尤人，而是以天无绝人之路自勉，努力去外面谋事养家，他担心儿子怀疑他的能力，所以一定要表现出强大来，去车站为儿子送行、买橘子也是一种对于自己能力的表示。朱自清写《背影》进入了父亲的心灵内部，自己作为一个父亲理解了自己父亲当年的作为，进而也理解了父亲来信中告知儿子自己衰退、行将大去时的悲哀——那是一个父亲在儿子面前主动示弱的悲哀。这样的悲哀相信身为人子者都不难体会。《背影》写父爱，内在的情感层次是很丰富的，朱自清先生以朴实无华的语言真诚道来，并没有什么煽情的表达，却成为传世名篇，其决定性的因素就是做到了"入乎其内"和"出乎其外"，既以一个父亲理解另一个父亲，呈现了自己父亲平凡的、可以理解的生命状态，也对父亲的脾性变化予以了思考，对自己关于父亲的复杂情感进行了评价，体现出愧悔之意，写出了带有普遍性的、连通芸芸众生的人子之情，感动了一代又一代读者。

关于艺术体验中的审美感知和理性观照问题，王国维在《人间词话》第六十一则中说得更直接："诗人必有轻视外物之意，故能以奴仆命风月。又必有重视外物之意，故能与花鸟共忧乐。"① 所谓"重视外物""与花鸟共忧乐"即是审美感知，也就是"入乎其内"；所谓"轻视外物""以奴仆命风月"即是理性观照，也就是"出乎其外"。王国维的论述，人们大多会注意"重视外物"，而常常忽视"轻视外物"，但对于创作主体来说，二者同样重要，在创作实践中，很多作家都

① 王海涛、张纪娥：《人间词话新评》，辽宁教育出版社 2014 年版，第 332 页。

能做到"重视外物"，进行充分的、投入的审美感知，而"轻视外物"、自觉进行理性观照的能力和意识显得不足。这在很大程度上影响了作品的品质，也限制了作品传播开来、成为经典的可能性。所以，在文学创作中，审美感知和理性观照相辅相成、缺一不可，共同保障了艺术体验的完成。

第三节　文学创作的主体素养

文学创作是一项富有创造性的精神劳动，要求创作主体具备丰厚的生活体验、深厚的文化素养和深切的社会责任感。只有具备了这些条件，创作主体才可能创作出优秀的文学作品。

一、丰厚的生活体验

所谓生活体验，是指创作个体对于社会生活的感知和体会。生活体验的丰厚与否决定着作品的质量。文学艺术来自作家的生活体验，没有生活体验，文学艺术就如同无根之木、无源之水。文学史上的名篇佳作，都彰显着创作者们真切而又丰厚的生活体验。

作家获取生活体验的方式有两种，一是无意获得，是指作家在日常化的生活经验中不知不觉地获取的方式；二是有意获得，是指作家有意识地通过采风、访查、挂职或下放等途径，深入自己日常生活之外的生活形态中去获得体验的方式。无意获得的生活体验携带着作家自己的情感和思考，也内在地包含着作家自己记忆中的人和事，写起来往往比较顺畅自然。很多作家饱经沧桑，人生经历丰富，参与了很多历史风云事件，自己将自己的人生经历加工一番，可能就是一部优秀的文学作品。20世纪五六十年代，中国诞生了一批被称为红色经典的长篇小说，其中很多作品，如《红岩》《红旗谱》《苦菜花》《青春之歌》《林海雪原》《高玉宝》《小城春秋》等，就是根据作者的亲身经历写成的。这些小说的作者，本身就经历了革命风雨，耳闻目睹或亲历了许多富有传奇性的革命故事。作者们丰厚的生活体验，是这些作品取得成功的重要基础。

不过，一个有成就的作家，仅仅靠无意获得的生活体验来创作，是不能行之久远的。很多作家被称为"一本书作家"，就是因为自己的人生经历被"一本书"写完了，写完了这本书，就再也没有生活体验可资继续创作了，自我的创作生涯也就结束了。一个人的生活经验总是有限的。和平年代，作家们的生活体验不可能像从枪林弹雨中走出来的革命者那样丰富、那样具有传奇性，完全依赖个人经验是无法持续进行创作的。因而，通过有意获得的方式增进生活体验，就成为有追求、有抱负的作家们的必然选择。在中国当代文学中，有很多作家是通过深入生活、扎根人民、与群众同吃同住同劳动来获得生活体验的，并因此创作出享誉文坛的杰作。柳青、赵树理、周立波等作家都曾主动要求回到农村体验生活，甚至连工资关系都从首都北京转往地方，真正做到了与人民群众同甘共苦、同心同德。他们创作出的《创业史》《山乡巨变》《三里湾》成为一代名作，就是因为他们的情感思想与群众有着血肉般的联系，作品的字里行间充盈着源源不竭的生活体验。习近平总书记《在文艺工作座谈会上的讲话》中特别肯定了柳青深入生活、扎根人民的事迹："柳青为了深入农民生活，1952年曾经任陕西长安县县委副书记，后来辞去了县委副书记职务、保留常委职务，并定居在那儿的皇甫村，蹲点14年，集中精力创作《创业史》。因为他对陕西关中农民生活有深入了解，所以笔下的人物才那样栩栩如生。柳青熟知乡亲们的喜怒哀乐，中央出台一项涉及农村农民的政策，他脑子里立即就能想象出农民群众是高兴还是不高兴。"① 习近平总书记由此指出："文艺创作方法有一百条、一千条，但最根本、最关键、最牢靠的办法是扎根人民、扎根生活。"② "扎根"道出了作家体验生活的真谛，那就是真诚地将自我身心投注到所要体验的生活中去。对此，著名作家赵树理深有感触，他专门写了一篇文章《谈"久"》，其中说："我想着重谈的是'长期性'的作用，按我的体会，到一个地方，应该住个一定久的时间。"他认为久的好处是"久则亲""久则全""久则通""久则约"③，具体来说就是住得久了才能与群众打成一片、建立感情，才能全面地了解一个地方，才能对一个地方的生活形态有一个通达的理解，才能删繁就简、准确把握一个地方的核心问题。法国著名作家福楼拜也强调长久体验生活的重要性："才能就是持久的耐性。对你所要表现的东西，要长时间很注意去观察它，以便能发现别人没有发现过和没有写过的特点。"④ 持久地观察和深入生活，与蜻蜓点水、走马观花式地游览，所获得的生活体验是大为不同的。所以，有追求的作家总是选择持久地深入生活。贾平凹每隔一段时间都从西安回到商州老家住一段时间，李佩甫也是经常从郑州回到许昌农村去长久地体验生活。他们能写出获得茅盾文学奖的作品不是偶然的。

　　取材于现实生活的作品需要作家有丰厚的生活体验，取材于历史或者主要依靠想象的作品也需要作家有丰厚的生活体验。因为书写历史，需要理解历史，理解历史中人的爱恨情仇，理解历史环境对人的塑造和限制，这些需要作家对社会人生有着丰富的体会和认知；同样，想象性所造就的世界总是现实生活的折射，其中的一

---

① 《习近平总书记重要讲话文章选编》，中央文献出版社、党建读物出版社2016年版，第194、195页。

② 《习近平总书记重要讲话文章选编》，中央文献出版社、党建读物出版社2016年版，第195页。

③ 赵树理：《谈"久"》，《赵树理论创作》，上海文艺出版社1985年版，第199~201页。

④ 文学理论译丛编辑委员会：《文艺理论译丛》（2），人民文学出版社1958年版，第175页。

些情节总是对现实问题的想象性解决，没有丰富的人生阅历，没有对世界的深入理解，是不可能创作出引人瞩目的作品的。姚雪垠写作《李自成》，熔铸了他半个多世纪的革命生活体验，也熔铸了他对革命阶段性以及兴衰成败等问题的长期思考；刘慈欣写作《三体》，包含了他对人类问题的体验、对人性弱点的省察，也包含了他对当今世界高歌猛进、盲目发展的深沉忧思。总之，生活体验对于创作主体而言异常重要，既决定了作家创作的质量，又决定着作家创造力的可持续发展。

二、深厚的文化素养

作家进行创作，不是简单地将自己的生活经验通过文字转化到纸上。一部优秀的文学作品，不仅是将作者看到的事实、画面告诉读者，而且是在向读者呈现鲜活的现实场景的同时，表达作者对现实的思考、对美的领悟、对心灵的关怀。这就需要作家具有深厚的文化素养，能够对社会历史有深入的认识，对生活的人文意蕴有深刻的见解，对人心人性有深切的体会，只有如此才能创作出生动饱满、内蕴丰富、启迪人心的好作品。鲁迅先生在短篇小说《祝福》中曾经描写过鲁四老爷书房内的对联："一边的对联已经脱落，松松的卷了放在长桌上，一边的还在，道是'事理通达心气和平'。"[①]　"事理通达心气和平"是对联的下联，此联的上联是"品节详明德性坚定"。这副对联为宋代理学家朱熹所撰，于此可见鲁四老爷乃是封建理学教化影响下的旧人物，而对联的一边已经"脱落，松松的卷了放在长桌上"的状态则可见鲁四老爷并非真正按理学家的要求进行自我修养，理学家的名言只是一个虚伪的摆设而已。鲁迅先生通过这样一个细节，让我们领略到近代社会封建理学的处境：封建理学已经完全没有生命力了，连老监生鲁四老爷也敷衍性地对待理学名言了，可是理学对于祥林嫂这样的在精神和物质上的双重弱势者却依然具有"杀人"的威力。鲁迅先生博学多思、阅世甚深，是当之无愧的杰出思想家，所以对于人物思想状态的描述常常是举重若轻，拈出一个小细节即形象地描述了一个人的内心世界，进而呈现了近代乡村社会人们的精神处境，令人感叹不已。茅盾先生创作《子夜》的时候，积累了丰富的社会科学的知识，对于民族资本家的由来及发展态势有着深刻的理解，因而《子夜》中的吴荪甫形象才具有丰富的历史文化含蕴。曹禺先生的《雷雨》对于周朴园、繁漪、周萍等人物形象内心世界的刻画淋漓尽致，充盈着一股强烈的时代情绪，从中我们可以感知到曹禺对于时代精神的把握、对于人物心灵状态的关注。陈忠实的《白鹿原》书写关中平原百年来绅权、儒学、革命相缠斗的历史风云，阿来的《尘埃落定》书写康巴藏族土司从传统走向现代的社会嬗变，王安忆《长恨歌》书写上海名媛在时代变迁中对精致生活的追求，都呈现出异常丰厚的人文内涵，令人掩卷沉思、不断怀想，这些杰作

---

①　杨义：《鲁迅作品精华（选评本）》第一卷，三联书店 2014 年版，第 135 页。

的诞生，在很大程度上归结于作者深厚的文化素养。

　　对于创作历史题材作品的作家而言，深厚的文化修养就是具有决定性的一个因素。作者如果没有足够的文化修养，其笔下的作品必然是破绽百出、不堪卒读，或者只能流于浅薄地戏说历史，制造一些宣扬历史虚无主义的文化垃圾。只有具备深刻的历史见解、丰富的历史知识，尤其是大量的细节化的历史知识，作家才能写出征服读者的作品。姚雪垠先生创作《李自成》，他对明代社会历史的熟悉程度，丝毫不亚于明史专家；唐浩明创作长篇小说《曾国藩》，进而创作长篇小说《张之洞》《杨度》，缘于其在岳麓书社编辑《曾国藩全集》的经历，他从编辑成长为学者，由此才能娴熟地驾驭这些历史小说的创作；二月河创作《康熙大帝》《雍正皇帝》《乾隆皇帝》，是从研读《红楼梦》开始的，他先是成为一个引起关注的青年红学家，进而从红学家成为一名没有学者头衔的清史专家，进而才创作出引起轰动的书写盛世帝王的"落霞"系列长篇小说。历史小说是一个源远流长的小说类型，当代历史小说的创作也一直是热潮不减、佳作迭出。不过，在文学界，历史小说创作中严肃求真的态度仍然是需要不断强调的，相对于姚雪垠、唐浩明、二月河等具有学者修养的作家而言，很多历史小说的写作者在史学修养方面是存在欠缺的，更有甚者则是无视自己的修养不足，一味迎合市场需要，以"气死历史学家"为标榜，蛮横地进行肆无忌惮的历史小说写作，留下了很多失败的作品。历史小说当然不是要求复原历史，也不是要求像历史学家那样字字有出处、事事有来历，但具备相当的历史文化修养，进行专门的历史学习和知识准备，实在是不可或缺的事。如果没有这些作为基础，最好不要动笔。在这方面，很多著名作家的做法值得肯定。鲁迅先生曾计划创作一部名为《杨贵妃》的长篇小说，主旨在于弘扬盛唐那种海纳百川的文化气象，为此还曾应邀到西安西北大学讲学，以便详细考察陕西长安的风土，以展开对于唐代帝都的想象。但最终因为当时所能搜集的史料不足，鲁迅先生又不愿意采用不大依赖史料的"戏说"策略来书写，所以最终辍笔。对此，著名学者陈平原教授曾解释道："其若真的撰写'长篇历史小说'（而不是散文、杂文、歌剧、话剧、抒情诗或短篇小说）《杨贵妃》，不可能采用'戏说'的策略；而详细描写唐代都城，包括其宫阙、街道、苑囿、寺庙等，单凭想象力远远不够，还需要丰厚的学识。在没有足够学术支持的情况下，不愿率尔操觚，而选择了放弃，我以为是明智之举。"① 当代作家汪曾祺也曾长期准备，想创作一部名为《汉武帝》的长篇历史小说，但由于汉武帝"此人性格复杂，一生功过纷繁，把历史人物写得简单化万万要不得"，"另外汉代语言习惯、典章制度、起居跪拜均需细

---

　　① 陈平原：《长安的失落与重建——以鲁迅的旅行及写作为中心》，《鲁迅研究月刊》2008年第10期。

细考察"①，这一切需要耐心地准备，而汪曾祺先生直到去世也未曾准备就绪，这部长篇历史小说只能胎死腹中了。拟议中的长篇历史小说《杨贵妃》和《汉武帝》虽然因没有诞生成为遗憾，但鲁迅先生和汪曾祺先生对待历史小说创作的严肃态度，却值得人们长久地尊敬，也值得今天的历史小说创作者们深长思之。

即便不从事历史小说的创作，作家们具备深厚的文化艺术修养，对于创作而言也是如虎添翼的事。作家铁凝学习过绘画，有着较高的美术素养，曾经出版过专门谈画的随笔集，她的美术素养自然地融会在她的创作中，我们不难在她的小说中看到她对色彩、光线的敏感；贾平凹多才多艺，书法作品拙中藏巧、自成一格，这种对艺术的领悟也悄无声息地进入他的作品中，他小说中的一些富有乡土气息、浑厚朴实的人物形象，其精神气质和书法的风格如出一辙。"积学以储宝"，当代著名作家王蒙多次强调作家要学者化，他自己身体力行研究《红楼梦》、研究李商隐的诗，都作出了突出的成绩，这种博学多闻的心智也在他的作品中明显地流露出来，成为令人喝彩的创作特征。所以，对于作家来说，多读书、勤思考、积累多方面的知识和素养，对于创作而言是十分必要的，只有这样才能使自己的作品呈现出视野广度、精神力度和思想深度，才能给人以余味绵长的艺术启迪。

三、深切的社会责任感

文学是一种审美意识形态，对于社会发展、人类精神提升有着深远的影响。作家进行创作，不仅仅是进行个人经验的表达，任何一个作家也不可能将作品只给自己一个人看，如果是那样的话，那么创作的必要性就不存在了。在历史上，文学始终承担着匡扶正义、维系世道人心的作用。中国古代一直有"文以载道"的传统，西方文学也一样强调文学对道德伦理的弘扬。近代以来，文学审美独立的思想产生，文艺不再被简单视为政治教化的工具，但文学对人心的滋润、对道义的担当始终是文学主要的功能。因此，作家进行文学创作，必须具备深切的社会责任感，那种认为文学完全是纯粹的个人情绪宣泄的观念从理论和实践上都是站不住脚的。在当代中国，文艺事业始终是党和人民的重要事业，社会主义文学艺术倡导"文艺为人民服务、为社会主义服务"的方针，要求作家具有关注社会、关心人民的责任感，对于民族复兴、公平正义有积极的担当。习近平总书记《在中国文联十大、中国作协九大开幕式上的讲话》中指出："文运同国运相牵，文脉同国脉相连。实现中华民族伟大复兴，是一场震古烁今的伟大事业，需要坚忍不拔的伟大精神，也需要振奋人心的伟大作品。鲁迅先生 1925 年就说过：'文艺是国民精神所发的火光，同时也是引导国民精神的前途的灯火。'广大文艺工作者要坚持以人民为中心的创作导向，坚持为人民服务、为社会主义服务，坚持百花齐放、百家争鸣，坚持

---

① 徐强：《汪曾祺未竟的"汉武帝"写作计划》，《新文学史料》2020 年第 1 期。

创造性转化、创新性发展，高擎民族精神火炬，吹响时代前进号角，把艺术理想融入党和人民事业之中，做到胸中有大义、心里有人民、肩头有责任、笔下有乾坤，推出更多反映时代呼声、展现人民奋斗、振奋民族精神、陶冶高尚情操的优秀作品，为我们的人民昭示更加美好的前景，为我们的民族描绘更加光明的未来。"①习近平总书记的讲话精辟地阐释了作家创作的社会责任感问题，也赋予了作家们光荣的使命。

对于具体的文学创作而言，作家是否关心人民，不仅影响了作品的艺术感染力，而且影响着作品的品质。巴金先生一再表示把心交给读者，真诚地道出了自己对人民的爱和责任，他一生与不公正的社会抗争，用自己的笔激浊扬清，感动了一代又一代读者。徐迟的《哥德巴赫猜想》以笔为旗，大声疾呼全社会都来关心知识分子的境遇和民族的振兴，如此等等。优秀作品中总是跳跃着作家们追求公平正义、呼吁爱和美好、呵护弱势人群的心灵。对于作品中的作家的社会责任感，著名作家刘庆邦有一个表述，即"含心量"。他说："'含心量'的说法是相对'含金量'的说法想出来的。通常我们判断一种物质性产品的价值，习惯使用'含金量'的说法。但在判断一件精神产品的价值时，我觉得使用'含心量'的尺度更确切一些。作为一个精神产品的创造者，从根本上说，写来写去都是写自己的心，都是用自己的心来写作。我们只有抓住自己的真心，才能建立和世界的联系，继而抓住整个世界，创造出一个属于自己的心灵世界。巴金一再教诲我们'要把心交给读者'，也是这个意思。可现在有些人的写作是端着架子讲大道理，是戴着假面具跳舞，甚至往作品里掺水。一个作品里有多少'含心量'，好读者一看就看得出来。人心是相通的，读者触摸到作家的心，才能引起共鸣。"②刘庆邦的"含心量"的命名是精当巧妙的，形象地说明了作家的社会责任感与作品品质的关系。刘庆邦先生的小说，描绘了一大批小人物形象，书写了他们的艰难与梦想，也书写了他们在苦楚中向往美好的内心世界，"含心量"是很高的，也因此深深感染着读者的心灵。

作家们的社会责任感有很多表现方式。其中关心小人物、为弱者仗义执言是比较重要的一种，在中外文学史脉络中都一直存在。杜甫、蒲松龄、巴尔扎克、狄更斯、莫泊桑、鲁迅、老舍等都曾描绘过很多小人物形象，为弱者的公平正义发出自己强有力的声音。

作家的社会责任感和作家的创作自由、文学独创性并不矛盾。要求作家具有深

---

① 习近平：《在中国文联十大、中国作协九大开幕式上的讲话》，人民出版社 2016 年版，第 5 页。

② 刘庆邦：《对话录：诗意的乡村，诗性的女人们》，北乔：《刘庆邦的女儿国》，社会科学文献出版社 2006 年版，第 294、295 页。

切的社会责任感，并不要求作家直接对所有的、既定的社会问题、精神问题发言，也没有限定统一的、规范的表达方式。作家的社会责任感，更多地表现为一种情怀，一种对生命的尊重，因而作家既可以选择对什么样的问题发言，也可以选择发言的时间和方式。事实上，万事不关心的作家是不存在的，如果避世远遁，恐怕也没有什么创作动力，也根本写不出像样的作品来。因而，要求作家"把艺术理想融入党和人民事业之中"，是正当的，也是符合文学创作规律的。

第五章 文学文本

文学符号文本是文学创作的结果，是文学活动链条中的核心部分，是承载作家劳动成果的符号构成物，是读者阅读、欣赏的对象。整个文学活动都围绕文学符号文本展开。这里有一个重要区分，即文学文本与文学作品的区别。按照传统的理解，作家创作出的成果叫做文学作品，这种命名有一个约定俗成的内涵，即该作品已经被读者阅读和接受。当代文论，尤其是接受美学和读者反应批评理论之后，为了突出读者在文学链条中的独特作用，把经过作家创作但没有进入读者阅读过程的成果叫做文学文本，经过读者阅读和接受的文学成果叫做文学作品。

第一节　语言与文学语言

《现代汉语词典》对于"语言"做了如下界定：

> 人类所特有的用来表达意思、交流思想的工具，是一种特殊的社会现象，由语音、词汇和语法构成一定的系统。"语言"一般包括它的书面形式，但在与"文字"并举时只指口语。①

这里有如下几层含义：

其一，语言的工具性：表达意思、交流思想。任何语言都是一种传情达意的工具，是一种运用于社会交流的媒介。这是语言最根本的性质。

其二，语言是一种特殊的社会现象。

其三，语言是一个由语音、词汇和语法构成的系统。

语言是一种符号系统，而符号被认为"是携带意义的感知；意义必须用符号

---

① 中国社会科学院语言研究所词典编辑室编：《现代汉语词典》（第五版），商务印书馆2005年版，第1665页。

才能表达，符号的用途是表达意义"①。卡西尔说，人是"符号的动物"，"符号化的思维和符号化的行为是人类生活中最富代表性的特征，并且人类文化的全部发展都依赖于这些条件"。② 苏珊·朗格说："语言是人类发明的最惊人的符号体系。"③语言作为人类最为核心的符号，在人类的各种活动中起着非常关键的作用。使用语言传递信息、保存经验、交流思想、传递意义等是人类基础性的活动。因此，语言被运用于人类活动的各个方面，其传达意义的方式、途径、目的等会各不相同。

文学语言是人类语言中的一种，是文学文本最基本的结构层次，是一种具有表现目的和个性特征的整体性语言构造。文学文本用语言构筑一个富有审美、情感的艺术世界。作家用语言创造艺术形象、表达生活体验，通过语言所塑造的艺术形象、所蕴含的思想情感、所体验的美来传达对世界的理解，并把这种理解传达给读者。因此，文学语言是一种独特的符号系统，文学通过对语言符号的独特运用来区别于其他类型的语言符号。

一、文学语言与日常语言、科学语言的区分

文学语言有自己的独特性，这是区别文学与其他学科的基本方式。文学语言的独特性可以在与非文学语言的比较中得到彰显。下面从表达目的、服从的真实标准和意义生成三个方面来比较文学语言与日常语言、科学语言的区别。

表达目的不同。文学通过语言间接反映和作用于现实世界，文学文本是一种由语言组织虚拟而成的艺术世界，它不同于现实世界。文学语言与日常语言相比，日常语言主要用于人与外部世界的交往，其各种言语行为，如议论、说明、抒情、叙述等指向现实世界，并在现实世界获得言语效果。而文学语言则通过虚拟和假定表现一个艺术世界，其表达目的并非直接在现实世界获得效果。同时，文学语言与日常语言相比更具有审美效果。试比较下面的两种不同说法，见表5-1：

表 5-1

日常语言	文学语言
每天都被自己帅到睡不着。	玉树临风美少年，揽镜自顾夜不眠。
有钱，任性。	家有千金，行止由心。
丑的人都睡了，帅的人还醒着。	玉树立风前，驴骡正酣眠。
主要看气质。	请君莫羡解语花，腹有诗书气自华。

---

① 赵毅衡：《符号学原理与推演》，南京大学出版社 2011 年版，第 1 页。

② 卡西尔：《人论》，甘阳译，上海译文出版社 1985 年版，第 42、43 页。

③ 苏珊·朗格：《情感与形式》，刘大基等译，中国社会科学出版社 1986 年版，第 40 页。

由表 5-1 可以看出，日常语言与文学语言属于两种不同的表意系统，日常语言的目的是传达确定的意义信息，而文学语言则更富于美感和不确定性。

文学语言与科学语言相比，科学语言更严谨，表达目的是为了说明一种科学现象，要求意义明确、确定。如同样说"水"，科学语言可以表述为：水是由 1 个氧原子和 2 个氢原子构成的。而文学对于水有各种表述，如"问君能有几多愁，恰似一江春水向东流""黄河之水天上来，奔流到海不复回"等。韦勒克、沃伦指出："科学语言趋向于使用类似数学或符号逻辑学那种标志系统"，而"文学语言有很多歧义"，"它是高度'内涵的'"。①

服从的真实标准不同。文学是一种虚构，是作家根据自己的感受和生活体验进行的创作。而日常语言、科学语言等非文学语言则根据各自的需要各有要求。日常语言服从现实世界和日常生活的真实性，科学语言要服从客观真实的表达逻辑。如李清照"只恐双溪舴艋舟，载不动，许多愁"，如此表述并不符合生活的真实逻辑，但用文学语言表达出来更能体现作者的"愁绪"，在日常生活中，只需说"我心里烦，不想出去"则更明白。而李白"白发三千丈，缘愁似个长"也不符合生活真实，白发无论如何也不会长到三千丈，但通过这种夸张的表达我们可以对"愁"有一种非常直观的体验。

意义生成方式不同。日常语言追求畅通的意义表达和接受，要求准确、鲜明；科学语言则要求意义表达得明白无误、严谨、无歧义。文学语言的意义生成并不遵循词典意义规则，而是要求根据具体的语境来判断意义的真实内容。日常语言虽然有时候也曲折表达，但均以接受者能够领会为度。而文学语言的意义呈现要看接受者的领悟能力，不同接受能力的接受者领会到的文学语言意义的层次是不一样的。如海子《秋》：

秋

秋天深了，神的家中鹰在集合
神的故乡鹰在言语
秋天深了，王在写诗
在这个世界上秋天深了
该得到的尚未得到
该丧失的早已丧失

---

① 勒内·韦勒克、奥斯汀·沃伦：《文学理论》，刘象愚等译，浙江人民出版社 2017 年版，第 10、11 页。

　　这首诗的意义可有各种解读方式，如有人说看不懂，而有人则试图从海子个人的人生经历方面进行解读，认为诗歌的意义是对农民生存的忧虑和对世界不公平的追问。我们不妨从诗歌本身来解读其意义，可以从意象选择、空间营造等方面理解。从意象上看，诗歌里出现了秋、神、鹰、王几个意象，秋天作为收获的季节，那么最应该得到劳动果实的是劳动者，即作为诗歌潜藏意象的农民，但这个深秋的时节似乎与农民无关，神的家中、神的故乡是鹰们的世界，鹰们在集合、在谋划，这是一场秋收的掠夺，但与农民无关。此时的王在写诗，他不用为秋收操心，因为有很多人在为了各自的目的来帮他收获，但与农民无关。从这些意象可以看出，这是两个对立的世界，不劳而获者在掠夺，在没有收获之前，农民的命运已经被注定："该丧失的早已丧失"！从空间上来看，这是一个静止的时间内展开的空间想象，秋（代表大地或农民）、王、鹰、神这些意象构成了一个纵向的空间，既是现实空间也是等级空间，这种空间营造好像一个食物链，处于顶端的是神，处于最下面的是农民，在这种残酷的对秋的博弈中，农民永远是被吃的对象。不劳而获与劳而不获形成了一种尖锐的、难以调和的矛盾，但农民是失败者，在秋还未收获之前，他已经丧失了一切！整体来看本诗，我们可以看出，在秋的整体氛围中没有收获的欢乐、没有多劳多得的公平，甚至没有希望，秋，在架鹰的神与写诗的王的阴谋下变得残酷而让人悲愤！

　　当然，上述解读只是笔者的一种理解，不同读者可以从不同角度来理解诗歌的意义。由此可见，文学语言的意义生成除了作者赋予之外，进入流通领域的文学文本主要看读者的理解，文学语言的意义也在不同读者那里呈现不同层次。所谓"诗无达诂"其意正是如此。

二、文学语言的特征

　　由上述对文学语言与日常语言、科学语言的对比可以看出，文学语言具有自身的独特品质，正因为它的独特性才使文学区别于其他学科而成为一门独立的学科。对于文学语言的特征有多种观点，如"文学是语言的艺术"观点具有代表性，这一观点确定了文学是一种艺术，是一种用语言来表达的艺术。但这种观点不能说明语言的特点，即文学语言作为一种艺术的特征到底是什么？下面从文学语言的情感性、审美性和多义性三个方面对其基本特征进行阐述。

　　（1）情感性。文学是用来表达情感的，这是文学语言最为基础性的特征之一。人类是一种具有情感的动物，情感丰富、细腻。同时人类又是善于表达情感的动物，其表达情感的方式多种多样，一个手势、一个眼神、一句话等都可包含丰富的情感。但人类最善于表达情感、传递情感的还是语言。文学语言就是包蕴丰富情感的语言。苏珊·朗格认为，艺术是"有意味的形式，即一种情感的描绘性表现，它反映着难以言表从而无法确认的感觉形式"①。作为一门艺术，文学语言的这种情感性就是一种难以言表的感觉形式。唐代诗人孟郊的《游子吟》曾经触动了多少人的情感：

> 慈母手中线，游子身上衣。
> 临行密密缝，意恐迟迟归。
> 谁言寸草心，报得三春晖。

全诗语言平淡，用白描手法写母亲对即将远行的儿子缝衣的过程，读来让人倍感亲切。诗歌语言饱含情感，每一句都触动人的柔软心灵，每一句都会激起同样是游子的读者的情感共鸣。母亲缝衣，"密密"二字蕴含了目前对儿子的无限深情，我们仿佛能看到一位母亲既盼望儿子远行求取功名，又盼望儿子能早点归来的矛盾心态。母亲的这些情感都蕴含在默默缝衣的动作之中，读来怎不让人动容？更加触动人情感的还不止这些。"谁言寸草心，报得三春晖"一句，既表达了儿子对母亲同样的爱，更表达了作为儿子对母亲的感恩之情，用"寸草"报恩"三春"来比喻儿子对母亲恩情的报答之情。清代贺裳在《载酒园诗话又编》中对此诗推崇备至，认为此诗"真是《六经》鼓吹，当与退之《拘幽操》同为全唐第一"。

苏珊·朗格认为，艺术是一种"生命的形式"，"说一件作品'包含着情感'，（正如人们常说的那样）恰恰就是说这件作品是一件'活生生'的事物，也就是说它具有艺术的活力或展现出一种'生命的形式'"。② 艺术之所以是"一种生命形式"关键是其内在的情感因素，因此，情感因素是艺术"生命形式"的核心。《文心雕龙·体性》中说"夫情动而言形，理发而文见"③，情感在文学作品形成的过程中起到了启动器的作用。

（2）审美性。文学又是美的艺术。文学之美通过语言表达出来。但文学之美并不止于语言，而是有更丰富的内容。语言与如何组织语言、内容与如何表达内容、意义与如何呈现意义等均会通过文学美的表达表现出来，因此，文学无论是语言，还是借语言所要表达的内容都会以美的方式来完成，文学语言从其表现形态来讲是一种充满美学追求的语言形态。可以说，审美性是文学语言的又一特性。请看王勃《滕王阁序》：

---

① 苏珊·朗格：《情感与形式》，刘大基等译，中国社会科学出版社 1986 年版，第 50 页。

② 苏珊·朗格：《艺术问题》，滕守尧、朱疆源译，中国社会科学出版社 1983 年版，第 41~42 页。

③ 刘勰：《文心雕龙》，岳麓书社 2004 年版，第 257 页。

　　披绣闼，俯雕甍，山原旷其盈视，川泽纡其骇瞩。闾阎扑地，钟鸣鼎食之家；舸舰迷津，青雀黄龙之舳。云销雨霁，彩彻区明。落霞与孤鹜齐飞，秋水共长天一色。渔舟唱晚，响穷彭蠡之滨，雁阵惊寒，声断衡阳之浦。

　　遥襟甫畅，逸兴遄飞。爽籁发而清风生，纤歌凝而白云遏。睢园绿竹，气凌彭泽之樽；邺水朱华，光照临川之笔。四美具，二难并。穷睇眄于中天，极娱游于暇日。天高地迥，觉宇宙之无穷；兴尽悲来，识盈虚之有数。望长安于日下，目吴会于云间。地势极而南溟深，天柱高而北辰远。关山难越，谁悲失路之人；萍水相逢，尽是他乡之客。怀帝阍而不见，奉宣室以何年？

王勃这篇《滕王阁序》气势磅礴、语言优美，写尽滕王阁壮美的自然景观，"落霞与孤鹜齐飞，秋水共长天一色"更是精妙绝伦。但如果文章到此为止，那么也不会流传千古，成为不朽名篇。最为关键的是，王勃在充满美的语言中渗透人生失意的无限感慨，读来荡气回肠，意犹未尽。因此可以看出，文学语言之美除了语言本身的修辞错落、辞采华美之外，还应该包蕴无限的意味，此意味之中渗透人生百味。梅尧臣说：文学语言"必能状难写之景，如在目前，含不尽之意，见于言外，然后为至矣"。因此，文学语言之美应该同时包含两个方面：言美和意美，二者相辅相成、相得益彰。

　　（3）多义性。此为文学语言的又一重要特征。文学语言是具有丰富含义的语言，文学语言的多义性使得文学充满解读魅力，所谓"一千个读者就有一千个哈姆雷特"，这是文学多义性在读者那里的具体表现。英美新批评派诗人、理论家燕卜荪指出了文学作品被多种解读的可能性，并将文学作品的这种多义性命名为"朦胧"（有的翻译成"复义"）："我认为，当我们感到作者所指的东西并不清楚明了，同时，即使对原文没有误解也可能产生多种解释的时候，在这样的情况下，作品该处便可称之为朦胧。"① 文学的这种多义性是文学作品存在的基本状态，或者说是文学作品之所以充满魅力、充满解读乐趣、充满审美特性的关键所在。刘勰《文心雕龙·隐秀》指出，"是以文之英蕤，有秀有隐。隐也者，文外之重旨者也；秀也者，篇中之独拔者也。隐以复意为工，秀以卓绝为巧。斯乃旧章之懿绩，才情之嘉会也"②。刘勰将文学作品的上乘之作的特征分为两个方面：秀和隐，秀，指文章语言的精华之处，即"独拔者"；隐，指文外之旨，即多义性。如李商隐《无题》：

---

　　① 威廉·燕卜荪：《朦胧的七种类型》，周邦宪等译，中国美术学院出版社1996年版，第4页。

　　② 刘勰：《文心雕龙》，岳麓书社2004年版，第387页。

> 相见时难别亦难，东风无力百花残。
> 春蚕到死丝方尽，蜡炬成灰泪始干。
> 晓镜但愁云鬓改，夜吟应觉月光寒。
> 蓬山此去无多路，青鸟殷勤为探看。

此诗本意写爱情相思，其中名句"春蚕到死丝方尽，蜡炬成灰泪始干"中，"丝"与"思"谐音双关，写尽思念之苦。但这两句脱离原诗语境后，其意义变化很大，并用来比喻奉献精神。但我们很难说这是误解，因为诗歌语言本身是多义的，正因为其多义性才使其富于解读魅力。再如叶绍翁《游园不值》中"春色满园关不住，一枝红杏出墙来"，本来指春意盎然，杏花烂漫，但在进入解读程序之后，"红杏出墙"则被解读成女性外遇，反差之大恐怕作者也会始料未及。

第二节 文学文本的形象系统

文学形象通过文学语言进行创造，它是文学文本结构层次的重要方面。文学语言所创造的文学形象分为多种类型，人物、情感、自然界、非现实世界等等均可通过语言进行创造，并被接受者感知到。文学形象可以是单个形象，也可以是整体形象。文学形象有一般形象和理想形象之分，这种区分也是一般文学作品与经典作品的区分。也就是说，一般文学作品塑造一般文学形象，经典文学作品塑造经典文学形象。因此，文学形象按照形象本身不同可有多种类型；按照数量及形象之间的关系来分可分为单个形象和整体形象；按照文学作品塑造形象的能力或者作品品质来分可分为一般文学形象和经典文学形象。可见，文学形象是一个复杂系统，有多种类型和划分标准。

一、一般文学形象的特征

这里讨论的文学形象的特征是站在一般文学形象的立场上来说的。就是说，在一般状态下，文学形象具备什么特征呢？

其一，主观与客观的统一。文学形象是作家根据自己的主观感受创造出来的，是作家通过丰富的想象、精心的艺术构思、富于个性的语言创造出来的，寄托了作者的主观情感和艺术理想。值得关注的是，作家笔下，总是有极富作家个性特征的人物群像，如鲁迅笔下的狂人、孔乙己、阿Q、祥林嫂等形象，总是充满了鲁迅对这些被侮辱被损害者的同情和思考；莫言笔下的红高粱家族人物群像；贾平凹"商州系列小说"中塑造的家乡商州人物群像，等等，都极富个性，充满了作家个人的主观情感和对这些人物的理解。但文学形象同时具有客观性，章学诚对自然之象（客观）与人心营构之象（主观）有精彩论述：

　　有天地自然之象，有人心营构之象。天地自然之象，《说卦》为天为圜诸条，约略足以尽之。人心营构之象，《暌》车之载鬼，翰音之登天，意之所至，无不可也。然而心虚用灵，人累于天地之间，不能不受阴阳之消息；心之营构，则情之变易为之也。情之变易，感于人世之接构，而乘于阴阳倚伏为之也。是则人心营构之象，亦出天地自然之象也。①

　　章学诚把"象"之主客观关系进行了辩证论述，"人心营构之象"虽出于主观，但人生于天地之间，不能不受到天地阴阳之影响，人的情感变化受到人世影响而具有普遍性，其所营构之象也受到阴阳、人世影响而具有普遍性，并因此具有客观性。文学形象即是如此，虽然是作家的个人创造，带有主观色彩，但由于作家身处自然与社会之中，感受自然与社会普遍的情感，其塑造的形象也会具有这种普遍情感。

　　其二，虚构与真实的统一。文学是一种虚构。但虚构不同于虚假，虚构是一种基于合情合理之上的想象，是一种真实情感基础上的虚拟与假定。亚里士多德对诗的特点及与历史的区别进行了深刻论述：

　　　　显而易见，诗人的职责不在于描述已发生的事，而在于描远可能发生的事，即按照可然律或必然律可能发生的事。历史家与诗人的差别不在于一用散文，一用"韵文"；希罗多德的著作可以改写为"韵文"，但仍是一种历史，有没有韵律都是一样；两者的差别在于一叙述已发生的事，一描述可能发生的事。因此，写诗这种活动比写历史更富于哲学意味，更被严肃的对待，因为诗所描述的事带有普遍性，历史则叙述个别的事。②

　　亚里士多德认为，诗歌（文学）是一种虚构，是一种按照可然律和必然律进行的模仿活动，这里其实已经把虚构和真实讲清楚了，即文学描述的事情并非真实发生，这是与历史的重要区别，既然不是实际发生的事情，那么必然是一种虚构，但这种虚构并非随意而为，而是有一定的规则，即"按照可然律或必然律可能发生的事"，换句话说，诗人（文学家）发现了事物发展的规律，并按照这个规律进行合情合理的虚构，然后形成文学作品。所描述的事是虚构的，但理是真的。即冯梦龙所谓"事赝理真"：

　　　　人不必有其事，事不必丽其人。其真者可以补金匮石室之遗，而赝者亦必

───────────────

①　章学诚著，叶瑛校注：《文史通义校注（上）》，中华书局2014年版，第18页。

②　亚里士多德：《诗学》，罗念生译，人民文学出版社1962年版，第28~29页。

有一番激扬劝诱、悲歌感慨之意。事真而理不赝，即事赝而理亦真，不害于风化，不谬于圣贤，不戾于诗书经史，若此者，其可废乎？①

冯梦龙强调"理真"与亚里士多德所谓"可然律或必然律"内涵具有相似之处。就是说，文学作品是虚构的，但它表达真实内涵。这和虚假是两个概念，虚假是内涵不真实，而虚构是描述的事可能并非实际发生，但其内涵是真实的。文学作品就是虚构与真实的统一。我们平常所谓的"合情合理"，合情是指人的真切感受、真挚感情、真诚意向；合理是指文学描述要符合自然、生活、社会的本质和规律。

其三，确定性与不确定性的统一。文学是一种虚构，文学语言具有多义性特征，这决定了文学的不确定性。同时，文学绝非完全是不确定的，而是具有确定性，没有确定性，文学表达的内容就会受到影响，如李白《静夜思》："床前明月光，疑是地上霜。举头望明月，低头思故乡。"这里的"月光"是一个确定的存在，没有这个确定性，下面"疑是地上霜"就会有问题，你可以把月光看作"霜"，当然也可以把它看成别的东西，这是不确定的，正是有了这种不确定性，才使本诗有了解读魅力。也就是说，文学形象首先必须具备一些确定性的因素，这样可以使读者理解有了一个基本依据，然后在此基础上，文学形象又有不确定性，让读者发挥自己的合理想象，这样丰富了读者的阅读体验，读者的能动性即来自文学的不确定性带来的解读与想象空间。《红楼梦》中对林黛玉的外貌描写："两弯似蹙非蹙罥烟眉，一双似喜非喜含情目。态生两靥之愁，娇袭一身之病。泪光点点，娇喘微微。闲静时如姣花照水，行动处似弱柳扶风。心较比干多一窍，病如西子胜三分。"从这个外貌描写可以有一些确定方面：忧郁、爱哭、身体弱、美貌等，但更多的是一些不确定的东西：林黛玉愁什么？什么病？如何美？如何聪明？等等。这些要靠读者的合理想象进行补充。林黛玉形象被改编成各种艺术作品：影视作品、绘画、舞台戏剧等，对林黛玉有各种塑造，有的还相差较大，但那些确定的方面均会具备，不同的是对不确定性的理解。也就是说，文学形象的确定性是读者理解的基础，而不确定性是读者发挥能动性的方面。

其四，个别与一般的统一。文学形象始终是通过个别来表现一般，没有文学的"这一个"就不会有一般性的文学形象。鲁迅在《〈出关〉的"关"》中指出对文学形象的塑造有两种方式，其中第二种方式是："杂取种种人，合成一个"。把很多人的特点集中到一个人物身上是作家塑造形象的常用方法。因此，文学形象表面看来是个别形象，但实际上这个形象具有一般性特征。任何文学形象都是一种个别形象，但这并不妨碍其成为具有普遍性的形象，因为一般必须通过个别来表现，而

---

① 丁锡根编著：《中国历代小说序跋集》，人民文学出版社 1996 年版，第 777 页。

个别也是一般中的一个，更何况还是综合多个"个别"而成为一个独特的文学形象。

二、文学形象的各种表现

文学形象在具体的文学文本中有各种表现。在此，必须明确，文学形象并非只是文学文本中的某个人物，这只是文学形象中的一种，除此之外，一群人也可以构成一个整体形象；同时，某种情景、某种氛围也可以是一种文学形象，尤其是在抒情性作品中；按照表达方式不同，文学形象有虚、实之分。也就是说，对文学形象的分类按照不同的标准可有不同的结果。下面对文学形象表现的部分类型进行讨论。

其一，单个形象与整体形象。单个形象是文学文本中相对独立、具有鲜明性格特征的单个文学形象。整体形象指由各种单个形象集合形成的具有共同特征的形象整体。单个形象如《水浒传》中的林冲、鲁智深、武松、宋江等，都是各具特点、相对独立的个体形象；而由这些水浒好汉集体形成的梁山英雄群像则是具有共同特征的整体形象。

其二，虚像与实像。文学文本对文学形象的塑造有多种方式，有时塑造人物用虚像，即不直接对人物进行正面塑造，而是通过对比、烘托等多种方式对人物进行侧面塑造；而有时候对人物进行正面描写，行为、语言、思想等都可以通过正面来对人物进行塑造。例如《红楼梦》第三回，对林黛玉的外貌描写是通过宝玉的眼光进行的，是实像；而对王熙凤则采取了先虚后实的写法，未见其面先闻其声是虚像，而见面之后则是实写。值得注意的是，文学文本对人物的塑造总是综合运用虚像与实像。尤其是对于以限制视角叙述的故事，如鲁迅《孔乙己》，通过酒店小伙计的视角来叙述孔乙己的故事，小伙计看到的是实像，是实写，看不到的则用虚像，虚写，甚至不写。《祝福》中对祥林嫂的描写也是如此。当然，也有的人物形象通篇都是虚像，如《药》中的革命者夏瑜，其形象都是通过侧面描写获取。

其三，情景和氛围。文学形象不但人物可以承担，一种情景、一种氛围也可以承担。情景和氛围都属于整体性的文学形象。所谓情景，指在文学文本中通过事件、人物、场景、时代、社会环境等所营造的整体的环境。情景，不但在叙事性作品中存在，而且在抒情性作品中存在。例如《红楼梦》中大观园的情景并非一种简单的由树木花草、亭台楼榭构成的园林，因为单纯的园林不能构成具有某种意象特征的文学形象，更为重要的是其存在于贾府这个大的环境之中，而且还要包括生活其中的少男少女及其命运。大观园不是一种简单的情景，而是由多种因素构成的文学形象。再如《水浒传》中的梁山泊，其情景构成除了山水、人文景观，还包括因各种原因投奔而来的各路英雄，从而形成梁山泊这一具有独特内涵的情景形象。所谓氛围，是指由情景围成的、呈现某种独特品质的气氛和情调。如曹禺

《雷雨》，周公馆、雷雨天气、人物之间的纠葛等构成一种压抑的氛围。马致远《天净沙·秋思》："枯藤老树昏鸦，小桥流水人家，古道西风瘦马。夕阳西下，断肠人在天涯。"用几个名词组合成一种羁旅途中的凄凉与悲苦氛围，在这种氛围中，天涯断肠人才悲苦孤寂。

三、理想文学形象的特征

理想的文学形象是指文学史上产生的符合人类审美理想的文学形象。但人类的审美理想是什么呢？它包含什么内容呢？这是一种难以用统一标准来回答的问题。按照一般理解，文学形象的理想形态主要有三种：文学象征、文学意境、文学典型。

（一）文学象征

1. 文学象征的概念

文学象征是指以表达观念和哲理为目的，以暗示为艺术手段，具有荒诞性和审美求解性的艺术形象。象征是一个古老的艺术命题，《周易·系辞》："子曰：书不尽言，言不尽意。然则圣人之意，其不可见乎？子曰：圣人立象以尽意。"① 所谓"立象以尽意"，即以象征手段达到传达"意"的目的。所谓"意"就是某种观念、哲理等。中国古代象征艺术极为发达，远古彩陶上的各种纹饰，如半坡彩陶上的人面渔网等纹饰；古代青铜器上的各种图案等都是象征艺术。在古代文学中，魏晋时期的玄言诗、唐代的禅诗、宋代的哲理诗等都是象征型艺术。另外，古代的神话、寓言故事以及部分志怪小说等都具有象征特征。

在西方，象征型文学一直非常兴盛，在诗歌领域出现象征主义诗歌流派，叶芝是该流派的著名代表人物。叶芝主张诗歌"回到我们祖先的方式"，"以象征感动人"。② 黑格尔认为：

> 象征首先是一种符号。不过在单纯的符号里，意义和它的表现的联系是一种完全任意构成的拼凑。这里的表现，即感性事物或形象，很少让人只就它本身来看，而更多地使人想起一种本来外在于它的内容意义。③

很明显，象征并非只是让人看到符号本身，而是更关注符号所蕴含的意义。原

① 《十三经注疏》，中华书局 1980 年版，第 82 页。

② W. B. 叶芝：《诗歌的象征主义》，拉曼·塞尔登编：《文学批评理论——从柏拉图到现在》，刘象愚等译，北京大学出版社 2003 年版，第 28 页。

③ 黑格尔：《美学》（第二卷），朱光潜译，商务印书馆 1979 年版，第 10 页。

始艺术的象征特征给20世纪西方现代派文学很多启示，以荒诞方式追求文学的哲理性成为其重要特征。卡夫卡、海明威、加缪等现代派作家创作出了一批具有象征色彩的文学作品。

2. 文学象征的特征

文学象征的特征主要表现在暗示性、哲理性和朦胧性几个方面。

（1）暗示性。暗示是指文学形象并不直接呈现意义，而是通过文学形象的各种表征，把某种意义通过非明示方式，按照联想解读途径传递给读者。这就是黑格尔所谓不只看形象本身，"而是就它所暗示的一种较广泛较普遍的意义来看"①。老舍先生曾对暗示的写作方式非常推崇，他说：

> 暗示是个好方法，它能调剂写法，使不致处处都是强烈的描画，通体只有色而无影。它能使描写显着细腻，比直接述说更有力……暗示既使人希冀，又使人与作者共同去猜想分担了些故事发展的预测。②

暗示写作方法给小说故事带来各种可能性，使读者与作者"共同去猜想分担了些故事发展的预测"，这样，一方面使作品呈现多重意义，另一方面增加了读者的解读兴趣。它比直接呈现更富魅力。中国古代诗歌总是用梅兰竹菊来暗示某种人的品质；西方现代派诗歌，如艾略特《荒原》中，用荒原来暗示人欲横流、精神堕落、道德沦丧、生活卑劣猥琐、丑恶黑暗的西方社会；卡夫卡《变形记》用大甲虫来暗示人的异化和在现实世界所受到的身体和精神的双重压迫。

（2）哲理性。哲理性是古今中外很多文学作品追逐的目标，以表达哲理作为创造文学象征的目标。古代神话传说之所以千古流传，多数是因为其内涵的哲理性，如大禹治水、后羿射日、精卫填海、女娲补天等。诗歌对哲理性的追求从未间断。例如朱熹《观书有感二首》：

其一
半亩方塘一鉴开，天光云影共徘徊。
问渠那得清如许？为有源头活水来。

其二
昨夜江边春水生，艨艟巨舰一毛轻。
向来枉费推移力，此日中流自在行。

---

① 黑格尔：《美学》（第二卷），朱光潜译，商务印书馆1979年版，第10页。
② 老舍：《老舍文集》（第十五卷），人民文学出版社1985年版。

这两首诗歌都是哲理诗，通过塑造文学形象来表达一定的哲理。第一首，半亩方塘并不大，景色优美，天光云影，相映生辉，为何方塘水清见底？只因为有源头活水之故。这个"方塘"由于有"源头活水"的输入，所以它永不枯竭，永不陈腐，永不污浊。"清"得不仅能够反映出"天光云影"，而且能够反映出"天光"和"云影""共徘徊"这么一种细致的情态。这就是这一首小诗所展现的形象和它的思想意义。第二首"艨艟巨舰"之所以能够"一毛轻"，是因"春水生"之故，向来需要费力推船，而今却可以自在行走。这说明时光推移，条件在变化，只有借助自然、社会等的力量转换，才能使本来艰难的事情变得容易。

（3）朦胧性。文学象征是通过暗示的方式传递意义，目的要传达某种哲理。但由于作家通过文学形象间接传达意义，意义的呈现不是直接的，不是明示的，因此需要读者在阅读的时候发挥主观能动性，积极参与意义的建构。正如黑格尔所言，要读者"与作者共同去猜想分担了些故事发展的预测"。但读者是一个复杂群体，其理解能力是不同的，其对文学象征意义的理解会出现多样化。朦胧性，就会在这种读者与作者的共建下成为文学象征的又一特征。"象征型文学或直接取材于现实事物，对它们进行变形化、拟人化的处理，或凭借想象虚构出非现实性的事物，从而塑造出具象与抽象、个别与一般、现实与超现实统一的寓意性形象。象征型文学描写客观物象的目的是为了暗示某种深广的意义，所以它不求物象细节的真实，而以主观变形的方法使其具有超越自身的内涵。"①

必须指出，文学象征的朦胧性是其自身带来的，并非因为读者的不同造成的，但文学象征的这种特征为读者多样化理解提供了可能性。也就是说，文学象征是一种文学形象蕴含了多重意义空间，这为读者的多样化解读提供了基础。

3. 文学象征的类型

对于文学象征的分类，不同的分类标准就会有不同的类型。

从表意方式来分，可分为寓言式象征和符号式象征。寓言式象征"是指通过一则故事象征或暗示出某种哲理和观念。'寓言'总是有情节的，哪怕是淡化了的情节。这类形象不一定具有荒诞性，而往往在整体形象中寄寓着生活事理上的荒诞性"。符号式象征"是指不具有情节性的整体形象或单个形象。它们象征着或暗示着某些哲理或观念，其形象不过是哲理或观念的表意符号"②。

从象征自身的性质来分，可分为自然象征、社会象征和个体象征。禾子对这三种象征进行了如下界定：

　　自然象征指非人工创造的自然万物所具有的象征。这类象征，由于几乎独

---

① 童庆炳主编：《文学理论教程》（第五版），高等教育出版社2015年版，第204页。
② 本书编写组：《文学理论》，高等教育出版社、人民出版社2009年版，第169页。

立于人之外存在，天生地代表它所占有的素质和特征。所以，光芒万丈、赐人以生命的太阳是灵魂知识、生命、希望等素质的一个自然象征；大海是神秘与深奥、幻想与无常的自然象征；月亮是静谧与恬静、安详与缠绵的自然象征；鲜花是洁白无瑕、倏忽即近的自然象征。类似于这样的自然象征在文学史上比比皆是。

社会象征指的是那些人们一致同意的象征（常常是不公开声明、约定俗成的），所以，房子是温暖、安全的社会象征，危楼自然是一个不安全、无保障的社会象征（《危楼记事》），一只小狗，由于长期接受的作为人类最友好的朋友的地位，是友谊、忠诚的社会象征。（《野蜂出没的山谷》）

（个体象征）它是为具体的人即特定的个人所发现或精巧地创造出来的。爷爷生前喜爱的藤椅，尽管陈旧、破烂、毫无引人之处，但它还是用来代表爷爷对于这个家庭的所有含义；情人定情的礼物尽管是那么普普通通，还是具有那么大的魅力，使双方忠心耿耿，几十年如一日。这样的象征因为具有强大的个人创造性，在某种程度上受到一定的限制，但效果还是很大，这当然依据于我们了解这个特定的象征的程度。对于那些家庭成员来说和情人双方来说，这些象征是非常有力的，而对于外人来说，它们并没有什么特殊的含义，破藤椅就是破藤椅，情人的礼物也不过一件礼物而已。①

自然象征、社会象征和个体象征的分类同样见于严云受、刘锋杰《文学象征论》，但本书将社会象征命名为约定俗成的象征。② 无论何种分类均遵循象征的基本特征：暗示性、哲理性和朦胧性。文学象征的意义指向永远比语言本身包含更深、更广的内容。文学象征的意指对象或者是一种公共知识，或者是一种在公共知识上的拓展，或者只是一种个人经验，但这种个人经验会在文学交流中得到接受者的认同，即接受者可以在特定语境中理解意指内容。

（二）文学意境

1. 意境及其类型

意境是中国古代文论中的重要概念，其发展经历了较为漫长的过程。《庄子》《文心雕龙》等均有涉及。延及唐代，意境论始成规模，并用于诗歌理论。王昌龄《诗格》将诗歌分为"三境"，意境即为其一：

诗有三境。一曰物境：欲为山水诗，则张泉石云峰之境，极丽绝秀者，神

---

① 禾子：《文学象征本体论》，《文艺理论研究》1986年第3期，第49页。
② 严云受、刘锋杰：《文学象征论》，安徽教育出版社1995年版。

之于心，处身于境，视境于心，莹然掌中，然后用思，了然境象，故得形似。二曰情境：娱乐愁怨，皆张于意而处于身，然后驰思，深得其情。三曰意境：亦张之于意而思之于心，则得其真矣。

这段话其实是说明了诗歌创作的三种境界，笔者认为这三种境界是一个逐步深入、逐步提高的过程，即物境得其形、情境得其情、意境得其真。意境形神兼备、思于心而张于意才能得其真。其后，多人对王昌龄意境论进行阐发，皎然《诗式》提出"缘境不尽曰情""文外之旨""取境"等思想；刘禹锡提出"境生于象外"；司空图《诗品》提出"象外之象""景外之景""韵外之致""味外之旨"等。清代王国维则集意境论之大成，提出了完整的意境论理论，其意境论思想主要集中于《人间词话》之中。王国维《人间词话》开篇即把境界作为诗歌的最高原则："词以境界为最上。有境界则自成高格，自有名句。"然后区分了"理想派"和"写实派"的不同，前者为"造境"，后者为"写境"，但二者很难区分，尤其是对于那些"大诗人"的诗歌，"因大诗人所造之境，必合乎自然，所写之境，亦必邻于理想故也"。王国维同时区分了两种境界：有我之境和无我之境：

> 有我之境，以我观物，故物皆著我之色彩。无我之境，以物观物，故不知何者为我，何者为物。
>
> 无我之境，人惟于静中得之。有我之境，于由动之静时得之。故一优美，一宏壮也。①

意境说与中国古代其他诗论学说一样，是一个模糊的概念，由于并不能十分清晰地界定其内涵，因此后世对其解释颇多杂乱，意境概念成为一个可以包罗各种学说的框子。王国维虽然集意境说之大成，但其概念"境界"更宽泛。根据学界的普遍观念，意境概念应该回归其原初含义，可界定为：

> 意境是指抒情性作品中呈现的那种情景交融、虚实相生的形象系统，及其所诱发和开拓的审美想象空间。它同文学典型一样，也是文学形象的高级形态之一。②

2. 文学意境的特征
（1）情景交融。

---

① 王国维：《人间词话》，上海古籍出版社 1998 年版，第 1~2 页。
② 童庆炳主编：《文学理论教程》（第五版），高等教育出版社 2015 年版，第 239 页。

情景交融，即景中含情、情中见景，二者交融互渗，不可分离。明遗民王夫之对诗歌的这种情景交融论述精到，在《姜斋诗话》卷上中指出："情景虽有在心在物之分，而景生情、情生景、哀乐之触，荣悴之迎，互藏其宅。"在《姜斋诗话》卷下又说："情、景名为二，而实不可离。神于诗者，妙合无垠。巧者则有情中景、景中情。"这里强调的是情与景之间的"妙合无垠"，二者"互藏其宅"。这里既包含王国维"有我之境"，即人观察、描绘景物之时，景物已经非"自然之物"，而是携带了观察者的"情"，即"物皆著我之色彩"；而当物我两忘，诗人在诗中极力避免自我出现，将自我融入景中，那么，自我和景互融互渗，难以分开，此时即"不知何者为我，何者为物"。因此，情景交融是抒情性作品中，处理情与景的最高境界，是文学形象的理想状态之一。

情景交融可分为景中藏情、情中见景和情景并茂三种类型。

①景中藏情。即看似描写景，实则无时无刻不在写情，将情藏于景中，就如眼泪滴入水中，虽不可见，但水已经充满人之情。如杜甫《江畔独步寻花·其六》：

> 黄四娘家花满蹊，千朵万朵压枝低。
> 留连戏蝶时时舞，自在娇莺恰恰啼。

这首诗作于杜甫定居成都草堂之后，诗人锦江边散步所作。春天的浓丽、彩蝶、娇莺、流水、繁花，饱经乱离之苦、忧国忧民的杜甫见到如此绚丽的春景，应该难得有闲暇与心情。但我们分明能够体会诗人刻意的"独步寻花"背后是多么沉重的心境，对锦江繁花的迷恋忘返，恰恰说明这种心境很难得。如果整体来看《江畔独步寻花》的七首诗，这种绚烂春景背后是一颗沉重的心。如"其一"中"江上被花恼不彻，无处告诉只颠狂"；"其二"中"诗酒尚堪驱使在，未须料理白头人"；"其七"中"不是爱花即肯死，只恐花尽老相催"等，对家国、自身命运、时光易逝、人生易老的感慨比比皆是。这首"其六"，正是将情藏于景中，将情融于春景的佳作。

②情中见景。直接写情，以情带景。李白《行路难》："行路难，行路难，多歧路，今安在。长风破浪会有时，直挂云帆济沧海。"诗歌豪迈、壮阔，可以想见眼前波澜壮阔、万帆竞逐于沧海的画面。诗歌想象雄壮奇美，意境开阔。其他如陈子昂《登幽州台歌》，即可想见作者在历史与现实之间的悲苦无依之状，站在历史的关口，幽州台给了诗人一方与历史、天地对话的机会。透过作者孤独的身影可见古幽州台的壮美画面。

③情景并茂。情景浑然一体，不分你我。如苏东坡《念奴娇·赤壁怀古》：

> 大江东去，浪淘尽，千古风流人物。故垒西边，人道是，三国周郎赤壁。

乱石穿空，惊涛拍岸，卷起千堆雪。江山如画，一时多少豪杰。

遥想公瑾当年，小乔初嫁了，雄姿英发。羽扇纶巾，谈笑间，樯橹灰飞烟灭。故国神游，多情应笑我，早生华发。人生如梦，一尊还酹江月。

苏轼被贬黄州，游览长江之赤壁（黄州），遥想历史上曾经发生过的波澜壮阔的故事、人物，感慨英雄、江山、美人、时空，其心情由对历史的怀想到对自身命运的感慨，感觉人生如梦，何不对月独酌，享受人生？这里既有雄心付江山的壮志豪情，也有怀才不遇、空耗时光的无奈。长江、赤壁、际遇、心境融为一体。

（2）虚实相生。

虚实相生是文学意境的又一重要特征。在意境中较实的部分为实境，是指逼真地描写各种自然、人文景物，也可叫做"真境"，可分为物境和事境；较虚的部分为虚境，指由实境诱发、开拓的审美想象空间，"它一方面是原有画面在联想中的延伸和扩大，另一方面是伴随着这种具象的联想而产生的对情、神、意的体味与感悟，即所谓'不尽之意'，所以又称'神境''情境''灵境'等"。① 由此可见，虚实相生的艺术境界须满足两个条件，其一，实境应有足够的涵容能力，即它能够引发足够的解读空间，只有这样才能以此为基础进行审美想象和审美开拓；其二，虚境是在实境基础上的一种开拓，因此，虚境并非完全为虚，虚的是"景"而非"境"，即意境为实，物景为虚。因此，虚实相生，实境和虚境相互依赖，彼此互为成全，遂为文学意境高格。例如陆游《卜算子·咏梅》：

驿外断桥边，寂寞开无主。已是黄昏独自愁，更著风和雨。
无意苦争春，一任群芳妒。零落成泥碾作尘，只有香如故。

这首咏梅词通篇实境描写，写梅花虽然命运寂苦，无人可怜，但它依然开放，顾影自怜，它不争春，凌寒自开，春天里零落尘泥，但香依然如故。这些实境描写用一系列带有情感色彩的词汇，如断桥、寂寞、黄昏、愁等烘托出一幅带有伤感情调，但依然倔强自开、芳香如故的"断桥落梅"图。但诗歌如果到此为止，那么并不算高格，最为关键的是陆游由梅花所营造的审美想象空间：梅花不正是人的命运写照吗？诗人以物喻人，托物言志，巧借饱受摧残、花粉犹香的梅花，比喻自己虽终生坎坷，但绝不媚俗的忠贞，这也正像他在一首咏梅诗中所写的"过时自合飘零去，耻向东君更乞怜"。陆游以他饱满的爱国热情，谱写了一曲曲爱国主义诗篇，激励了一代又一代人。陆游一生致力于恢复中原，至死不悔，临死写的《示

① 童庆炳主编：《文学理论教程》（第五版），高等教育出版社2015年版，第241~242页。

儿》即可见其志。但南宋政权并没有给陆游机会，引梅自视，不由让人感慨良多。

（3）韵味无穷。

韵味指的是意境所蕴含的让人再三回味、余味不尽、余音绕梁的艺术境界。它是一种体验效果，或者说接受效果。韵味无穷作为意境的审美特征之一，其实现需要两个条件，其一是文学作品自身包含的情、理、意、韵、趣、味等多种因素有机结合，而形成的某种文本品质；其二，由于这种"韵味"包含在文本语言之中，因此并非是一种明示状态，这要求接受者有相当的艺术修养，能够"读出"其"韵味"来。换句话说，有的文学文本，虽然富于"韵味"，也被读者广泛承认，但就是某一部分读者无法体会。这两个条件其实有一个必要前提，即文学文本必须"真的"具有这种"韵味"，然后读者才能读出来。因此，归根结底，"韵味"是文学文本的自身品质，而非读者强行赋予。

韵味概念在中国古代文论中有其他说法，如"情韵""韵致""兴味""余味"等。刘勰《文心雕龙·隐秀》指出："文之英蕤，有秀有隐。隐也者，文外之重旨者也；秀也者，篇中之独拔者也。"这里的"隐"即为"文外之旨"，好的作品是"深文隐蔚，余味曲包"①。韵味，其实讲究的是一种接受效果，好的作品经得起再三品味。孔子闻韶乐，"三月不知肉味"，并非三个月不吃肉，而是韶乐余音绕梁，经久不散，让人沉浸其中不能自拔。苏东坡一生旷达，凡事能够辩证自适，乐观生活。如他的《定风波·莫听穿林打叶声》：

> 莫听穿林打叶声，何妨吟啸且徐行。竹杖芒鞋轻胜马，谁怕？一蓑烟雨任平生。
>
> 料峭春风吹酒醒，微冷，山头斜照却相迎。回首向来萧瑟处，归去，也无风雨也无晴。

这首词作于苏轼被贬黄州的第三个春天，前面有小序："三月七日，沙湖道中遇雨。雨具先去，同行皆狼狈，余独不觉，已而遂晴，故作此词。"苏轼的旷达、乐观有一个成长过程，被贬之初也消极沉闷，但随着时间推移，苏轼改变了这种心态，这首词就是这种心态改变的例子。苏轼与友人出行遇雨，对人生幡然醒悟，人的一生漫长，经风遭雨在所难免，何不坚韧前行，任凭风雨？"一蓑烟雨任平生"是人生大悟。上天阴晴，人无法控制，只有坦然处之，宠辱不惊，宠辱皆忘，一切趋从自然之理，坦然自适，才能出走半生归来仍是少年。读这首词就是读苏轼的人生之悟。反复品味，余味无穷。

---

① 刘勰：《文心雕龙》，岳麓书社 2004 年版，第 387、390 页。

（三）文学典型

文学典型是文学形象的理想形态之一，是指叙事性作品中塑造的人物形象性格鲜明、富于魅力，具有代表性。典型是西方文论的一个概念，其发展经历三个阶段，18 世纪之前，强调类型说，18 世纪之后，由类型说发展到个性说，黑格尔认为，典型人物形象是一种理想境界，"不仅要显现为普遍性，而且还要显现为具体的特殊性"①。19 世纪 80 年代，马克思主义典型观形成，典型论发展到新阶段。恩格斯指出："据我看来，现实主义的意思是，除细节的真实外，还要真实地再现典型环境中的典型人物。"② "恩格斯的论述阐明了塑造典型的基本要求：第一，典型应该是现实生活的反映，属于现实主义文学的特定范畴；第二，注意细节真实，是典型塑造的显著标志；第三，典型只有在'典型环境中的典型人物'的意义上才能成立，也就是说，只有达到环境的典型性与人物的典型性有机统一时，这个人物形象才能成为典型。"③

文学典型有如下美学特征：

第一，文学典型是具有特征的人物性格。

文学典型都是具有鲜明性格的人物形象，且这种性格具有特征性，能够成为独具魅力的"这一个"。特征性原则是马克思提出的评价典型的一个重要原则。黑格尔认为，特征是"组成本质的那些个别标志"，是"艺术形象中个别细节把所要表现的内容突出地表现出来的那种妥帖性"。④ 因此，特征的属性就是通过具体生动、独具特色的外在形象表现极其深刻内涵的文学形象。作家为塑造具有特征的人物形象，必须将之"特征化"，即对人物形象极具特色、富于特征的方面进行强化处理，突出这一特征。文学典型就是这种特征化的结果。

文学典型的特征性的形成要从两方面进行塑造和理解：其一，文学典型必须具有贯穿性的性格特性，即这种性格特性统摄人物活动的整个过程。如《水浒传》中，林冲的隐忍与忍辱负重、宋江的孝义与城府、李逵的粗鲁等；《阿 Q 正传》中阿 Q 的"精神胜利法"、《红楼梦》中凤姐的泼辣、林黛玉的多愁善感等。其二，文学典型的贯穿性的性格要通过局部的特征反映出来。如《水浒传》中林冲的隐忍通过各种细节来反映，例如面对高衙内调戏妻子时没有大打出手，而是选择忍，发配充军时还想着有一天能有出头之日，等等。而宋江则通过施舍穷人、向晁盖等人通风报信、宁可坐牢也不上梁山、在梁山与晁盖之间微妙的权力争夺等来表现其

---

① 黑格尔：《美学》（第二卷），朱光潜译，商务印书馆 1979 年版，第 301 页。
② 《马克思恩格斯选集》第 4 卷，人民出版社 1995 年版，第 683 页。
③ 本书编写组：《文学理论》，高等教育出版社、人民出版社 2009 年版，第 173~74 页。
④ 黑格尔：《美学》（第一卷），朱光潜译，商务印书馆 1979 年版，第 22 页。

性格的双重性。

第二，文学典型既有多彩的生命乐章，又有灵魂的深度思考。

优秀的文学典型，都是具有丰富多彩人生的人物形象。性格单一、没有变化、生活单调、没有故事的人物形象很难成为文学的典型形象。福斯特将小说的人物形象分为"扁平人物"和"圆形人物"（又译"扁形人物"和"浑圆人物"），指出"扁形人物是围绕着单一的观念或素质塑造的：要是扁形人物身上有一种以上的因素，我们就看出了朝着浑圆人物发展的那条曲线的开端"①。同时，福斯特指出，"一个浑圆人物的检验标准是看它能否以令人信服的方式使人感到惊奇"②。我们说，性格单一的"扁平人物"，一是很难表现生命的丰富乐章，一是难以表现灵魂的深度。在一些短篇小说，尤其是讽刺小说中，扁平人物占据相当部分，而作家的重点也许并不在于塑造一个人物，而是在表达一种观念或思想。在文学史上，那些具有魅力的人物形象多数是性格丰富又表现灵魂深度的典型。如《白鹿原》中白嘉轩的形象，既有忠孝仁义、耿直、宽厚的一面，又有狭隘保守、家长卫道的一面。这是一个富于儒家思想浸染的、具有封建家长做派的人物，具有传统儒家的优秀品质，又有与生俱来的劣根性。这一人物形象无疑既丰富多彩又具有灵魂深度。

第三，文学典型是蕴含深刻的历史真实的性格。

真实性是文学的核心品质，也是文学典型的核心品质。但文学的真实性与现实真实不同，正如亚里士多德所言，诗描述可能发生的事，是"按照可然律或必然律可能发生的事"③。也就是说，文学虽然是一种虚构，但具有内涵的真实性，因为文学发现了事物的发展规律，是一种内在真实，或者说，文学所追求的是历史真实，是一种运行于表层事件深处的社会发展的规律，遵循的是一种真理。鲁迅《药》虽然是虚构，但对资产阶级革命者的命运及其与普通民众的关系的揭示，却是中国近代史真实的运行逻辑。从文学形式方面来说，对革命者夏瑜的描写是通过各色人等的视角进行的，这样，普通民众和革命者之间是一种凝视与被凝视的关系，它揭示的是一种疏远、隔阂的关系；而从故事方面来说，夏瑜的血成为治疗下层民众华小栓的药，人吃人的社会现实继《狂人日记》后再次出现，这次更为深刻，为民众谋幸福的革命者的鲜血成了民众口中的药，其让人惊异的程度已经无以复加了。文学典型正是内在地蕴含了深刻的历史逻辑，因此承载文学典型的人物形象就具备了蕴含历史真实的性格。这样的人物形象无疑具有典型性。

---

① 福斯特：《小说面面观》，卢伯克等：《小说美学经典三种》，方土人、罗婉华译，上海文艺出版社1990年版，第255页。

② 福斯特：《小说面面观》，卢伯克等：《小说美学经典三种》，方土人、罗婉华译，上海文艺出版社1990年版，第264页。

③ 亚里士多德：《诗学》，罗念生译，人民文学出版社1962年版，第28页。

第三节　文学文本意义层次

　　文学文本的意义是指文学文本的各个方面所传达的内涵、价值和精神。文学文本的意义是一种综合性系统，存在于文本形式、表现内容等各个方面，按照意义发生的层次可分为局部意义、综合意义。按照意义发生的方式来分，可分为形式意义、表现意义和意蕴。文学文本意义的发生是一个系统性工程，对文本意义的理解不能作简单化理解，否则就会掩盖文学文本作为一种符号系统的价值。下面就文学文本意义发生的方式，对其意义层次进行详细讨论。

一、形式意义层

　　对于文学文本的研究来说，我们关心两方面内容，一是文本"如何写"；另一是文本"写的什么"。前者一般叫做文本形式，后者叫做文本内容。长期以来有一种错误认识，即认为文本的意义是内容引起的，与文本的形式无关，或者说，文本形式不产生意义，只有文本的内容才有。其实这种认识可以理解，因为相对于内容产生意义的直接性，文本形式离意义似乎更远一些，读者从文本形式的角度理解意义的难度更大一些。但文本形式产生意义是确定无疑的，它并不像内容那样以较为直接的方式呈现出来，它更多的是一种较为隐蔽的方式。同时，文本形式也影响文本内容的表现方式，并进而影响文本的表现内容的意义。

　　文学文本形式多样，它是作家在长期的历史过程中不断探索、不断积累、不断改进、不断创新形成的艺术表现方式，是文学艺术和美学方式的重要承载者。文学文本的形式意义不是一种固定的模式，而是在具体的文本中呈现不同的意义表达。例如，同样是第一人称叙事，有的小说中的"我"是可靠的，而有的小说中的"我"是不可靠的。在一些非虚构的自传性的小说、回忆录中，一般"我"是可靠的；在一些现代主义小说中，尤其是叙述者的精神不正常，那么其叙述往往是不可靠的。而有的小说则是可靠与不可靠的混合。鲁迅《狂人日记》有两种叙述者，其一是引子部分，以叙述者"余"来介绍"狂人"及其"日记"的来历，这是一种第一人称可靠叙述，但这个叙述者在小说中只是起引导作用，并未在日记体小说中出现。其二是小说主体部分"日记"的叙述者"狂人"，我们明显看到狂人语言、思维的杂乱，日记体现了一个迫害狂患者多疑、呓语、语无伦次等特征，其大部分叙述是一种不可靠叙述，虽然其中也夹杂一些可靠的断语句子。鲁迅正是通过一个迫害狂患者杂乱无章的语言来呈现很多人不敢直视的社会现实：礼教吃人！而正是这种对"礼教吃人"的认识，使狂人的见解在某种程度上接近社会的真相，显示出可靠的一面。鲁迅通过"狂人"的第一人称叙述，将其日记的可靠性与社会现实的可靠性进行了对比，并从狂人对"礼教吃人"见解中认识到社会对吃人本质的掩盖，吃人本质隐藏在满纸仁义道德的背后。由此抨击社会的虚伪与不可靠。从这个意义上，可靠性发生了反转，正因为狂人发现了"礼教吃人"的本质而使本来不可靠的狂人呓语更接近事实真相，更可靠。《狂人日记》的文本形式的辩证思考，构成了小说更深的意义内涵。

再如鲁迅《孔乙己》《祝福》《孤独者》《在酒楼上》等小说均是第一人称叙述方式，这些作品中的叙述者则都是可靠的，这些叙述者均是作为旁观者出现，采用限制视角，即叙述故事以叙述者经历、听说为限，从而使小说产生一种真实感。真实感是小说形式提示给读者的最基础的价值判断。

视角是又一种可以产生意义的文本形式。在文学史上，曾经长期用全知视角进行叙述，来自叙述主体的价值观念与社会评价规范基本上是同一的，这是一种集体经验不容置疑的时代。随着工业化出现，现代社会中人与社会越来越处于对立状态，很难有一种统一的价值观念或者经验价值可以君临一切。于是，现代小说中，人物视角开始代替全知视角，个体经验开始取代社会的统一经验。赵毅衡深刻指出，"人物视角叙述的出现，标志着叙述主体意识的分解越来越严重，而且主体意识的重心下移，抛开了作者对叙述世界的君临，抛开了叙述者随心所欲的全盘控制，而移入被叙述人物的主观有限性之内""这种对经验的有限性和相对性之尊重，是整个社会文化形态对叙述的压力之产物"。① 叙述视角的变换不仅仅是叙述形式的发展与演变，更有社会文化发展带来的深层原因。

文学文本的形式意义层的意义呈现并不诉之于明示的价值表达，而是一种通过暗示等非直接的方式呈现出来，正因为这种非明示状态，因此很容易被忽略。在很多文学文本中，文本形式有时对文本意义的形成具有决定性作用，只不过这种作用往往被表现意义所掩盖。

二、表现意义层

表现意义层是指文学文本从内容层面传达的意义，包括取材方向和故事本身两个方面。取材方向可传递一种态度。如明清时期的话本小说，多取材于下层百姓，尤其是大量商人形象进入小说，这是一种新的创作取向，标志着明中期以来王阳明哲学思想影响下人本主义思潮对士人的影响。"五四"新文化运动时期，大量描写女性命运的小说出现，如鲁迅《祝福》、柔石《为奴隶的母亲》等，标志着中国知识分子在近代以来女性解放思潮影响下对中国女性命运的思考。

表现意义是一种明示意义，其意义以直呈方式表现，这与形式意义是不同的。在文学文本中，表达内容总是非常直观的，也是任何读者都可以认识到的一种意义表现方式。正如《水浒传》将水浒起义者称为"好汉"，而在《荡寇志》中则把

---

① 赵毅衡：《叙述形式的文化意义》，《外国文学评论》1990 年第 4 期，第 4 页。

他们称为"寇"或"贼"，二者具有明示的价值立场，读者很容易理解文本的意义。

表现意义还可以通过文学文本直接的议论等带有明显价值立场的内容理解其意义。在中国古代白话小说中，这种标志作者立场的议论随处可见。例如冯梦龙《喻世明言》第一卷"蒋兴哥重会珍珠衫"中，入话之后，在正话之前，有这样一段话："看官，则今日听我说《珍珠衫》这套词话，可见果报不爽，好教少年子弟做个榜样。话中单表一人，姓蒋名德，小字兴哥，乃溯广襄阳府枣阳县人氏……"很明显，下面是一篇"果报不爽"的故事。如此明示意义的方式是话本小说最基本的叙述模式。

表现意义可以通过各种方式实现。作者可以通过一系列修辞手法呈现意义，比喻、反讽、衬托、反复、借代等，其具体的意义可通过具体文本进行分析，此处从略。

三、意蕴层

（一）意蕴的内涵与构成

意蕴是中外文论的一个常用概念，它并不是语言或者文学形象的直接呈现，而是一种蕴含深远、具有内在"精神"的意义。黑格尔认为："意蕴总是比直接显现的形象更为深远的一种东西"，"内在的生气，情感，灵魂，风骨和精神，这就是我们所说的艺术作品的意蕴"。① 宋代姜夔《白石道人诗说》指出："东坡云：'言有尽而意无穷者，天下之至言也。'山谷尤谨于此。清庙之瑟，一唱三叹，远矣哉！后之学诗者，可不务乎？若句中无余字，篇中无长语，非善之善者也；句中有余味，篇中有余意，善之善者也。"所谓"句中有余味，篇中有余意"即为文学文本的"意蕴"，是一种蕴含在句中、篇中的"精神"。宋代严羽《沧浪诗话·诗辨》："盛唐诸人惟在兴趣，羚羊挂角，无迹可求。故其妙处，透彻玲珑，不可凑泊，如空中之音，相中之色，水中之月，镜中之象，言有尽而意无穷。"所谓"言有尽而意无穷"，言尽意远，是一种非语言直呈而蕴含其中的意义方式。

对于意蕴的构成，刘勰在《文心雕龙·隐秀》中指出：

> 是以文之英蕤，有秀有隐。隐也者，文外之重旨者也；秀也者，篇中之独拔者也。隐以复意为工，秀以卓绝为巧，斯乃旧章之懿绩，才情之嘉会也。夫隐之为体，义生文外，秘响傍通，伏采潜发，譬爻象之变互体，川渎

---

① 黑格尔：《美学》（第一卷），朱光潜译，商务印书馆1979年版，第25页。

之韫珠玉也。①

这里不但区分了意蕴的两种类型：隐、秀，而且对二者的特点进行了辨析。所谓"隐"，是一种"文外之重旨"，其特征是蕴含在表层语言的深处，是一种非直接的意义表现方式。同时，"隐以复意为工"，复意，即多重意义，由于意义表达的蕴含特征，对意义的解读就会出现多样化。这是优秀作品的魅力所在。所谓"秀"指"篇中之独拔者"，指篇中警句，警句往往蕴含深刻而丰富的含义，同时也会出现多样化理解。刘勰同时认为，篇中之"秀"是"思合而自逢，非研虑之所课也"，是作家思想感应外物自然而成，而不是深思苦虑所得。例如陶渊明"采菊东篱下，悠然见南山"，自然天成，其意蕴含隽永，让人品味再三。因此，刘勰的"隐"和"秀"都是文本意义表达的一种方式，无论哪种，都是意蕴的一种类型，符合意蕴的内在蕴含特征。

（二）文学文本的意蕴层次

按照一般的理解，文学文本的意蕴可分为审美情韵层、历史内容层和哲学意味层三个层次。这是三个具有内在联系的层次，审美情韵直接呈现于文本语言和文学形象；历史内容是文本语言和文学形象表达基础上呈现的具有历史内涵、历史真实和历史规律的文本层次；哲学意味是文学文本整体所包蕴的具有哲学意味的意义层次。三者呈现逐层深入、逐步抽象、逻辑统一的关系。

第一，审美情韵层，是指由文学文本语言和形象自然流溢出来的审美和情感层次。审美和情感是文学的核心特征，是任何文学文本必须具备的基础性条件。例如宋代林逋的《山园小梅二首》其一：

> 众芳摇落独暄妍，占尽风情向小园。
> 疏影横斜水清浅，暗香浮动月黄昏。
> 霜禽欲下先偷眼，粉蝶如知合断魂。
> 幸有微吟可相狎，不须檀板共金樽。

这是一首咏梅名篇，其中"疏影横斜水清浅，暗香浮动月黄昏"，描绘梅花晚间神态，"疏影""暗香"，梅花神态跃然纸上，它神清骨秀，高洁端庄，幽独超逸，极真实地表现诗人在朦胧月色下对梅花清幽香气的感受，更何况是在黄昏月下的清澈水边漫步，那静谧的意境、疏淡的梅影、缕缕的清香，使人陶醉。全诗写尽梅花之美、赏梅之情，是一首审美和情韵俱佳的诗作。

---

① 刘勰：《文心雕龙》，岳麓书社 2004 年版，第 387 页。

　　第二，历史内容层，是指文学文本所反映的历史真实、历史趋势和历史意义。文学文本的历史内容并非简单理解为反映的历史事实，因为文学是一种虚构，不可能实有其事。除了历史小说反映一定的历史事实外，绝大多数文学文本是一种虚构。因此，此处的历史内容层已经超出一般意义上的历史事实，而是在意蕴上具有历史真实，即一种意义真实。正如亚里士多德所言，"诗人的职责不在于描述已发生的事，而在于描述可能发生的事，即按照可然律或必然律可能发生的事"①。例如《红楼梦》描写贾史王薛四大家族的盛衰，其历史内容并非指的是在历史上实际存在这四大家族，而是通过对四大家族盛衰的虚构反映了封建社会真实的历史发展趋势。《水浒传》虽然取自历史事件，但对水浒英雄的描写基本上是虚构的，反映了宋代官逼民反的历史真实，以及农民起义原因和归宿的历史规律。陈忠实《白鹿原》具有诗史品质，其原因就是反映了以白鹿原为代表的中国宗法制社会，在现当代风起云涌的历史进程中的蜕变过程。这一过程充满理性与非理性、混乱与规则、人性与非人性，等等，正是这种裹挟各种时代情景和可能性的历史真实，使得《白鹿原》成为一部具有诗史性质的作品。

　　第三，哲学意味层，是指文学文本蕴含深远、具有哲学意味的层次。亚里士多德指出："写诗这种活动比写历史更富于哲学意味，更被严肃的对待；因为诗所描写的事带有普遍性，历史则叙述个别的事。"② 哲学意味是一种带有普遍性的真理，如海明威《老人与海》中表达的人与自然的关系，人在自然面前的不屈精神，这正是人类在长期的生存实践中保留下来的一种品质。这是一种比历史真实更具有形而上的意义，往往具有某种普遍价值。例如陈忠实《白鹿原》从历史内容层面来看反映了中国宗法制社会在近现代历史进程中的真实的蜕变过程，而从哲学意味层来看，其实反映了人与人之间的关系，即在特定的生存背景下，人与人之间关系的演变，这种演变的哲学意义在于，人与人的关系往往被历史所裹挟，在特定的历史时期，人的个性往往淹没在历史的共性之中。《水浒传》从哲学意义上提示我们，"招安模式"未必比"梁山聚义模式"更好，因为，人的观念在特定的历史背景下其优劣很难判断，正如苏东坡所言："不识庐山真面目，只缘身在此山中"。

第四节　文　学　体　裁

　　文学体裁是指由形式和内容组成的话语系统的结构形态，是一种具有明显特征的文学类型。文学体裁是文学类型划分的基本方式，是文学类型的专门术语。

---

①　亚里士多德：《诗学》，罗念生译，人民文学出版社 1962 年版，第 28 页。
②　亚里士多德：《诗学》，罗念生译，人民文学出版社 1962 年版，第 29 页。

一、文学体裁的历史发展与分类

文学体裁是在长期的历史过程中逐步形成的，其类型是随着历史发展不断变异的。欧洲文学分类思想来源于亚里士多德，他在《诗学》中根据摹仿现实的不同方式，可以"像荷马那样"摹仿，即史诗类作品，也可以"用自己口吻来叙述"，即抒情类作品。① 后来的理论家根据亚里士多德的观点把文学体裁分为三种类型：叙事文学、抒情文学和戏剧文学，此框架一直沿用至今。中国古代对文类区分更为精细，如《尚书》中有典、谟、诰、誓、训等分类。曹丕《典论·论文》中将文体分为奏议、书论、铭诔、诗赋四科。《文心雕龙·总术》中的分类更详细，分十类："诗""乐府""赋""颂赞""祝盟""铭箴""诔碑""哀吊""杂文""谐隐"。由此可见，文学体裁的分类自古并没有统一的标准。但随着历史的发展，有一个基本的共识，即当今常见的文学体裁分类有两种，即"三分法"和"四分法"。

"三分法"，根据文学文本的性质和表现方式的不同，把文学分为叙事文学、抒情文学和戏剧文学三种类型。这种分类最早见于亚里士多德，后由黑格尔、别林斯基等发展成比较完善的理论体系。叙事文学以叙述故事、塑造人物形象为中心，包括神话、诗史、寓言、童话、小说等类型；抒情文学以抒发作者感情为主，如抒情诗、抒情散文等；戏剧文学主要用于舞台表演，但也可作为阅读对象，主要是通过人物的语言、行为来表现生活中、社会中的一些矛盾和问题。

"四分法"。我国五四新文化运动以来，借鉴西方的"三分法"，创造性地提出"四分法"，即把文学体裁分为诗歌、小说、剧本、散文四种。其主要依据是文学作品的外在形态、语言运用和表现手法等特征。"四分法"得到学界认可。

但无论哪种分法，均不可能十全十美，都会有这样那样的缺陷。任何有关文学体裁的分类都是历史发展的产物，由于文学是一种发展中的学科，它没有统一的标准。近些年来，诺贝尔文学奖不断刷新人们对文学的理解，如2015年白俄罗斯女作家斯韦特兰娜·阿列克谢耶维奇获诺贝尔文学奖，她是一名记者，擅长纪实性文学作品。她的代表作包括描写切尔诺贝利核事故的《切尔诺贝利的回忆：核灾难口述史》和通过采访200多名曾经参加"二战"的妇女士兵而创作的纪实作品《战争的非女性面孔》等。阿列克谢耶维奇获奖使我们关注纪实性作品这一体裁，并掀起非虚构写作的热情。2016年诺贝尔文学奖颁给美国流行歌手鲍勃·迪伦，获奖理由是："在伟大的美国民谣传统中创造出新的诗歌意境"。随之进入我们视野的是文学的新体裁：歌词。尤其是当今网络文学发展迅速，我们至今对其体裁类型的研究还不够。可以肯定，当今的体裁分类已经很难囊括所有的文学类型了。

---

① 亚里士多德：《诗学》，罗念生译，人民文学出版社1962年版，第9页。

因此，文学体裁时刻处于发展之中，任何分类都不可能一劳永逸地解决所有问题，但我们可以借对文学体裁的基本分类，对文学体裁进行基础性的理解。

二、文学体裁的主要类型

根据"四分法"，把文学体裁分为诗歌、小说、剧本和散文四类。

（一）诗歌

诗歌是以富于韵律的语言、丰富的想象来表达情感与思考的文学体裁。诗歌是文学表现世界、认识世界的一种文学方式。白居易《与元九书》中对诗歌进行这样的界定："感人心者，莫先乎情，莫始乎言，莫切乎声，莫深乎义。诗者，根情、苗言、华声、实义。"以花的各部分来对诗歌特点进行解读，显得十分清晰、深刻。按照白居易的理解，诗歌之根是人的情感，或者说，人的情感是诗歌之所以发生的根据；语言就像花的苗，声音则是花，而意义是诗歌结出的果实。可以说，白居易对诗歌的理解非常深刻、到位。中国古代，诗歌是文学正统，《诗经》和"楚辞"是中国诗歌的源头。闻一多对中国古代诗歌的演变有这样的论述："四言变而离骚，离骚变而五言，五言变而七言，七言变而律诗，律诗变而绝句，诗之体以代变也。"① 五四新文化运动之后，借鉴西方诗歌写作方式，自由诗开始流行并影响至今。

1. 诗歌的艺术特征

其一，强烈的情感表达。表达情感是诗歌的根本特性，正如白居易所言，是诗歌的"根"。英国浪漫派诗人华兹华斯说："诗是强烈情感的自然流露。它起源于在平静中回忆起来的情感。诗人沉思这种情感直到一种反应使平静逐渐消逝，就有一种与诗人所沉思的情感相似的情感逐渐发生，确实存在于诗人心中。"《毛诗序》："诗者，志之所之也。在心为志，发言为诗。情动于中而形于言，言之不足故嗟叹之，嗟叹之不足故永歌之，永歌之不足，不知手之舞之，足之蹈之也。"这里的"志"即为情感，所谓"情动于中而形于言"，就是情感用语言表达出来即为诗。

诗歌虽然以情感为基础，但是表达情感的方式多种多样，有浓烈、有冲淡、有缠绵、有含蓄等。如岳飞《满江红》："怒发冲冠，凭栏处、潇潇雨歇。抬望眼，仰天长啸，壮怀激烈。三十功名尘与土，八千里路云和月。莫等闲、白了少年头，空悲切！"情感浓烈、激情饱满，抒发诗人收复故土的强烈情感。而有的诗歌却含蓄委婉，如李清照《如梦令》："昨夜雨疏风骤，浓睡不消残酒。试问卷帘人，却道海棠依旧。知否，知否？应是绿肥红瘦。"情感细腻的李清照对海棠花十分敏感，

---

① 闻一多：《闻一多全集》第 2 卷，湖北人民出版社 1993 年版，第 64 页。

以"绿肥红瘦"来表达对春天易逝、怜花伤春的细腻情感。全词含蓄蕴藉，意味深长，以景衬情，委曲精工，轻灵新巧。

诗歌是人的情感投射，诗歌总是用突出的方式将意象的某种特征突出出来，表达特定的情感，如李清照《武陵春·春晚》：

> 风住尘香花已尽，日晚倦梳头。物是人非事事休，欲语泪先流。
> 闻说双溪春尚好，也拟泛轻舟。只恐双溪舴艋舟，载不动许多愁。

这首词是李清照于宋高宗绍兴五年（1135 年）避难浙江金华时所作，时年五十三岁。那时，她已处于国破家亡之中，亲爱的丈夫死了，珍藏的文物大半散失了，自己也流离异乡，无依无靠，所以词情极其悲苦。用"只恐双溪舴艋舟，载不动许多愁"写尽"愁"之沉重。这里突出了"舴艋舟"的承载特征，并借以表现作者的愁苦心境。正如李煜写"愁"："问君能有几多愁，恰似一江春水向东流"，突出了流水不尽、愁苦无尽的特征。

其二，语言的跳跃性。诗歌富于联想和想象，从不以语法、逻辑为羁绊，只遵从情感的自由表达。因此，诗歌语言总是具有跳跃性特征。陆机《文赋》："观古今于须臾，抚四海于一瞬"，时空自由接续，其语言、意象组合等并不遵循自然、语法、时间、空间等逻辑秩序，而是遵从人的情感。马致远《天净沙·秋思》："枯藤老树昏鸦，小桥流水人家，古道西风瘦马。夕阳西下，断肠人在天涯。"几个名词排列组合，中间并没有动词连接，同时，这些名词没有必然联系，但这些名词的意象组合构成一个孤旅意境，羁旅夕阳，令人百感愁思。因此，名词的排列遵从了诗人内在的情感逻辑。

但是，诗歌语言的跳跃性并非不讲章法。中国古代诗词讲究平仄、对仗、押韵、起承转合等。即使自由诗也对节律、韵律、节奏等有要求。如闻一多著名的"三美"理论："音乐美、绘画美、建筑美"，所谓"音乐美"就是指诗歌的节奏与韵律；"绘画美"则是指诗歌语言的画面感，正如苏轼《东坡题跋·书摩诘〈蓝田烟雨图〉》："味摩诘之诗，诗中有画；观摩诘之画，画中有诗。""建筑美"指诗歌句式的整齐。

其三，语言的凝练与韵律。诗歌的语言是一种高度凝练的语言，中国古代诗歌对字数、行数有严格要求，如四言诗、五言诗、七言诗、律诗等，这使诗歌的语言不能随意，而是以最少的文字包含最多的含义。西方诗歌也有十四行诗，对诗歌的行数有严格限制。唐代卢延让《苦吟》："吟安一个字，捻断数茎须。"杜甫的《江上值水如海势聊短述》："为人性僻耽佳句，语不惊人死不休。"都是对诗歌语言凝练性的追求。古人作诗讲究苦吟，贾岛的《题李凝幽居》中有一句："鸟宿池边树，僧敲月下门。"其中"敲"字和"推"字不知哪个更好，最后韩愈认为"敲"

字更好。可见诗人凝练语言的认真程度。

诗歌语言又是具有韵律性的语言。押韵是中国古代诗歌的基本要求。自由诗对押韵的要求不太严格，但会讲究内在的节奏，这也是韵律的一种表达方式。韵律是一种音乐之美，这是诗歌区别于其他文学体裁的重要标志。韵律与人的情感形成契合关系，构成了诗歌特有的表达方式。如徐志摩《再别康桥》：

> 轻轻的我走了，
> 正如我轻轻的来；
> 我轻轻的招手，
> 作别西天的云彩。
>
> 那河畔的金柳，
> 是夕阳中的新娘；
> 波光里的艳影，
> 在我的心头荡漾。
> ……

这首《再别康桥》全诗共七节，每节四行，每行两顿或三顿，不拘一格而又法度严谨，韵式上严守二、四押韵，抑扬顿挫，朗朗上口。这优美的节奏像涟漪般荡漾开来，既是虔诚的学子寻梦的跫音，又契合诗人感情的潮起潮落，有一种独特的审美快感。押韵、节奏在表达诗人情感方面起到了非常重要的作用。

其四，陌生化。俄国形式主义理论家什克罗夫斯基认为，"诗歌是一种特殊的思维方式"，[1] 并认为，诗歌语言有一种演变过程，起初的新鲜感过去之后，就会成为一种习惯性、自动化存在，并逐步退到无意识和自动环境中，这是一种自动化过程，直至我们对之毫无感觉、熟视无睹。艺术的目的"就是为了要恢复生动感，为了要感觉事物，为了使石头更像石头。艺术的目的就是提供一种对事物的感觉即幻象，而不是认识；事物的'陌生化'程序，以及增加感知的难度和时间造成困难形式的程序，就是艺术的程序，因为艺术中的接受过程是具有自己目的的，而且应当是缓慢的；艺术是一种体验创造物的方式；而在艺术中的创造物并不重要"[2]。也就是说，诗歌的目的是创造新鲜感、陌生化，恢复我们对生活的感觉。陌生化，

---

① 胡经之、张首映主编：《西方二十世纪文论选》第二卷，中国社会科学出版社 1989 年版，第 2 页。

② 胡经之、张首映主编：《西方二十世纪文论选》第二卷，中国社会科学出版社 1989 年版，第 7 页。

无疑是诗歌非常重要的特征。在文学的发展历程中，诗歌语言是最具有创造性的语言，最善于制造惊奇效果、最善于发现新的表现生活的方法。例如杜甫《绝句》：

> 两个黄鹂鸣翠柳，一行白鹭上青天。
> 窗含西岭千秋雪，门泊东吴万里船。

这首诗写眼前景致之美，作者没有直接写春天如何绚烂，而是用黄鹂、翠柳、白鹭、青天几个意象写春天的生机勃勃。尤其是后两句，给人以新鲜之感，一般看风景、写风景之壮丽，往往远眺，如远山如黛、大河白帆等，是一种开阔的眼界。但杜甫却一下子把壮丽景致拉近，给了个特写：似乎雪千年不化的西岭镶嵌在窗格之中；而那些从遥远吴地来的船就停泊在门口。近景的描写拉近了遥远的风景，诗歌的境界一下子变得陌生而耐人寻味。杜甫诗歌最善于炼字，如他的《秋兴八首》之八中的名句："香稻啄余鹦鹉粒，碧梧栖老凤凰枝。"倒装的运用既突出了"香稻""碧梧"，又增加了感知的难度，使得诗歌耐琢耐磨。

诗歌的陌生化手法并非到语言为止，可以通过各种写作手法使诗歌摆脱套板反应，恢复对事物的感觉。这通过陌生化语言、意象、氛围，甚至反传统等都可以实现。如余光中《夸父》：

> 为什么要苦苦去挽救黄昏呢？
> 那只是落日的背影
> 也不必吸大泽与长河
> 那只是落日的倒影
> 与其穷追苍茫的暮景
> 埋没在紫霭的冷烬
> ——何不回身挥杖
> 迎面奔向新绽的旭阳
> 去探千瓣之光的蕊心？
> 壮士的前途不在昨夜，在明晨
> 西奔是徒劳，奔回东方吧
> 追不上了，就撞上！

夸父逐日是中国古老传说，一般认为，这个传说寓意远古先民对生命、时间的思考。余光中反其意而用之，一下子使诗歌境界大开，"回身挥杖""奔向新绽的旭阳"，似乎夸父的希望被重新点燃。诗歌对传统思维方式的反叛可以制造陌生化效果。

2. 诗歌的类型

诗歌按照表现内容可分为抒情诗和叙事诗。抒情诗是以抒发诗人情感为主，追求真实感受和真切情感。叙事诗是用韵语叙述故事为主，但叙述故事并不面面俱到，而是抽取故事的核心和选择有代表性的意象，同时将诗人情感寓于故事之中。前者如李白《蜀道难》；后者如《孔雀东南飞》《木兰诗》等。

诗歌按韵律可分为格律诗、歌谣体、自由诗。格律诗具有固定的格式和韵律，中国古代诗歌中，绝句、律诗、词等都属于格律诗，对字数、行数、平仄等均有严格要求。在西方则有"十四行诗"；歌谣体没有格律诗要求严格，但一般有韵脚，民歌、流行歌曲、各种小调等属于歌谣体，陕西信天游，西北宁夏、青海、甘肃等一带的民间山歌"花儿"等都是歌谣体。自由诗相对于前两种而言，在句式、字数等方面没有限制，节奏、韵律也比较自由（但不是不需要）。自由诗遵循情感表达需要，是中国现代诗歌的主要类型。

（二）小说

小说是一种注重刻画人物形象、叙述故事情节的文学体裁。无论中国还是西方，小说作为一种文学体裁，其出现与诗歌相比要晚许多。中国的"小说"一词最早见于《庄子·外物》，但此时并不具备当今的小说文体含义。至唐代传奇"诗有意为小说"①，宋代的"话本"已经与今天的小说接近，到明清时期，中国古典小说开始成熟，并出现创作高峰，出现了《金瓶梅》《三国演义》《水浒传》《西游记》《红楼梦》等长篇巨著，以及话本小说等大量短篇小说。在西方，有古希腊、罗马神话、史诗以及中世纪骑士小说。17世纪塞万提斯《堂·吉诃德》标志着西方现代小说的基本形成。此后西方小说获得巨大发展，产生了大量的文学名著。

小说作为一种文学体裁，是城市经济发展、市民阶层形成、专业作家出现等条件下产生的重要文学体裁，在当前文学体裁中处于核心地位。

1. 小说的艺术特征

第一，叙述与故事。小说是以叙述的方式讲述故事的体裁，叙事性是小说的核心特性。叙述者按照一定的叙述逻辑，如时间、空间、情感、意识等，讲述一个或者一系列故事，并表达一定的意义的行为就是叙述。所谓故事，就是由人物、环境、情景构成的具有某种连续性的事件。

叙述是由一系列要素构成的一种行为方式，包括叙述者、叙述人称、叙述时间、叙述话语、叙述结构、视角等。这一系列叙述方式均作为叙事性作品的形式要素，对其意义的形成构成决定性影响。西方叙述学研究于20世纪60年代产生于法

---

① 鲁迅：《中国小说史略》，上海古籍出版社1998年版，第44页。

国，被称为"经典叙述学"，主要代表人物有罗兰·巴特、热拉尔·热奈特、托多洛夫、格雷马斯等。20世纪90年代美国一批新叙述学研究论著出现，开阔了叙述学研究视野，使本来受到解构主义、文化研究冲击的经典叙述学再次回到人们视野，此被称为"后经典叙述学"。中国的叙述学研究正逐步与世界同步，甚至有些走到了叙述学研究的前沿，如赵毅衡《广义叙述学》① 对"叙述"的重新定义，以"叙述"为研究对象，而不是从前以"叙述类型"为研究对象，这种研究范式正在改变叙述学的研究格局，使得"一般叙述学"研究成为叙述学研究新的方向。叙述学研究释放了小说这一文学体裁的魅力，使小说的叙述方式获得文学研究者的高度重视。

故事性是小说的重要特征，故事一般包括人物、情节、环境三个要素。人物是任何小说都必须有的要素，但这里人物作为一般性理解，有时候并不一定是人类，但无论是动物还是其他，必须具有人格特征，如杰克·伦敦《野性的呼唤》中的狗，姜戎《狼图腾》中的狼，等等，虽不是人类，但一定具有人格，即人类的思想特征。因此，小说中的"人物"是一种功能性提法，也可以用"人格"代替。

情节是小说故事的重要元素，故事情节用来塑造人物形象，是小说叙事得以形成的基本方式，没有情节就不会有叙事。同时，故事情节还是吸引读者阅读的重要因素，没有读者愿意阅读没有情节的小说，小说的故事推进主要靠情节，一个个情节是组成故事的基本手段。

环境是小说故事背景和人物活动的具体场所，是故事发生、情节推进的主要空间元素。一般来说，故事的发生必须有时间和地点，地点就是环境。在小说中，环境可以是自然环境，也可以是社会环境，还可以是心理环境。环境是当今叙事空间研究的主要内容。

第二，虚与实。一般来讲，小说就是一种虚构，英文"fiction"就是指虚构。但应该看到，小说作为一种文学体裁，包含各种类型的文本，如历史小说，《三国演义》被称为"七实三虚"，也就是说其中大多为历史事实，因此如果用"虚构"来定义小说，就会有问题。但小说的虚与实的特征有更广的含义。

首先，绝大多数小说是虚构的，这是毋庸置疑的。但虚构的小说追求一种真实感，不但让读者感受人物的真实，情节、环境也追求这种真实感。这种真实感来自小说中的情感真实、来自作家对社会、生活的真实感受，来自小说反映的真实的社会现状和发展趋势。正如冯梦龙所言："事赝理真"。即虚构的故事蕴含真理。

其次，有些小说来源于历史真实，其大部分故事并非虚构，这部分小说包括历史小说、人物传记、回忆录等。但不排除这些小说类型中有虚构成分，合理虚构是必要的，尤其是一些细节，无法真实还原历史原貌，必须虚构。同样，这类小说文

---

① 赵毅衡：《广义叙述学》，四川大学出版社2013年版。

本必须具有真情实感、必须真实反映社会、历史状况。

由此可见，小说的虚与实是一种相对说法，无论是虚构的小说还是以真实历史、个人经历为内容的小说，其追求的情感、经验、感受，以及对社会现状、发展趋势等都以"实"为目标。

第三，文备众体。小说是一种涵容能力很强的文学体裁，它能够汲取其他文学体裁，并将之融为一体，为自身所用。因此，小说具有多种表现能力。小说可以包容诗歌、散文，甚至戏剧，还可以包含一些非文学文体，如书信、新闻、论文，甚至法官判决书、药方等。由此可见，用"文备众体"来说明小说的文体特征并不为过。如《红楼梦》中就要诗词、曲、赋、灯谜、对联、中药方等。

2. 小说类型

小说类型多样，如中国古代就有白话小说、文言小说、话本小说、传奇、章回小说等。现代小说更是花样翻新，有日记体小说、书信体小说、自传体小说等。根据小说字数多少又可分为长篇、中篇、短篇、小小说等。当今数字化时代，又出现了网络小说，一些文学网站对小说的分类更为精细，如刑侦、惊怵、穿越、盗墓、武侠、言情等。

（三）剧本

剧本是一种通过人物台词和舞台提示营造戏剧情景、集中反映矛盾冲突的文学体裁。剧本为舞台表演提供脚本，也可以作为阅读对象而独立存在。因此，剧本是一种可以跨艺术门类的文学形式。由于剧本创作主要考虑舞台演出，因此舞台演出的具体要求会对剧本的创作产生影响。台词是剧本叙述的主要方式，包括对话、独白、旁白等。对话是剧本中人物交流的主要手段，但考虑到舞台表演，因此人物交流还包括肢体语言、动作等一些非语言因素，这些非语言因素靠剧本中的舞台提示完成。舞台提示还包括故事发生的时间、地点、剧中人物的形象特征以及对场景的要求，如灯光、音响、布景等。

1. 剧本的艺术特征

第一，激烈的矛盾冲突。戏剧冲突是推进戏剧情节的主要手段，是戏剧性的主要体现，也是吸引观众的主要手段。戏剧冲突是戏剧的灵魂，所谓没有冲突就没有戏剧。戏剧冲突作为戏剧叙事的主要手段，是戏剧叙事区别于其他叙事类型的主要方面。老舍指出"写戏须先找矛盾与冲突，矛盾越尖锐，才越会有戏。戏剧不是平板地叙述，而是随时发生矛盾，碰出火花来，令人动心，在最后解决了矛盾"[1]。戏剧冲突的表现形态多种多样，主要有命运冲突、性格冲突、社会冲突和心理冲突等。

---

[1] 老舍：《老舍论剧》，中国戏剧出版社1981年版，第221页。

第二，高度集中的戏剧结构。戏剧结构指戏剧中的情节布局。戏剧要求高度集中地布局情节，在最短时间、最小空间安排最集中的戏剧情节和矛盾冲突。西方戏剧理论自亚里士多德开始，推崇"三一律"戏剧结构模式，即意指一出戏只能表现单一的行动，情节只能在一天之内和一个地点展开。例如曹禺《雷雨》基本上遵循这种原则，但是在两个地点展开情节。剧本常用"场"或者"幕"来展示情节布局，用来切割戏剧的冲突模块。中国古典戏剧常用虚拟方式表现场景变化。例如，演员在舞台转几圈来表现地点转移。中国传统戏剧与西方戏剧对时间、地点的严格要求不同，往往在一部戏剧中有多个地点，而且时间可以拉得很长，几年、几十年都有。因此，对戏剧结构的要求没有统一标准，关键看戏剧情节如何为戏剧表达服务。例如《赵氏孤儿》中，故事的时间长达十几年，地点也反复变化，但并没有影响该剧的艺术魅力。因此，戏剧的情节安排、布局、时间、地点、冲突等都是为戏剧所要表达的意义服务，不存在哪种戏剧结构优劣的情况。

第三，以对话为主的语言。戏剧语言的主要方式就是对话，对话是呈现情景、展开故事、表现冲突、推进情节发展的主要手段。人物的语言是完成戏剧故事的主要方式。戏剧中人物的语言极富性格特性、具有动作性、富于潜台词、富于情感性。戏剧语言的性格化指的是语言要符合人物的年龄、身份、职业、学历、思想、感情和特定戏剧情境。动作性是指人物语言是其内在行为的体现者，人物的各种想法会通过语言表现出来，伴随语言的还有人物的各种肢体动作。潜台词是指语言背后的含义，即言外之意，这是一种靠暗示获取真意的语言方式。

2. 剧本的类型

按照不同的分类标准，戏剧可分成不同的类型，按照场次多少可分为独幕剧和多幕剧；根据表演的方式可分为话剧、歌剧、舞剧等；根据矛盾冲突的性质和戏剧的价值取向可分为悲剧、喜剧和正剧。

（四）散文

散文有狭义和广义之分。"广义的散文既包括诗歌以外的一切文学作品，也包括一般科学著作、论文、应用文章。狭义的散文即文学意义上的散文，是指与诗歌、小说、剧本等并列的一种文学样式，包括抒情散文、叙事散文、杂文、游记等。文学散文是一种题材广泛、结构灵活，注重抒写真实感受、境遇的文学体裁。"[1]

1. 散文基本特征

第一，题材广泛多样。散文有非常广阔的写作领域，写人、纪事、写景、咏物、风土人情、国际风云、花鸟虫鱼、风俗习惯等均可入散文。散文对故事完整性

---

① 童庆炳主编：《文学理论教程》（第五版），高等教育出版社 2015 年版，第 217 页。

不做要求，往往一个片段、一个侧面、一点想法等均可以写。因此，散文是一种题材灵活多样的文学体裁。

第二，感受真挚。散文是一种抒发情感、表达感受的体裁，要求必须有真挚感受，这是散文的灵魂所在。散文有感而发，真切、真情、睿智，是一个特别强调真性情的体裁。例如朱自清《荷塘月色》，通篇散发着作者对荷塘的真挚情感，语言优美，意境深远。

第三，结构灵活。散文结构自由，没有戏剧、诗歌、小说等体裁对结构的严格要求。散文之"散"即主要体现于文本结构。散文往往通过一些零散的材料或者零散的故事等来表达某种情感。也就是说，散文是以情感为中心汇聚各种素材。看似松散，但实际上有一种内在的凝聚力。如果没有这种内在的精神，那么散文就真正"散"了。

第四，语言优美。散文也被称为"美文"，其中一层意思是语言优美。散文语言是一种灵动性语言，清新、自然、优美、文雅。试看贾平凹《黄陵柏》：

> 从铜川往北数百里，全是赤裸裸的荒山秃岭，到了乔山，出奇地却长满了柏树。一棵树一个绿的波浪，层层叠叠卷上去，像一个立体的湖泊。放着天晴的时候，湖泊纹丝不动，绿得隐隐透蓝；逢着刮风下雨了，满山就温柔地拂动，绿深起来，碧碧的，青青的，末了，似乎欲晶莹了，在这黄褐褐的世界里，像一颗偌大的绿宝石，灿灿地要映照出一切。
>
> ……
>
> 默默地从这无数的柏中走过，我总要站在黄帝陵前肃立片刻，作我的幼稚而荒唐的遐想。最后那次上山，是在夜晚，月亮就在天上，林中远影憧憧，近处迷离，陡然间，产生异样的感觉：我站在这里，也是一棵柏吗？面对着我民族的始祖，我会是一棵什么样的柏呢？

贾平凹这篇散文写作的难处在于，黄陵并没有优美的自然风景，只是一片柏树林，但作者写出了其优美的一面。作者把这片柏树林想象成湖泊、想象成绿宝石，使得本不优美的风景一下子充满灵气，文章语言优美，尤其是结尾，面对汉民族的始祖发出反问，引人深思。散文语言需要提炼，散文大家总是注重语言的锤炼。

2. 散文的类型

散文表达自由，形式多样，不同标准可以分为多种类型。按照表达方式和表现对象，可分为记叙性散文、抒情性散文和议论性散文。

记叙性散文以记人写景为主，主要运用叙述、描写等写作方法。写作时常用第一人称，有时候也有第三人称。记述故事不要求完整，往往是几个片段、几件看似不相干的小事等，但均会围绕某种情感来写，如朱自清《背影》、鲁迅《风筝》、巴金《小狗包弟》等。

抒情性散文以抒发感情为主，情感占据核心地位。如朱自清《荷塘月色》、鲁迅《野草》、矛盾《白杨礼赞》等。抒情性散文以情感为中心调动素材、安排结构。

议论性散文以说理为主，表达作者对人生、社会、生活等的看法，如朱自清有不少此类散文，如《论自己》《论别人》《论气节》《论吃饭》等。

第六章　文学接受

　　文学接受是文学活动的重要组成部分。作品创作出来总是要给人看的，没有读者的阅读，其价值就无法实现。如同厂家生产出来的产品，如果没有消费者的购买和使用，其商品价值就无法实现，甚至不能叫做商品。严格地说，没有读者的作品对作者本人来说可能是有一定价值的，因为他在创作中获得了一定的乐趣，但这种价值也很有限。归根结底，文学活动是一种交流活动，作家总是渴望自己的作品能获得他人的回应。《尚书·尧典》曰："诗言志，歌永言。""言志"的目的是给人听，我们无法想象一个人会兴致勃勃、斟词酌句地对空说话。祷告不是对空说话，而是在同神灵说话并相信会得到神灵的回应；独处时推敲、演练发言或谈话内容也不是对空说话，因为想象中听者是在场的。事实上，没有听者，没有交流，作者是难以坚持进行创作的。我们经常会听到有些作家宣称自己的写作是自娱自乐，不在乎读者怎么看，也不在乎有没有人看。这种说法并不真诚，大抵是源于作品问世后没有收到期待的回应，以此来表达自己的愤激之情，其实，他们往往很在乎读者的评价。例外总是有的，比如卡夫卡，临终前留下遗书给挚友布洛德，要求其将自己的手稿统统烧掉。如果布洛德照做了，那些被烧掉的手稿对世人来说就没有任何价值，尽管它们承载、疏解过卡夫卡的孤独与恐惧；当然，这个世上也就没有了大师卡夫卡和他的文学。总而言之，没有文学接受，文学价值就无法实现，文学活动也无法进行下去。

　　德国现代哲学家、美学家汉斯-格奥尔格·伽达默尔从人类学的角度探讨艺术和游戏的共通之处，进而强调了接受者的重要性。在他看来，"游戏始终要求与别人同戏"，"观看者显然不只是一个观看眼前活动的看客，他参与游戏，成为其中之一部分"。[①] 的确如此。我国传统民俗节庆中，大街上或广场上会有踩高跷、划旱船、舞龙舞狮等活动，观者如云，热闹非凡。营造热闹的氛围、表达生命的欢愉是这些游戏的意义所在，而其意义得以实现，离不开观者的参与。试想，如果大街

---

①　伽达默尔：《美的现实性》，张志扬等译，三联书店 1991 年版，第 37 页。

106

上冷冷清清，没有一个观者，该是怎样一种怪诞的场景，表演者又该是多么意兴索然？伽达默尔认为游戏的同戏交往性质是我们理解艺术的一个重要契机，和游戏一样，艺术也离不开接受者的参与。

　　……最真实感受游戏的，并且游戏对之正确表现自己所"意味"的，乃是那种并不参与游戏，而只是观赏游戏的人。在观赏者那里，游戏好像被提升到了它的理想性。

　　对于游戏者来说，这就意味着：游戏者并不像在每一种游戏中那样简单地起着（ausfüllen）他们的作用——游戏者其实是表演（vorspielen）他们的作用，他们对观赏者表现他们自己。游戏者参与游戏的方式现在不再是由他们完全出现在游戏里这一点决定的，而是由他们是在整个戏剧的关联和关系中起着作用这一点来决定的，在这整个戏剧中，应出现的不是游戏者，而是观赏者。……只是为观赏者——而不是为游戏者，只是在观赏者中——而不是在游戏者中，游戏才起游戏作用。当然，这倒不是说，连游戏者也不可能感受到他于其中起着表现性作用的整体的意义。观赏者只是具有一种方法论上的优先性：由于游戏是为观赏者而存在的，所以下面这一点是一目了然的，即游戏自身蕴涵某种意义内容，这意义内容应当被理解，因此也是可与游戏者的行为脱离的。……

　　……艺术的表现按其本质就是这样，即艺术是为某人而存在的，即使没有一个只是在倾听或观看的人存在于那里。①

把读者接受纳入对文学的考察中，而非把文学等同于文学作品或专属于作家的活动，对于人们固有文学观念的冲击是巨大的、堪称革命性的。从 20 世纪三四十年代开始，西方文论的研究重心逐渐从作品文本转移到读者接受上来，现象学和存在主义文论、解释学、接受理论次第登场，到解构主义文论达到顶峰。我们提到的伽达默尔便是其中举足轻重的人物，也是解释学文论的卓越代表。时至今日，对文学接受的研究虽不再是文学理论研究的重心，② 但仍非常重要，它已成为当下文艺学研究不可或缺的一个理论维度。尤其在方兴未艾的"元批评"领域，③ 伽达默尔等人探讨的话题还在不断被提及和重新讨论，而且，这一进程将永不会终止——我们对世界的理解不会终止，关于如何理解世界的讨论就不会终止，而对文学的接受

---

　　① 伽达默尔：《真理与方法》，洪汉鼎译，上海译文出版社 2004 年版，第 142～143 页。

　　② 当下文学理论日益多元化、综合化，已没有明显的重心所在。

　　③ "元批评"，即"批评理论"，是关于文学批评的研究，探讨诸如文学批评何为、如何做文学批评之类的话题。

密切关联着对世界的理解。

第一节 关于文学接受的哲学探讨

如前所说，文学活动是一种交流活动，是作者和读者借助文本开展的交流活动。对这一说法我们并不陌生，歌德那句家喻户晓的名言正是此谓——"读一本好书，就是和一位品德高尚的人谈话"。

借助文学开展的思想、情感交流只是人类交流活动之一种，除此之外更常见的、发生频率更高的是借助谈话展开的日常交流。文学交流和日常交流有很大区别。日常交流中尽管也会出现误会，会遇到沟通问题，但多数情况下，我们在语气、语调、肢体语言以及对话语境的帮助下能够如其本然地理解对方的意思。文学交流则不然，作者与读者仅仅凭借抽象的语言符号开展交流，且二者之间横亘着巨大的历史文化语境的差异，因而，误读的程度和几率都远远高于日常交流。而且，日常交流的双方都是限定的，而文学交流的读者一方是无限定的，由于读者的身份、年龄、性别、阅历、趣味、文学素养等等方面的不同，他们与作者的交流也呈现出千差万别的状况，所谓"一千个读者就有一千个哈姆雷特"。在这一千个哈姆雷特中，如果有一个恰好就是莎士比亚心中的哈姆雷特，那其余九百九十九个就多多少少存在着对莎士比亚的误读。至于是否会有一个读者眼中的哈姆雷特与莎士比亚心中的完全契合，我们是无从得知的，因为永远不可能拿到莎士比亚本人的证词。

如果我们把与作者创作意图完全契合的解读叫做"正解"，把与作者创作意图有偏离的解读叫做"误解"，那么，"误解"是大概率事件，远远多于"正解"。事实上，"正解"很多时候是无法被确证的，而无法被确证等于不存在。我国著名现代诗人卞之琳晚年谈到自己早年创作的一些诗歌时，曾坦言因事过境迁，已忘记了当时是出于一种什么意念写下了那些诗，这就意味着，我们再也不可能拿他的创作意图作为比照来判断诗的种种阐释中哪一种才是"正解"。问题的复杂之处在于，即便作家出面，也不一定能敲定"正解"，因为有时评论家会质疑，作家自己的说法并不真诚，他出于种种考虑——粉饰自己、规避政治风险、遮挡无意中在文本中泄露的隐私等——隐瞒了自己真实的创作意图。退一步说，即便作家是真诚的，他的话也未必就能作为判定"正解"的依据，因为创作意图既包括他意识层面的思考、谋划，还包括无意识的情感、冲动，而后者是作者本人不甚明了的。这就是精神分析所宣扬的，人不一定了解自己，不一定明白自己说了什么，精神分析学家比自己更了解自己。由此，有的评论家相信，他们比作家本人更了解作品，更了解作品中贯注的创作意向。不过，这也是他们的一家之言，不仅难以服众，而且往往被讥讽为妄下雌黄。若作家本人都无法充当裁判，那么，关于一部作品，就只存在多种多样的解释，而不存在"正解"了。

好在文学交流不仅不像日常交流那样排斥误解，而且还欢迎误解。日常交流中误解很可怕，必须努力规避。一个小小的误会，有时会导致情人反目，有时会导致君臣失和，有时甚至会导致一场战役的失败。而文学交流则不然，读者的误解之于作者，可能是"无心插柳柳成荫"。唐代诗人宋之问在《渡汉江》中写道："岭外音书断，经冬复历春。近乡情更怯，不敢问来人。"宋之问是个人品很差的人，他一生的诗作以应制诗为主，歌功颂德，溜须拍马。为求发达，他结交武则天的男宠之一张仲之，张仲之失势后，他获罪被流放泷州，即诗中所说的岭南。但他没有老老实实待在贬所等待被赦免召回，而是偷偷逃了回来——不是逃回家，是逃回当时的政治中心洛阳，藏匿在张仲之家中等待时机。后张仲之等人密谋除掉政敌武三思，知悉内情的宋之问便跑去向武三思告密，因此受到了奖赏。《渡汉江》写于他从岭南逃回洛阳的途中。结合这段历史推想，诗中的"音书"很可能不是家书，而是来自洛阳官场的消息，"乡"很可能也不是家乡，而是洛阳，因为让他萦挂于心的唯有功名利禄。"近乡情更怯，不敢问来人"，担心的应该是自己的安危，怕戴罪潜逃一事被朝廷发现。传至后世，诗人被想象成了一个深情款款的人：他无比担忧家人，以至不敢打听家人的消息，唯恐噩耗传来。可以说，后世的误读"成就"了宋之问，隐去了他当时的狼狈形象，使这首诗成为表达游子思乡之情的千古绝唱。今天，我们又赋予了"近乡情更怯"一句以新的含义：每逢节日返乡，我们总是惴惴不安，唯恐自己那难以启齿的收入、职位被人追问而陷入尴尬。显然，上述误解、误读不仅是无害的，而且丰富了诗歌的内涵。这样的误解、误读，是具有创造性的解读，如果哪部文学能够持久地吸引读者结合自己的语境展开这种创造性的解读，那么，它就会被我们称之为经典。换言之，经典就是在后世持续的、创造性的解读中生成的，经典的意义是开放的、不断丰富的。正如接受美学创始人姚斯所说：

> 一部文学作品并不是一个自身独立、向每一个时代的每一个读者均提供同样的观点的客体。它不是一尊纪念碑，形而上学地展示其超时代的本质。它更多地像一部管弦乐谱，在其演奏中不断获得读者新的反响，使文本从词的物质状态中解放出来，成为一种当代的存在。①

不是所有的误解、误读都是具有创造性的。有些误解、误读，根本无意于思想、情感的交流，而是对作者及其文本进行肆意歪曲、攻击，这种做法不仅是反文

---

① 姚斯、霍拉勃：《接受美学与接受理论》，周宁、金元浦译，辽宁人民出版社 1987 年版，第 26 页。

学的，而且是反道德的，比如，臭名昭著的文字狱。有些误读，则是因为缺乏文学素养所致，批评王维的画"雪里芭蕉失寒暑"，争论"关公战秦琼"谁输谁赢，即为此例。源于语境差异导致误读，情况就更复杂一些，有些女性主义者用苛刻的标准和富有攻击性的语气批评经典作家在作品中流露了对女性的轻视——尽管他们不乏对女性的赞赏和同情——是不合理的，因为经典作家不可能超越自身语境而拥有和我们一样的女性意识。同样，因为世上存在着饥饿和苦难，就去攻击书写幽情雅趣、风花雪月的作家，一般来说也是不合理的，他们有自己的生活环境和创作个性，我们不能苛求他们去关注他们视野之外的事物，而且他们对情趣、对审美的关注也是合乎人性的。不过，在特定的历史语境中，这种攻击可能就是合理的，比如鲁迅对林语堂的批评。林语堂谈论的"性灵"现在看并无问题，中西美学都能为其提供理论支撑，他的文字也很怡人，但在那个血雨腥风的年代，在那个士人们应为民族存亡而奔走呼号的年代，大谈闲适、性灵显然是不合时宜的。那么，如何去确定哪些误读是创造性的，哪些又是无意义甚至有害的呢？我们无法给出一个终极的操作指南，而学界对此也还存在着争论。

德国读者反应批评理论代表人物沃尔夫冈·伊瑟尔提出用"文本"来约束读者的解读。伊瑟尔认为，读者的阅读不是外在于作品存在的，而是与文本间存在着一种互动关系，文本"设定"了阅读展开的空间和可能性。伊瑟尔的理论来源之一、波兰现象学家英伽登认为，文学作品是一个布满了未定点（或空白点）的图示，其现实化需要读者在阅读中利用自己的经验和想象力予以填补。比如，诗句"枯藤老树昏鸦，小桥流水人家"中就存在大量的未定点：枯藤是爬在树上还是爬在墙上，老树是榆树还是槐树，小桥是木桥还是石桥……都有赖于读者自己确定，事实上每个人脑海中出现的画面都是不一样的。伊瑟尔接受了英伽登的看法，进而提出了"文本的召唤结构"这一概念：一方面，文本是向读者开放的，给予读者自由，鼓励读者发挥自己的主观创造性，空白本身就是召唤读者阅读的结构机制；另一方面，读者的自由又不是无限制的，因为"召唤结构"在鼓励读者发挥创造性的同时也为其标示了方向、划定了阈限。为进一步探讨文本对读者的限制，伊瑟尔又提出了"文本的隐在读者"这一个术语。"隐在读者"不是实际阅读的读者，而是文本内在地设定的、能够按照文本标示展开阅读的读者，也称为"理想读者"。伊瑟尔认为，这样他就既承认了接受的创造性，又对随意性作了限制。

英国当代文学理论家特里·伊格尔顿这样阐释伊瑟尔：

> 伊瑟尔允许读者有相当大的自由，但我们并不是完全自由地按我们的愿望来解释。因为解释要成为这一文本而不是另外某一文本的解释，它必须在某种意义上受到文本自身合乎逻辑的限制。换句话说，作品对读者的反应起某种程度的决定作用，否则批评就可能会陷入完全混乱的状态。……如果文学作品不

是一个包含某些不确定的确定的结构，而假设文本中的一切都是不确定的、取决于读者选择构成它的方式，那么会是什么样的情况呢？在什么样的意义上我们可以说是在解释"同一部"作品呢？①

也就是说，在伊瑟尔看来，文本是有着——或者说是隐含着——相对确定的意义的，读者的接受有一定的自由度，但不能偏离文本太远。美国读者反应批评代表理论家斯坦利·费什（Stanley Fish）不同意伊瑟尔的理论，他宣称文学文本根本没有什么确定的意义，文本的一切都是读者解释的产物，至于为什么我们关于一部作品的解释尽管各有不同但却没有偏离得太离谱，费什认为那是因为有一种无形的机制制约着读者的解释，这种机制绝非像伊瑟尔所说来自文本，而是来自历史文化语境和惯例。在这种无形的机制的制约下，会形成一种"阐释共同体"，使得文学接受呈现为某种确定性。我们以法国小说家克劳德·西蒙的名作《弗兰德公路》为例来对费什的理论加以说明。《弗兰德公路》是一部让读者备受折磨的作品：迂回曲折的长句；频繁插入括号打断阅读进程，括号之中有时还有括号；大量使用不完整的句子，不加任何提示地在不同人物的语言之间或不同时空的场景之间进行切换；动辄几页不分段，让人的神经长时段保持在紧张状态从而疲惫不堪……而且，小说取消了时间结构，没有吸引读者注意力的故事进程，从头到尾都在重复那些画面——分崩离析、糜烂不堪的世界，形容枯槁、麻木不仁的人们，随处可见的死亡，无休无止的枪炮声和爆炸声，等等。然而，似乎批评者们达成了某种默契，形成了"阐释共同体"，很少有人忠于自己的阅读体验，站出来言说作品的"难以卒读"。那是因为，在我们的观念中，难以卒读的肯定不是好作品，而《弗兰德公路》被公认为是好作品，而且是伟大作品，如果承认阅读这部作品对自己是一种折磨，那就等于承认自己的浅薄。其实，这本书的伟大就在于它的难以卒读——它就是写给愿意去经受这种折磨的读者看的，受折磨的时间越长，你对于战争的憎恨就会越强烈，从而直面战争、反思战争绝不是什么轻松愉悦的事情。②

《弗兰德公路》的案例表明，费什宣称的读者反应的制约机制是存在的，同时也表明，这种制约机制并不可靠，它有时会扮演保守的角色，阻碍文学接受和文学交流。伊格尔顿对费什的"阐释共同体"也不信任，在他看来学术机构引领的权威的评价和阐释形式往往主导着"阐释共同体"的形成：

---

① 特里·伊格尔顿：《现象学，阐释学，接受理论——当代西方文艺理论》，王逢振译，江苏教育出版社 2006 年版，第 82 页。

② 关于《弗兰德公路》的评论，请参阅杨文臣：《空间与时间：作为小说的结构原则——墨白与西蒙、福尔斯小说文本的比较研究》，《南腔北调》2019 年第 1 期。

正是学术结构，正是那套社会公认的阅读作品的方式，作为一种限制而发生作用。当然，这种被准许的阅读方式绝不是"自然的"；而且也绝不全是学院式的：它们与整个社会当中居统治地位的评价和阐释形式有关。①

伊格尔顿举例说，评论家们通常不会去谴责某种自己不认可的关于贝克特的解释，前提是那种解释必须是"文学的"，如果他们认为那种解释是"非文学的"，其中很多人就会站出来进行谴责。而文学批评和非文学批评的界限是由文学机构来划定的，且这种划定本身是历史性的、有局限的，正如文学和非文学的界限也是变动不居的一样。伊格尔顿相信，并不存在纯"文学"反应之类的东西，我们将其从文学接受中择出来，在此基础上建立文学批评并赋予其合法性，以区分开非文学反应和非文学批评，本身是文学机构运作的结果，而这种运作本质上也是某种社会价值和权力的运作。作为一个自由主义者和后现代主义者，伊格尔顿宣称，"与文学结构决裂并不仅仅意味着提出对贝克特的不同解释；它意味着与一切对文学、文学批评以及支持它的社会价值进行解释的方式的决裂"②。

伊格尔顿信不过由文学机构主导的阐释的制约机制，那么，怎样限制文学接受的随意性呢？回到伊瑟尔，根据文本结构来评判读者的接受是否合理？伊格尔顿也不同意。文学作品的结构也很难确定，并不像想象的那么容易。一些复杂的作品，结构上往往存在着断裂、离散和悖反，可以衍生出无尽的解释空间。比如《百年孤独》，拥有无数闪闪发光的细节，让人目眩神迷，迄今还无人就整部作品给出完整的、前后一贯的解释，也就是说，我们无法确定作品的内在结构，无法依托结构对所有细节做出解释，那么，也就无法根据文本结构裁判读者的解读是否合理、有效。若我们结合美国文论家赫施（Hirsch）的理论来考察，会把问题看得更清楚。赫施要捍卫作者的原意，他区分了意思和意义，意思来自作者，而意义来自读者；意思是不变的，而意义则变动不居。赫施并不否认一部作品在不同的时间对不同的人有着不同的意味，但他坚持那只是作品的"意义"而非"意思"，"意思"是绝对的、永恒不变的。赫施相信，"意思"是可以为我们所了解的，即便作家已经去世，因为他的"意思"被一套特定的文字符号永远"固定"下来了。可是，我们真的能借助文本复原当时作者在想什么吗？显然难以想象，在这个问题上赫施也不固执，他退而求其次，把作家要表现的一切意思压缩、简化为意思的"类型"，也就是大致的、主要的想法。这样，我们就可以通过对文本细节进行整理、选择和阐

① 特里·伊格尔顿：《现象学，阐释学，接受理论——当代西方文艺理论》，王逢振译，江苏教育出版社 2006 年版，第 85 页。

② 特里·伊格尔顿：《现象学，阐释学，接受理论——当代西方文艺理论》，王逢振译，江苏教育出版社 2006 年版，第 87 页。

释，理出文本的内在结构，进而寻找出作家定格在文本中的意思——严格地说是意思的"类型"，然后再以之为标准来评说文本的各种"意义"。

我们会发现，伊瑟尔的"召唤结构"和赫施的"意思"几乎是二而一的关系。我们要捕捉作者的意思，首先要做的就是把握文本的内在结构；反过来，作者的意思，也是由文本的内在结构来承载的。你或许会觉得这些理论有些深奥，其实他们只是用一套专门的术语对我们的阅读体验进行了描述，我们不是常常在阅读完一部作品后，各自揣度作者的意思并争得面红耳赤吗？是的，我们争论过，往往达不成共识，评论家们或许会给出一个更高明的说法，但也未必是作家的意思——即便是在不严格的意义上。因为，从根本上说，作家的"意思"未必像赫施想象的那样，纯粹、实在、自我统一。比如创作《百年孤独》时的马尔克斯。在不温不火地写了几年后，他偶然看到了胡安·鲁尔福①那本魔幻现实主义的开山之作《佩德罗·巴拉莫》，大受震动，两年之后，就创作了《百年孤独》。在这部不朽名作中，马尔克斯淋漓尽致地运用了魔幻手法，可以说在很多情节、细节处理上都着力于铺张"炫技"，其后并无多么深隐的意味，所以，我们为它们所吸引，一旦试图解释却感觉很棘手。也就是说，《百年孤独》并不像我们想的那样是一个有机整体，其内在结构并不具有统一自洽性，为魔幻而魔幻的内容和承载了作家思想表达的内容之间是分离的，对于前者，我们无法依托文本结构做出解释，也无法和作者的"意思"构建起有意义的联系，而这也就意味着，怎样解读它们都可以，随你所好。——你可能觉得这样说有点信口开河，但解构主义文论不这样认为，他们会引为同调。比如，法国文学批评家罗兰·巴特强调文本的"可写性"，就是为了消解作者的权威和文本的确定性，给予读者绝对的自由，怎么都行。罗兰·巴特和他的解构主义同道们绝不承认有什么"理想读者"，他们认为所有的解读都是平等的，没有哪一种有资格凌驾其他解读之上。他们和伊瑟尔在文本观念上有很大不同。伊瑟尔假定文本是一个封闭的有机整体。——虽然他承认有些文本具有开放性、不确定性，但认为那是必须予以消除的东西，"用伊瑟尔明显武断的方式来说，它们必须'正常化'——制服它们并使之屈从于某种牢固的意识结构"②。而解构主义则认为，文学文本并不是封闭的、有机的，而是由各种成分黏合起来的并不牢固的拼装物，其内部充满了种种矛盾、断裂、空白。

作者、文本和"阐释共同体"，都不能合法地对文学接受进行限制，那我们能构建起更合理的理论取而代之吗？伊格尔顿认为，不能，任何规范性的理论都会带

---

①　胡安·鲁尔福（Juan Rulfo），墨西哥作家。其主要作品有《燃烧的原野》《佩德罗·巴拉莫》，魔幻现实主义的先驱之一。

②　特里·伊格尔顿：《现象学，阐释学，接受理论——当代西方文艺理论》，王逢振译，江苏教育出版社2006年版，第79页。

来压制，都有自己的局限。接受罗兰·巴特的主张，怎么都行？伊格尔顿对此并不认同。我们也觉得难以接受，比如，我们无法接受有人指责鲁迅先生的文字尖酸刻薄。那么，理论就只能向批评转向了，就是说，我们应该放弃构建规范文学接受的一般性理论，而是就具体的文学接受活动进行探讨——关于一部具体作品，怎样接受是合理的，怎样接受是不合理的。一种接受方式是否"文学的"并不重要，重要的是这种接受方式贯彻了怎样的社会价值，而这种价值是我们应该拥护、提倡还是应该反对、摒弃的。归根结底，文学不是在一个封闭的圈子里运行的，文学接受活动与社会的政治、道德等领域的演进是密切缠绕的。

最后，我们来谈谈伽达默尔的解释学。和伊瑟尔、费什、赫施不同，伽达默尔的理论是描述性的，而不是规范性的，他对如何区分合理的阐释与不合理的阐释没有给予太多关注，而是对阐释的历史性、意义的发生与持存等问题作了透辟的言说。尽管从逻辑上，姚斯、伊瑟尔、赫施等人都是从伽达默尔出发——或对其发展，或对其批判——构建自己的学说的，但他们未能解决的问题却可以在伽达默尔那里找到答案。伽达默尔是读者接受研究这一领域中最值得我们重视的理论家，其理论的深度、包容性和拓展性都是无与伦比的。

之所以"一千个读者会有一千个哈姆雷特"，是因为这一千个进入阅读的读者心灵不是纯粹的、透明的，而是带有各自的"成见"。伽达默尔把"成见"称为"前见"，它是无法消除的。如海德格尔[①]所说，我们都是"被抛"的存在者，我们不是按自己的意愿降生而是"被抛"到这个世界上的，我们出生的时代、地域、家庭，我们的性别、体质、性格，我们的成长、际遇、婚姻等，都具有偶然性，不可改变，这些因素会对我们的阅读、理解产生影响，它们构成了我们阅读的"先行结构"——即"前见"。通常我们认为前见会影响我们如其本然地理解作品，而伽达默尔则认为前见之于理解并不是消极因素，相反，是真正的理解得以展开的首要条件。当然，不是所有的前见都会起到这样的积极作用，伽达默尔区分了"伪前见"和"真前见"：伪前见是受种种功利目的和主观兴趣而形成的偏见，它是无价值的，会导致误解，应予以消除且可以消除；"真前见"来自整体的历史传统，不需消除也不能消除，它是文本的本真意义得以显现和被理解的必要条件。举个简单的例子，我们能理解《水浒传》中宋江遵父命赴江州服刑而放弃了上梁山快活，理解他在力量足以对抗朝廷并取而代之时却力主招安，而普通的西方读者可能就会感到颇为费解，因为我们与作者和小说人物同处一个文化传统，我们知道忠孝节义那一套封建伦理对中国知识分子的影响有多大。

---

① 海德格尔（Martin Heidegger），德国哲学家，20世纪存在主义哲学的创始人，也是20世纪最伟大的思想家之一。代表作有《存在与时间》《荷尔德林诗的阐释》《林中路》《在通向语言的途中》《技术的追问》《筑·居·思》等。

　　我们的文化语境构成的前见，有助于我们理解自己的文学，这没什么出奇之处。真正让伽达默尔为人瞩目的是，他宣称"时间距离"是"真前见"得以产生的重要条件。首先，时间距离有助于消除"伪前见"。"生前寂寞身后名"是很多大作家共同的遭际，之所以当时不受重视，是因为同时代的读者出于功利考虑或是受限于为主流价值观所束缚的狭隘视野，不敢或没有能力认可他们的价值，苏联一大批作家如帕斯捷尔纳克、普拉东诺夫、索尔仁尼琴、格罗斯曼①等都属于这种情况。其次，时间距离也使得"真前见"得以不断产生。有些天才作品在当世未被发现和认可，不一定和意识形态斗争有关，而是因为能够辨认和解读其价值的时代尚未到来。例如文艺复兴时期法国作家拉伯雷，虽然在世时就已成名，但直到20世纪其价值才被巴赫金②充分发掘出来，他也才得以比肩莎士比亚和塞万提斯。另一个我们更熟悉的例子是陶渊明，在世时及去世后相当长的时期里他的文名并不显赫，钟嵘《诗品》只将陶渊明诗列为中品，李白、杜甫也都不太理解他隐逸避世的选择及其价值，③ 直到宋代，随着苏轼、朱熹等文坛巨擘的推崇和韩子苍、汤汉等人的阐释，陶渊明在文学史上的崇高地位才得以确立。陶诗从中品到极品，时势变迁使然。值得一提的是，在深受生态问题困扰的今天，我们又开始向陶渊明寻求生态智慧，④ 这是之前历代先贤乃至陶渊明本人都无法想象的，因为生态视野的形成是近几十年的事情。历史是无限的，"真前见"、文学意义生成的也是无限的。伽达默尔就此写道：

　　　　时间距离除了能遏制我们对对象的兴趣这一意义外，显然还有另一种意义。它可以使存在于事情里的真正意义充分地显露出来。但是，对一个文本或一部艺术作品里的真正意义的汲舀（Ausschöpfung）是永无止境的，它实际上是一种无限的过程。这不仅是指新的错误源泉不断被消除，以致真正的意义从一切混杂的东西中被过滤出来，而且也指新的理解源泉不断产生，使得意想不到的意义关系展现出来。促成这种过滤过程的时间距离，本身并没有一种封闭

----

　　① 帕斯捷尔纳克，代表作《日瓦戈医生》；普拉东诺夫，代表作《基坑》；索尔仁尼琴，代表作《古拉格群岛》；格罗斯曼，代表作《生活与命运》。

　　② 巴赫金，苏联著名文艺学家、文艺理论家、批评家、世界知名的符号学家、苏联结构主义符号学的代表人物之一，其理论对文艺学、民俗学、人类学、心理学都有巨大影响。他所创"对话"和"狂欢"理论在西方很轰动，赢得"20世纪最重要的思想家"的荣誉。其"狂欢"理论就来自对拉伯雷的研究。

　　③ 李白诗云："醒醉东篱下，渊明不足群"（《九日登巴陵置酒望洞庭水军》）；杜甫则说："陶潜避俗翁，未必能达道"（《遣兴五首·其三》）。

　　④ 最具代表性的当属鲁枢元教授的大作《陶渊明的幽灵》，该书于2012年6月由上海文艺出版社出版，2014年获得鲁迅文学奖。

的界限，而是在一种不断运动和扩展的过程中被把握。①

作者的创作意图是特定的、有限的，而时间距离带来的新的理解是无限的，如何看待二者之间的关系？赫施的坚持"意思"高于"意义"，即承认关于文本的种种不同解释，同时捍卫与作者创作意图一致的解释的优先性；伊瑟尔也表达了同样的立场，把能够完美地按照文本的标示解读文本的读者——也就是按照作家的"意思"解读文本的读者——称为"理想读者"。伽达默尔不同，他不认为作家的"意思"不容侵犯，在文本的诸种"意义"中处尊居显，但他也不像解构主义者们那样认为作者的"意思"无足轻重，作品一旦完成就与作者脱离了干系。在他看来，作者的"意思"和读者的"意义"，都是作为历史对象的作品的一部分，而且，无论我们在阅读中是否向作者靠拢，我们与作者都无隔膜，因为我们共处一个无所不包的传统中，我们都内在于理解的历史中。卞之琳在《断章》一诗中写道："你站在桥上看风景/看风景的人在楼上看你/明月装饰了你的窗子/你装饰了别人的梦"。桥上的人和窗子里的人，各自独立又相互联系，彼此在对方眼中，都是风景的一部分。作者和读者的关系类似，共处一个整体（"传统"）之中。

作者和读者共处其中的"传统"是怎么形成的？我们举个例子。曲阜师范大学的孔子文化研究院在大厅里醒目的位置上镌刻着一句话：21世纪人类如果要过和平幸福的生活，就应该回到2500年前的孔子那里寻找智慧。据说这是1988年75位诺贝尔奖获得者在巴黎讨论21世纪的前途时达成的共识。事实上，历代先贤都曾反复拜读《论语》，从中寻求解决他们的时代难题的智慧，而他们的解读也肯定超出了至圣先师的视野，拓展和丰富了《论语》，如此前赴后继、继往开来，遂形成了源远流长的儒家文化传统。也就是说，传统的形成有赖于历代圣贤对孔子思想的创造性发展，有赖于他们不断贡献新的东西；而他们之所以能够读懂孔子并对之进行创造性的发展而不是歪曲，是因为他们身在传统之中，也就是说，传统本身会区分出后世的解读哪些是合理的、哪些是不合理的。如此就存在一个"阐释的循环"：传统是由历代个体的创造性阐释构成的，而个体阐释的创造性又是由传统予以保证的。这很容易让人联想到那种传统文本阐释方法：局部的意义、内涵要结合文本的整体才能得到正确理解，而文本的整体意义反过来又取决于每一局部的正确解释。鉴于后一种循环的前提是文本形式的有机整体观，有人指责伽达默尔的传统也是有机统一的、封闭的，伊格尔顿就批评道：

　　他的理论只坚持大的设想；认为确实存在一个单一的"主流"传统；一切"真实的"作品都参与这个传统；历史形成一种不间断的连续统一体，不

---

① 伽达默尔：《真理与方法》，洪汉鼎译，上海译文出版社2004年版，第385~386页。

会出现决定性的断裂、冲突和矛盾；"我们"（谁?）从"传统"继承下来的偏见要加以珍惜。换言之，他的理论设想历史是一个"我们"不论何时何地都觉得像在家里一样的地方；过去的作品会加深——就是说绝不会破坏——我们现在的自我理解；而且过去陌生的东西在心里总觉得是熟悉的东西。一言以蔽之，这是一种十足的自鸣得意的历史理论……这种理论几乎不懂得历史的传统不仅是解放的力量，而且也是压制的力量，是由冲突和控制分割的领域。在伽达默尔看来，历史不是充满了斗争，不是具有间断性和排斥性；而是一个"连续的链条"，一条长流不息的河，甚至可以说是一个志趣相投者的俱乐部。①

伊格尔顿并不公允，出于革命诉求，他对伽达默尔的"传统"做了简化处理。伽达默尔一再声明，"问题的本质就是敞开和开放可能性"，"事实上，我们自己的前见正是通过它冒险行事才真正发挥作用。只有给成见以充分发挥作用的余地，我们才能经验他人对真理的主张，并使他人有可能也充分发挥作用"②，说得还是比较清楚的，伽达默尔并不要求我们对传统亦步亦趋，他允许、鼓励我们有"成见"——即新的视域，并认为唯有这样"才能经验他人对真理的主张"。我们说"旁观者清"，就是因为旁观者拥有被观看者没有的视域；但要想真正理解被观看者，旁观者还不能与之完全疏离，必须找到彼此情感或境遇上的相通之处。而且，在尽可能深刻地谈论、评说别人时，我们也是在更好地理解自己。伽达默尔谈论的"视域融合"，大致可以通过上面这样一个类比作粗浅理解。伽达默尔相信，无论我们与前人的生存语境差异有多大，但总面临一些共同问题，比如怎样面对生与死，怎样处理自我与他者、个人与群体的关系等。也可以说，我们历史地生存于一个绵延下来的世界中，每一代人从前人手里接过这个世界，并通过拓展对前人的理解改变和丰富着这个世界。在这个意义上，我们当下的世界并不只是我们的世界，还是孔子的世界，也是鲁迅的世界，我们依然追慕孔子的君子人格，也依然受困于鲁迅批判过的国民劣根性。将来我们的文化终为因融入新质的东西而走向进步，但那种劣根性或许并不会被彻底清除掉，而只是被冲淡、被克制，不再丑态毕露。我们谈论的这个绵延着的世界，大致就是伽达默尔下面所说的运动着的视域：

　　当我们的历史意识置身于各种历史视域中，这并不意味着走进了一个与我们自身世界毫无关系的异己世界，而是说这些视域共同地形成了一个自内而运

---

① 特里·伊格尔顿：《现象学，阐释学，接受理论——当代西方文艺理论》，王逢振译，江苏教育出版社 2006 年版，第 70~71 页。

② 伽达默尔：《真理与方法》，洪汉鼎译，上海译文出版社 2004 年版，第 387 页。

动的大视域，这个大视域超出现在的界限而包容着我们自我意识的历史深度。事实上这也是一种惟一的视域，这个视域包括了所有那些在历史意识中所包含的东西。我们的历史意识所指向的我们自己的和异己的过去一起构成了这个运动着的视域，人类生命总是得自这个运动着的视域，并且这个运动着的视域把人类生命规定为渊源（Herkunft）和传统（Überlieferung）。①

作者的"意思"是传统的一部分，读者源源不断地从作品中解读出来的"意义"也是传统的一部分，哪一方都不能压倒另一方，重要的是它们共同形成的不断丰富的传统，重要的是人类对于世界的理解在不断扩展。当然，不是所有的文学都具有意义生成的无限可能，只有那些触及人类生存永恒命题的文学，才会吸引我们持续地阅读、阐释并因之扩展、增进我们对于世界的理解，这样的文学才是经典的、伟大的文学。

如果你还是要追问伽达默尔，在操作层面上到底如何裁定一种阐释是不是有价值的？从逻辑上他的回答应该是：看这种阐释是否增进了我们对世界、对存在的理解。由于伽达默尔所说的带来创造性理解的"真前见"很有弹性——既来自传统，又有赖于时代变迁带来的新的视域，因而，他为阐释留出的创新空间是非常大的，并不像伊格尔顿指责的那样保守，二人的立场实质上也没有太大差别：都反对作家对文本意义的垄断，主张阐释向历史无限开放，都认为文学不是在一个封闭圈子里运行的，文学接受关联着更广泛的社会价值，关联着我们如何理解和构建一个更好的生存世界。伊格尔顿强调历史的断裂，抨击伽达默尔的"传统"，乃是出于一种革命的姿态，可以理解。但就像个体无法真正摆脱过往人生的影响，无法骤然脱胎换骨成为新人一样，我们也无法切断传统，凭空构建一个理想的生存世界。正如伽达默尔所说，"如果没有过去，现在视域就根本不能形成。……根本没有一种自为的（für sich）现在视域"②。过去参与了现在的构建，而现在又向未来开放，而参与和促成这一切的，是我们对于包含文学文本在内的历史流传物的持续的理解和阐释。

第二节 关于文学接受的心理学探讨

伽达默尔的哲学阐释学认为，文学接受总是在一定的"前见"（或"视域"）下展开的。"前见"不只是一个哲学概念，用于对阐释主体作静态的描述，还是一个心理学概念，参与到动态的阅读接受过程中，在后一个层面上，我们按照姚斯的

---

① 伽达默尔：《真理与方法》，洪汉鼎译，上海译文出版社 2004 年版，第 393~394 页。
② 伽达默尔：《真理与方法》，洪汉鼎译，上海译文出版社 2004 年版，第 396 页。

说法，把"前见"叫做"期待视野"。

"期待视野"也叫"阅读经验期待视野"，是个体据以阅读文本的既定心理图示。我们都清楚，一部作品的名字很重要，我们购书或借书时的选择，很大程度上和书名有关系，因为书名会引发我们对内容的猜想和期待。比如《映在镜子里的时光》比《寻找外景地》更吸引钟爱现代主义文学的读者；《失明的城市》也比《失明症漫记》更能唤起读者阅读的冲动。① 不只书名，几乎文本的任何元素——文体、形象、场景、氛围等——都会引发我们的期待指向。当然，由于不同读者的期待视野不一样，对同一文本或文本元素的反应是不一样的。《斩首之邀》就书名而言对普通读者和专业读者应该都有一定的吸引力，但读上 10 页之后，普通读者可能就会因娱乐性不强而放弃，而专业读者则会因书中弥散着卡夫卡的气息而庆幸自己的选择。② 姚斯指出：

> 一部文学作品，即便它以崭新面目出现，也不可能在信息真空中以绝对新的姿态展示自身。但它却可以通过公开的或隐蔽的信号、熟悉的特点或隐蔽的暗示，预先为读者提示一种特殊的感受。它唤醒以往阅读的记忆，将读者带入一种特定的情感态度中，随之开始唤起"中间与终结"的期待，于是这种期待便在阅读过程中根据这类文本的流派和风格的特殊规则被完整地保持下去，或被改变，重新定向，或讽刺性地获得实现。③

期待视野的形成原因非常复杂，既有个体层面上的，诸如性别、年龄、身份、阶层、受教程度、文学素养、生活经历、世界观和伦理观，也有社会层面上的，诸如文化传统、时代精神、占主流地位的阐释和评价模式，等等。通常来说，期待视野是我们无意识地携带着的，它自行参与到我们的阅读进程中，无需着意调取。但有两种心理机制可能会参与和改变期待视野，那就是接受动机和接受心境。你可能会对一部本来合乎你口味的作品感到失望，如果你阅读的目的是学习写作但读后发现毫无收获，此时接受动机就限定了你的期待视野。接受心境对期待视野的制约也很明显，当你春风得意、踌躇满志的时候，你是看不进去《斩首之邀》的，它处在你此时的期待视野之外。

---

① 《映在镜子里的时光》和《寻找外景地》是我国当代先锋小说家墨白为一部长篇小说起的两个名字；《失明症漫记》是西班牙作家若泽·萨拉马戈的名作，《失明的城市》是由这部作品改编成的话剧的名字。

② 《斩首之邀》系美国作家弗拉基米尔·纳博科夫的长篇小说，对极权主义进行了尖锐的批判，对人的生存困境作了深刻的揭示。

③ 姚斯、霍拉勃：《接受美学与接受理论》，周宁、金元浦译，辽宁人民出版社 1987 年版，第 29 页。

　　期待视野不只存在于我们的阅读之先和阅读之初，它始终伴随着我们，直至阅读终了。在悬疑、侦破类小说的阅读中，阅读视野的存在体现得最为明显。从一开始，我们就不只是一个好奇的旁观者，还是一个解谜者、探案者。我们调动自己的经验和智慧，积极地展开分析、设想、推理、判断，并期待情节发展能证实我们的高明。如果期待落空，那么我们会立刻调整思路，重新整合已知线索，做出新的判断。如此周而复始，直至真相大白。悬疑、侦破类小说通常被归到通俗文学之列，但在我们看来，它们是最能体现小说本质特征的小说类型。——对于小说家来说，首要追求的是让读者读完自己的作品，有了这一前提，才谈得上思想内涵和各种严肃的旨趣，而吸引读者读下去的唯一途径是：设置悬念。悬念和悬疑稍有区别：悬疑意味着隐秘和揭秘，意味着有不寻常的事件发生；悬念则和隐秘没有必然关系，它可以由讲述营造出来，一个平平常常的人，波澜不惊的人生，如果你愿意去关注他（她），那么，作者对你暂时隐瞒的任何关于他（她）的信息对你来说都可以构成悬念。有些小说，写的是普通的日常生活，柴米油盐，吃饭上班，没有曲折的情节，没有奇幻的场景，但读来却让人不忍释卷。一个重要原因就在于，作者巧妙地设置了悬念，让人物一出场就抓住了你的心，他（她）是一个怎样的人？为何在这个地方？他（她）经历了什么？又会怎样安排自己的人生……在这方面，加拿大女作家爱丽丝·门罗堪称典范，她的代表作、短篇小说集《逃离》，主角设定为城郊小镇的几个平凡女子，她们的人生并不传奇，和我们一样，无奈地接受平庸的生活的打磨，偶尔开个小差。如此平淡的写作素材，却能让我们为之深深吸引，其奥妙之一便是——门罗不动声色地在叙述中设置了悬念，引发了我们对文本持续的期待。

　　期待视野与文本的关系，或者说，文本是顺应还是违逆读者的期待，关系到读者对文本的评价和文本的魅力。一般来说，完全顺应读者期待的文本很难令人满意，没人愿意为平淡无奇的东西浪费时间。相反，超出读者期待的文本往往能出奇制胜，让人耳目一新。我国当代小小说作家孙方友把"翻三番"作为自己的创作理念，不断反转剧情，以打破读者的思维惯式，取得了巨大成功。比如《官抬》一篇的情节是这样的：陈州新任知县姜文略不循常例，上任后不坐轿子，"官抬"（即官轿的轿夫）夏家兄弟非常不安，鼓起勇气问知县，得到的回答是"晕轿"，夏家兄弟失望至极，以为几辈相传的饭碗要丢了。但意外的是，每月都有饷银发下来。姜知县虽不坐轿子，但为官清正，不畏权势，颇受陈州人爱戴，白领饷银的夏家兄弟更是感恩不尽，以大老爷能坐他们一回轿为盼，为此他们特意制作了一台新轿子。终于有一天，大老爷登门，"请求"夏家兄弟去接自己的老父亲。谜底揭开：原来姜家也是世代"官抬"，姜文略是他家几代人努力的成果。

　　……夏大一看老太爷迈动的脚步，顿时明白了知县不坐轿子的原因，急忙跪地，抱拳施礼，对老太爷说："感谢姜老太爷养育出了一个好儿子！"

姜老太爷听得此言，禁不住老泪纵横，叹气道："当年，我的祖上在亳州当轿头。有一天，知府问他：'姜轿头，你们为何自称官抬？'我的祖上性硬，直言说：'我们辈辈抬官，也想让当官的抬俺一回！'知府大笑道：'若想梦幻成真，除非你们姜家出官人！'祖上便把此话记在心中，辈辈相传。为达目的，我们姜家经过几代人的努力啊！"说完，他回首对儿子说："如今你当了官，老父别无他求，只求你能实现你的诺言！"

姜知县深情地望了望父亲，没说什么，走过去，接过夏大的抬棍，庄重地放在肩头，等父亲上了轿，高喝道："起轿了！"

那声音既洪亮又沉闷，穿过码头，顺着河风在很远很远的地方回荡……

从此，陈州地便留下了一个童话。

夏家弟兄到家之后四处宣扬姜知县的孝道之时，没一个相信是真的。

后来，姜知县慢慢熟谙了升官之道，不久便升任知府。等到姜文略升迁道台那一天，夏家弟兄突然在一天深夜失踪了……

那时候，姜文略早已坐上了八抬亮轿！

小说开始就设下"姜知县何以不做轿子"的悬念，到谜底揭开、姜知县抬起父亲，小说本可以收尾，那样也不失为一个风雅有趣且颇有意义的故事。但接下来作者让已经翻了一番的故事在非常狭小的文本空间中又翻了两番。"夏家弟兄到家之后四处宣扬姜知县的孝道之时，没一个相信是真的。"此时，我们相信是真的，我们同情夏家兄弟，我们愤慨世人的心灵已被磨出了厚茧，不再相信美好的事物。然而，这只是一个童话！夏家兄弟失踪了，融入了官场的姜文略不愿夏家兄弟再四处宣扬他的身世和孝道，那些感动我们的一切在他眼里变成了永不能向人提起的耻辱，为此他痛下杀手。回头想想，面对夏大抬出的为清官特制的干净轿子感叹"清官难当"时，姜文略可能已经开始了"蜕变"。我们不禁羞愧于自己的幼稚，但美好的童话也的确存在过啊！只能感叹这个世界是如此暧昧！如果我们着意以这个故事观照历史和现实，那么就会发现姜文略的身影无处不在，一朝得势，初心尽失，这是人性的真实吗……

不过，打破读者的期待视野，并非总是正确的选择。若没有思想的支撑，单纯追求情节的出新出奇，很容易流于油滑、媚俗。若因为追新逐异而冒犯了读者的伦理情感，情况就更加糟糕。打破读者的期待视野，应该以拓展读者的思想认识、改变读者陈旧的感知模式为旨归。

期待视野有高下层次之分。如果你对文本的期待主要在情节层面上，希图从曲折动人或惊险奇幻的故事中获得刺激，那么你的期待视野层次是比较低的；而如果你对文本的期待主要在思想意蕴和艺术传达上，你更希望看到的是富于象征性的故事元素或独创性的艺术形式，那么你的期待视野的层次是比较高的。前一种期待视野为大众读者所拥有，而后一种则属于具有较高文学素养的专业读者。对前一种读者来说，《逃离》太沉闷了，无趣得很，《盗墓笔记》要好看得多；对于后一种读者来说，评价作品的标准不是热闹刺激，而是严肃、深刻的趣味，《盗墓笔记》固然好看，但《逃离》才是顶级文学。

通常认为，前一种读者——大众读者——的文学接受是一种被动接受，而后一种读者——专业读者——的文学接受是主动接受。其实，任何阅读都是一种积极的心智活动，需要注意力、想象力、理解力的集中和密切协作，迥然不同于吃着爆米花看电视剧①——看电视剧也不完全被动，对剧情的期待至少是主动的。这里主动和被动的区分，是相对意义上的，意指普通读者更易于接受文本所表达的人生观、价值观、审美趣味等，缺少理性的思考、批判，而受限于其选择的文本的层次和类型，这种接受也很难带给他们理解能力、思想境界和审美趣味的提升；专业读者则相反，他们会主动选择那些对读者具有一定挑战性的思想深刻、形式精妙、趣味不俗的作品阅读，而这种需要花费更多脑力的阅读又会进一步提升他们理解能力、思想境界和审美趣味。换言之，什么样的文学接受活动，会造就什么样的读者，造就什么样的民众，而民众的素质和精神状况，又关系到社会能否走向进步。"大众文化批判理论"正是基于这一思路产生的。批评者们认为：由利益驱动的、与意识形态密切合作的"文化工业"，正源源不断地生产出大量粗制滥造的、接受了意识形态编码的文化消费品，将民众打造成情感粗粝、思想贫乏的"群氓"，不仅影响了文学的发展，而且不利于社会的进步。霍克海默和阿道尔诺在《启蒙辩证法》一书中写道：

---

① 文字阅读与观看影像对于人的思维能力、思维方式的塑造存在着根本性的区别，这种区别贯穿于美国当代思想家尼尔·波兹曼写作《娱乐至死》一书中，他将以文字为主要文化媒介的年代称为"阐释年代"，将以影像为主要文化媒介的年代称为"娱乐业年代"，认为美国的活力源于18、19世纪的浓厚的阅读氛围带来的高国民素质和公共话语的繁荣，而当下随着电视取代了书本，这种活力正在丧失。"对于印刷机统治美国人思想的那个时期，我给了他一个名称，叫'阐释年代'。阐释是一种思想的模式，一种学习的方法，一种表达的途径。所有的成熟话语所拥有的特征，都被偏爱阐释的印刷术发扬光大：富有逻辑的复杂思维，高度的理性和秩序，对于自相矛盾的憎恶，超长的冷静和客观以及等待受众反应的耐心。"而在娱乐业年代，电视决定着一切，电视是反交流、反逻辑、反理性的，它为我们提供真实的或具有欺骗性的图像和信息，而不提供关于这些信息的理性讨论——电视从不触碰复杂的话语，不会为深刻的思想和持续的讨论浪费时间，即便这样做了也无人能忍住不换台。在电视的统治下，"在法庭、教室、手术室、会议室和教堂里，甚至在飞机上，美国人不再彼此交谈，他们彼此娱乐。他们不交流思想，而是交流图像。他们争论问题不是靠观点取胜，他们靠的是中看的外表、名人效应和电视广告"。尼尔·波兹曼：《娱乐至死·童年的消逝》，章艳、吴燕莛译，广西师范大学出版社2010年版，第58、81页。

……对大众意识来说，一切也都是从制造商们的意识中来的。不但颠来倒去的流行歌曲、电影明星和肥皂剧具有僵化不变的模式，而且娱乐本身的特定内容也是从这里产生出来的。它的变化也不过是表面的变化。细节是可以变的。在流行歌曲中，比较短的节奏可以产生某种效果，英雄突然间产生的失态（他可以把这种失态看成是一种有益健康的运动），情人从男明星那里所受到的粗暴对待，以及男明星对备受宠爱的女继承人的藐视，所有这些细节，都像其他细节一样，是早就被制定好了的陈词滥调，可用来安插在任何地方……只要电影一开演，结局会怎样，谁会得到赞赏，谁会受到惩罚，谁会被人们忘却，这一切就已经清清楚楚了。

不要指望观众能独立思考：产品规定了每一个反应……那些根据性格和事态的发展而发展出来的情节被毫不留情地删除掉了。相反，编剧需要考虑的是，下一步究竟要采取什么样的手段，才能在特殊情境下产生最让人吃惊的效果。编剧精心编排出来的离奇情节打断了故事的线索。就像恶作剧一样，整个故事的发展最后变成了毫无意义的废话，这就是流行艺术的合法成分……①

综合以上引文，可以看出霍克海默和阿道尔诺的立场：文化工业塑造出来观众（读者），其观看（阅读）完全是被动的，一切都在编剧（作者）的控制之中。他们没有思想也不会思想，从而不加批判地接受精神垃圾的喂养且甘之如饴。

而美国思想家约翰·费斯克持相反观点，他认为霍克海默和阿道尔诺的那种立场强调了文本的权力，而忽略了接受的权力。大众接受是具有生产力和创造力的，他们会采用"游击战"的方式，避开文本的意识形态编码，按自己的意愿做出阐释——可能和作者的意图背道而驰，从而达到反规训的效果。费斯克以电视剧《查理的天使》为例来对此进行说明：

如果对这个电视连续剧作一个文本分析，那么，我们可以看到，通过女性解放的符码，父权制统治再一次稳固了自己的地位。观众看到剧中的三个女警探侦破案件、开枪射击、逮捕罪犯：她们担任的是以前仅仅留给男人的角色。通过这三个女人的性魅力，通过在每一集中，她们至少有一次要依赖男主角伯斯力（Bosley）的"拯救"，最后，通过她们处于从未现身的查理的男性声音的控制之下，这个声音同样以父权制的方式给出任务与批准。通过上述的一切，父权体制得以肯定。每一集叙事结局的完整性，以及整个节目的视觉风格所提供的快感都带有明显的父权制特征。因此，对该连续剧作一个文本或意识

---

① 马克斯·霍克海默、西奥多·阿道尔诺：《启蒙辩证法》，渠敬东、曹卫东译，上海人民出版社 2006 年版，第 112、123~124 页。

形态的分析会得出这样一个结论：是父权制在恢复女性解放符码的元气。然而调查显示，许多女人对该连续剧的解读是选择性的，她们只注意坚强的女警探，几乎完全忽略了父权制符号。有些女观众说，她们常常在连续剧结束前就离开不看了，这样，就可以避开该剧当中父权制叙述的关键时刻。①

除了费斯克本人的"游击战"，他还援引了德塞都的比喻"偷猎"来说明大众读者的接受策略，读者就像偷猎者，侵入文化的领地，"偷出"他或她想要的东西，而不被捉到，也不必服从这一领地法规文本中的规则。应该说，费斯克的观点还是有一定见地的，设想编进文本的意识形态可以如其所愿地作用于读者的心灵是一种天真的想法，就像现实生活中父母的严格管教并不总是有效，孩子产生叛逆心理导致管教适得其反的情况也不罕见。我们上一节也谈到，读者对作家的"误读"总是存在的，即便专业读者也无法避免。不过，读者的"游击战"能有多大的空间？"偷猎"的收获能有几何？依靠与大众文化文本的"游击战"，能培养出公众的理性能力、逻辑能力以及参与社会公共事务的热情和能力吗？费斯克显然走向了另一个极端，他的乐观主义较之霍克海默等人的悲观主义更值得怀疑。

"游击战""偷猎"，说白了就是一种刻意的"误读"，一种创造性地利用文本达成自己目的的策略。这种策略其实不只存在于大众读者的文学接受活动中，也经常为精英读者所使用。美国文艺理论家哈罗德·布鲁姆在《影响的焦虑》一书中指出，"诗的历史是无法和诗的影响截然区分开的。因为，一部诗的历史就是诗人中的强者为了廓清自己的想象空间而相互'误读'对方的诗的历史"②。"影响"意指伟大的文学家及其形成的文学传统之于后来者的影响。莎士比亚和惠特曼的继承者们是幸运的，有伟大文学传统可以因袭，但也是不幸的，因为先驱者们如此伟大，他们开创一种传统的同时，也在这一传统中树立了一座丰碑，后人只能仰望而无法超越，而这必然让他们陷入深深的焦虑之中，且越是渴望有所建树，这种焦虑就会越强烈。深陷于"影响的焦虑"的表现之一，便是否认前人的成就，比如，法国人就不愿承认莎士比亚。在布鲁姆看来，由于莎士比亚探索的是一个"可能性之极大域"，事实上其后处于同一文化语境中的欧洲作家没人能避免他的影响，否认他的法国人便属于典型的"莎士比亚影响力的焦虑症患者"。但否认并不能抹除前人的影响，也不能真正消除焦虑，更高明的策略，是在对前人进行有意"误读"的基础上，确立自己的独创性。

---

① 约翰·费斯克：《理解大众文化》，宋伟杰译，西南财经大学出版社2001年版，第169页。

② 哈罗德·布鲁姆：《影响的焦虑》，徐文博译，江苏教育出版社2006年版，第5页。

每个人的误读方法都跟别人不一样，但几乎可以肯定是一种模糊的读法——虽然其模糊性也许被遮盖着。如果济慈对莎士比亚、弥尔顿和华兹华斯没有采用这种误读方法，我们今天就不可能读到济慈创作的那些颂诗、十四行诗和两部《赫披里昂》。如果没有丁尼生对济慈的误读，我们现在很可能根本不知道济慈为何许人。华莱士·史蒂文斯最讨厌别人提及他因阅读前驱诗人的作品而获益；但是，如果史蒂文斯没有读过沃尔特·惠特曼，他就根本不可能写出什么有价值的东西。史蒂文斯有时对惠特曼摆出一副不屑一顾的架势，在作品中也没有公开模仿过；然而，惠特曼还是很神秘地在史蒂文斯的作品里复活了……①

布鲁姆总结了诗人们误读前人的种种方式。比如，"克里纳门"（Clinamen），即宣称前驱的诗方向端正、不偏不倚地到达了某一点，但到了这一点之后本应"偏移"，且应沿着新诗作运行的方向偏移。当然，那个本应偏移的方向，自然就是自己诗作的方向。如此，诗人就借助对先驱的评价确立了自己诗作的正统地位。再比如，"魔鬼化"（Daemonization），即宣称自己接受了某种蕴含在前驱的诗中但并不属于前驱本人而是属于稍稍超越前驱的某一存在领域的力量，从而抹煞前驱诗作中的独特性，也否认自己对于前驱的承继。既然自己和前驱分别独立地接受了来自某种源头的力量，那么，就不能因为自己和前驱存在着相同或相通之处而厚古薄今。此外，还有"阿斯克西斯"（Askesis）、"苔瑟拉"（Tessera）、"克诺西斯"（Kenosis）等种种方法。有意思的是，有论者指出，布鲁姆自创了这么多生僻的概念，这本身也是源于一种"影响的焦虑"，即避开使用前人创设的术语，以便在文学理论领域开创出自己的一片天地。至此，我们又回到了上一节探讨的话题——文学接受具有开放性，"误读"亦有其价值。

---

① 哈罗德·布鲁姆：《影响的焦虑》，徐文博译，江苏教育出版社2006年版，第5页。

第七章　文 学 批 评

文学批评也是文学接受的组成部分。日常意义上，批评一词意指对人的缺点、错误、言行失当等的指责，文学批评包含这层意思，但又不限于此。它既对作品短处进行褒贬，也对作品长处进行赞扬，不仅包括作品的成就、地位的评价，而且包括对作品的内容、形式等各方面的研究。"批注""评点"是我国古代的文学批评形式，这两个概念更能帮助我们理解何为批评。简言之，文学批评即文学评论。

从广义上说，任何读者在阅读之后对于作品的评价和探讨都应属于文学批评。不过，这样的批评往往主观性、随意性很强，缺乏科学性和学理性，我们更愿意用"文学鉴赏"来指代这种言说，而把"文学批评"让渡给专业读者以正式形式发表的言论——典范形式是论文，也包括和论文具有相近品格的随笔、序、跋等文字形式，以及在研讨会、读书会、推介会等正式场合所作的具有研讨意味的发言。

第一节　文学批评的性质和类型

文学批评何为？这是常见于文艺报刊和各种座谈的一个话题。通常教科书给出的答案是：指导作家创作，帮助读者理解作品。这是很合逻辑的，一方面，批评家们一般来说学识都比较渊博，对当下文学创作的缺失和方向有着理性的思考和较为清醒的认识，他们的评价、言论理应能为作家创作提供帮助；另一方面，批评家们的鉴赏能力也要比普通读者强一些，他们理应成为读者进入文本的引导者。

不过，在现实的文学活动中，批评的这两种职能都很可疑。首先，作家们似乎并不买账。多数作家出于各种考虑，摆出一副谦逊有礼、乐于受教的姿态，也有个别作家会对批评不屑一顾乃至冷嘲热讽，挖苦批评家不过是依附作家混饭吃，却又不肯好好扮演吹鼓手的角色，反而吹毛求疵自以为是，面对锋利的批评无以自辩时，会恼羞成怒地抛出一句，"既然知道什么样的作品好，自己写一部出来啊"。这种论调不难反驳：没有工厂就没有商场，商业也是依附于制造业的，但你不能说商业没有价值，不能说营销人员的才华比不上工人。我不会踢球不代表我不能评价你踢得好不好，球员生涯不成功但教练生涯很辉煌的个案比比皆是。不过，作家们对好为人师的批评家的反感倒也不是全无道理，那些对批评家待之以礼的作家们心里大抵也不认为后者对自己的写作真会有什么帮助，他们的低姿态更多的是出于非文学层面上的考虑——在各种奖项的评选、文学史的书写等作家们往往非常在意的事情上，批评家们手中的权力不可小觑。事实上，伟大的文学从来都不是批评家们催生出来的，相反，批评的标准都是由伟大的文学确立的。批评家可以披沙沥金地辨认出一部伟大的作品，但无法在其未出现之前就构想出它的存在——否则他就成了作家，这种事情只有作家能胜任。所以，批评家是无法指导作家写出伟大的作品的。倒不是说，批评家无法就作家的创作提出合理性的建议，问题在于，即便作家诚心听取批评家的建议，他也很难将其贯彻到自己的写作中，因为每个人都有自己独特的气质、个性、语言风格和生活经验，由它们形成的创作个性是很难改变的。不否认有的作家的创作具有明显的阶段性，不同阶段的创作风格是不同的，但他们的这种改变往往和生存环境、人生遭际的重大改变有关，这并非作家有意识努力的结果，也不是批评家的建议能够达成的。我国当代著名作家周大新曾坦言，他很真诚地认可某些批评家对他的批评，但他无法改变，不是不想，而是做不到，"我只能做我自己"。如果作家可以按照批评家的建议，不断扬长补短，那么逻辑上他终会将自己提升到大师的层次。那样的话，我们将拥有比现在多得多的大师。事实并非如此，一个人创作中的优缺点往往是一体两面、难以拆解的，去掉缺点，优点也就荡然无存了。我们嘲笑东施效颦，不是"颦"这种姿态不好看，而是不适合她。什么样的姿态适合她？恐怕还是她自己的、由内而外的、自然的姿态最合适她。作家不能因批评家的建议改变自己，和东施不能效颦是一个道理。①

帮助读者理解和评价作品，是批评可以做到的。不过，愿意向批评寻求帮助的读者并不多。一方面，批评——尤其是学院派批评——越来越晦涩，比文学作品本身更难理解，让读者望而却步；另一方面，大众文化时代，需要阐释的高雅文学本身就不受待见，读者更愿意选择那些通俗易懂、乐于为他们提供廉价快感而非让他

---

① 与此相关的还有一个我们很熟悉也很重要的话题，那就是如何对待传统文化和外来文化。一个现成的回答是，"取其精华去其糟粕"。现在我们认识到这个问题远比想象的要复杂得多，精华和糟粕不是那么容易拆解开的，而所谓的"精华"放在一块后，也往往会变成不伦不类的大杂烩。

们感到困惑、烦纡的通俗文学，理解这样的文本不需要批评的帮助。另外，上一章中我们谈到过，伊格尔顿呼吁"与文学机构决裂"①，在他看来，读者有权按照自己的理解对作品作任何阐释，无需接受批评的规范和制约，任何对读者进行干涉的企图都包含某种社会价值和权力的运作，文学批评之于读者不仅不是必要的，而且是应该予以摆脱的。

虽然作家和读者事实上都很少受批评的影响，但批评在文学活动中依然扮演着不可忽视的角色，这一角色是由体制分配的。如前所说，作家要想获得文学奖项，要想进入文学史，都需要受到批评界的关注，需要得到那些权威批评家的首肯。而斩获了大奖，进入了文学史，才会真正进入读者的视野。——批评在文学活动中的作用不可谓不大。不过，若就此回答"批评何为"，很难让人满意，批评本身的价值，才是我们关注的，也能赋予其存在的合理性。就像我们谈论一个人的价值，是看他自身的才华和贡献，而不是看他谋取了多高的职位。

我们认为，"文学批评何为""文学何为""文学理论何为"其实都是同一个问题，它们都是人类开展的致力于理解世界的活动，都是为了弘扬某些价值，不同之处在于，活动的具体形式不一样，仅此而已。文学是作家对于世界的言说，文学批评同样是批评家对于世界的言说，只不过这种言说是借助对作品——也就是作家的言说——的评论展开的。正如，A 认为 W 是伪君子并就此发了一通议论，C 对 A 的言论进行评价，无论认可还是赞同，其实都表达了 C 对 W 的看法。当然，任何类比都不完美，批评家、作家和世界的关系较之 C、A 和 W 有不同，W 作为 A 谈论的对象是独立于 A 的，而作家与世界并不隔膜，作家就是世界的一部分，批评家谈论作家、作品都是在谈论世界。"借他人之酒杯，浇自己之块垒"，如果我们把"块垒"理解为对于存在、世界的严肃思考，而非纯个体意义上的积郁仇怨，那么这句话其实最能表明批评的性质。进而言之，文学理论和文学的关系也如此。先有文学，后有文学理论。对于作家来说，文学理论并不是创作的必要条件，他们不需要批评家的指点，同样不需要理论家。文学理论的存在不是为了文学创作，而是有其独立于创作的目的，那就是通过对文学活动的思考来增进对世界和人类自身的理解。

当然，这并不是说文学的发展，就不会受到文学批评和文学理论的影响。影响是有的，但绝非来自居高临下的"指导"，而是平等的交流。上一章我们谈到，文学活动是一种交流活动，交流的一方肯定会对另一方产生影响。尽管我们反对各种

---

① 特里·伊格尔顿：《现象学，阐释学，接受理论——当代西方文艺理论》，王逢振译，江苏教育出版社 2006 年版，第 87 页。

形式的等级制，但不得不承认，与批评家和理论家的交流，较之与普通读者交流，对于作家的意义更大一些。（如果作家的追求是在大众文化市场上呼风唤雨，则另当别论。）而且，他们之间交流的机会和途径也更多。当然，相对来说，作家与批评家的交流更直接、更频繁。我们常说，平等的交流才是真正的交流，这句话用在作家和批评家身上尤其合适。批评家尽可以发表自己关于作品的看法，但不应当好为人师，而作家也不应自以为是，以"宿主"①自居。"批评何为"的问题至此就比较清晰了：批评并不是为了文学、为了创作而存在的，它有其自身的、独立的使命和追求，那就是对于世界、存在的理解和阐释；当然，批评也是一种交流形式，但批评家与作家的交流能否结出果实，取决于其对于世界、存在的理解和阐释是否合乎理性、具有深度。

我们再来看一看文学批评和文学理论的关系。二者的不同之处显而易见，批评指向具体的文本、作家、流派、思潮等，而理论则超越具体的文学活动，致力于寻找、构建普遍的规律和法则。文学理论和文学批评，虽然分属不同的专业门类，但二者彼此之间的依赖性越来越强。

一方面，批评的开展有赖于理论提供视角和概念。我们说过，批评是一种借助对文学的评说展开的理解和阐释世界的活动，而要达成这一目标，理论是不可或缺的工具，恰如你要研究微观世界离不开显微镜一样。如果对精神分析完全无知，很难想象你能理解人物心灵的种种畸变；而没有马克思主义提供的那套术语和命题，则很难想象你能对复杂的社会生活场域及其演变做出切中肯綮的分析。也正是在这个意义上，尽管学院派批评具有种种为人诟病的缺点，诸如沉闷、繁琐、形式呆板等，但因有丰富的理论作为支撑，仍是最具深度、最值得推重的批评类型。② 非学

---

① 宿主，生物学概念，指寄生虫所寄居的、来自维持自己生存的母体。

② 童庆炳主编的《文学理论教程》把学院派批评界定为："它是以学院（高校、学术研究机构）中的文学教师、研究人员为批评主体，以作家作品、文学思潮、文学现象等的学理化解读为主要批评对象，以文学意义或价值的生产与呈现为基本宗旨，以专业的批评符码与表意策略为批评追求，在学术话语的规则中加以运作并在专业的学术期刊得以发表的批评样式。"我们以为这一界定也可以放宽一些，把学院出身的批评者在媒体上发表的具有学院派话语特征的批评也归入学院派批评。

一方面，学院派批评为人诟病的一些缺点是其对理论的倚重、对学理性和科学性的孜孜追求带来的。要借助某种理论，就要首先将理论介绍清楚，然后再对理论之于批评对象的适用性进行说明，如此，必然影响行文的灵动性。另一方面，学院派批评给人的恶劣印象主要还是当下学院派批评者的恶劣风气所致：用晦涩掩盖贫乏，故作高深以粉饰肤浅，对理论一知半解甚至浑然不解就敢搬出来装点门面。其实，如果理论素养高且艺术感觉好的话，学院派批评也可以条分缕析且文采飞扬。

院的批评，比如媒介批评，虽然更受读者欢迎——它们形式活泼，文采飞扬，艺术感觉充盈，但流于主观、肤浅和印象化。当然，其中一些也显得颇有深度，且旁征博引，知识分子范很足，但若将阅读获得的快感搁置一旁，你会发现这类评论既没有绵密的逻辑论证，也没有给出确切、深刻的结论，就像垃圾食品，风味很足但营养很少。媒介批评也常常引用大家的言论，但其的引用对象大多是潇洒地游走于文艺界和思想界的公共知识分子，而且往往引用只言片语，然后将其抽离原来的语境加以发挥。这种引用常常是一种点缀，是为了制造有思想的假象，哲学家——尤其是那些痴迷于构建体系的哲学家——是不受青睐的，因为他们的形象、气质、谈吐往往不够文艺范，更重要的是，理解他们需要足够的学养。总而言之，媒介评论大多是一种风格化的文字，常常言过其实。

另一方面，文学理论的发展也离不开文学批评。苏联美学家鲍列夫说："批评为美学生产着'知识半成品'，向后者提出各种问题，而解决这些问题就会推动理论继续发展。"[①] 也就是说，文学批评因与文学实践的密切关系向文学理论提供了大量经验性材料，从而推动了理论的发展。美国当代美学家托马斯·门罗也在同样的意义上指出，"（美学）专门研究那些与艺术作品有关的知觉和情感。而艺术批评又是对艺术品和起反应的意识之间的特殊相互作用进行记录的一种最为方便的方法"[②]。需要加以说明的是，上述言论很容易让我们形成一种理论家和批评家密切合作的印象，即是说，理论家充分利用批评家的成果来推动理论的发展。理想的情形应该是这样，但现实并非如此。被学术体制强化了的专业区分，导致文学理论界和文学批评界越来越疏远，二者各有各的圈子，搞文学理论的很少读作品，更少读批评，而搞批评的也大多安于自己的领地不愿去理论界招惹是非。如此，文学批评推动文学理论就只是一种逻辑上陈述了。离开批评，离开对具体文学现象的思考，理论能发展吗？当然不能。批评之于理论的推动，更多地体现在那些兼具批评家和理论家身份的个体身上，像罗兰·巴特、特里·伊格尔顿、弗雷德里克·杰姆逊等。他们都是基于自己的批评实践反观理论的局限，从而推动理论的发展。我们要从事文学理论研究，应该从他们身上得到一点启示。

前文我们把批评分成了学院派批评和非学院派批评两种，对于后一种，我们不拟多做介绍，它更近乎创作，对体验、随想、情怀这类东西的看重更甚于理性。单单学院派批评，也可分为很多类型，比如以下种种：

---

① 鲍列夫：《美学》，乔修业等译，中国文联出版社 1986 年版，第 513 页。
② 托马斯·门罗：《走向科学的美学》，石天曙、滕守尧译，中国文联出版社 1985 年版，第 12 页。

（1）政治批评。狭义的政治批评是基于维护某种政治形态——通常是强势的、主流的政治形态——对文学展开的批评。比如苏联批评界对帕斯捷尔纳克、普拉东诺夫、索尔仁尼琴等人的"围剿"。因践行"政治干涉文学"，这类批评的名声不太好。不过，文学是无法摆脱与政治的干系的，虽然其中关联可能极其隐晦，同样，文学批评也不可能摆脱政治取向。就此而言，无论我们如何抵制，政治批评都不会销声匿迹。当下的"意识形态批评"也是一种政治批评，但和为我们深恶痛绝的、简单粗暴的政治批评不一样，由法兰克福学派以及伊格尔顿、杰姆逊等人引领的意识形态批评，注重借助各种前沿的理论工具——诸如精神分析、语言分析、符号学、权力话语理论、读者反应理论等——对各种文学文本尤其是大众文化文本中隐含的种种意识形态之间纽结和对抗、文本生产与权力场域的关系，以及文本接受中的权力再生产等进行精细入微的剖析阐发，淋漓尽致地呈现了话语领域存在的权力的运作、分化与抵抗，并从中寻觅革命的可能和路径。

（2）伦理批评。基于特定的伦理道德观念对文学开展的批评。伦理批评是传统社会中的一种非常重要的批评形态，比如，"文以载道"就是对文学在道德层面上提出的要求。当下，随着社会语境日趋复杂，一统化的道德体系崩塌，道德评判越来越呈现出相对性、多元性的特征，传统意义上的伦理批评趋于衰落。不过，批评的伦理维度并不会丧失，它几乎或多或少地存在于任何类型的批评中。换言之，任何艺术都不可避免地具有教化属性，都隐含了教化目的，尽管我们非常坦言艺术的"说教"。

（3）社会历史批评。把作家、文本与其所说的社会历史环境联系起来进行考察的批评。中国传统批评中的"知人论世""考据"，都是要求关注文学的社会历史层面。西方"实证主义批评"也是一种社会历史批评，丹纳指出文学创作取决于"三要素"——种族、环境、时代，文学批评也要围绕这三个要素展开，唯此才能对文学做出恰切的解释。他认为"如果一部文学作品内容丰富，并且人们知道如何去解释它，那么我们在这作品中所找到的，会是一种人的心理，时常也就是一个时代的心理，有时更是一个种族的心理。从这方面看来，一首伟大的诗，一部优美的小说，一个高尚人物的忏悔录，要比许多历史学家和他们的历史著作对我们更有教益。……一个作家只有表达整个民族和整个时代的生存方式，才能在自己的周围招致整个时代和整个民族的共同感情"①。应该说，丹纳的上述言论是永不过时的。不过，由于19世纪丹纳等人引领的实证主义批评在方法论上还是比

---

①　丹纳：《〈英国文学史〉序言》，杨烈译，伍蠡甫主编：《西方文论选》（下卷），上海译文出版社1984年版，第241页。

较简单的，致力于寻求文学内容与三要素的一一对应，这在 20 世纪就已经衰微。不过，社会历史批评并没有走向衰微，它只是随着形式主义批评的兴起而步入低谷，20 世纪后期，随着解构主义批评的退潮，社会历史批评卷土重来，并因吸收融合了各种新的批评方法而更加精妙。意识形态批评其实也是一种社会历史批评。

（4）语言批评。20 世纪依托现代语言学发展起来的批评类型，关注文本的语言组织及其文化、政治、哲学意义。按照所借鉴的语言学模式的不同，语言批评也分为多种类型，最有代表性的当属 20 世纪 20—50 年代的英美新批评、50—70 年代的结构主义批评和 60—80 年代的解构主义批评。英美新批评主要以诗歌为批评对象，利用张力、复义、隐喻、反讽、悖论、象征等一系列现代修辞学概念，对现代主义诗歌展开解读，把诗歌看作抵抗功利、贫乏的现代生活的乌托邦。结构主义以叙事类文学为主要研究对象，致力于寻求叙事的基本模式、"深层语法"，他们预设人类的思维、语言、文化等领域都存在着永恒不变的结构，且这些结构是相互对应的，而他们开展文学批评的目的就是寻找这些结构，至于作为研究对象的文本的魅力和成就高低，不在他们的视野之内。尽管以文学文本为批评对象，但结构主义批评的哲学诉求似乎更强。解构主义批评作为结构主义的对立面出现，也被称为"后结构主义批评"。与结构主义的预设相反，他们认为稳定、永恒的结构是不存在的，文本内部充满了断裂、矛盾、空白、悖反，一切文本都是互文性的产物，都是由其他文本的碎片组成，因而，文本是开放的，具有无穷无尽的阐释的可能。解构主义批评的套路便是拆解结构，瓦解文本的边界，把文本拆成一堆碎片。由于结构意味着秩序，对结构的拆解就寄寓了变革秩序的期许。结构与解构，维护秩序与拆解秩序，不同的文本理论寄寓着不同的政治诉求。

（5）精神分析批评。20 世纪随着精神分析学说的创立和发展而兴起的文学批评类型。精神分析理论发端于神经症的诊断和治疗，但其影响远不限于神经病学领域，而是对西方人文科学的各个领域均有深远的影响，其代表人物除了西格蒙德·弗洛伊德，还有卡尔·古斯塔夫·荣格、艾瑞克·弗洛姆、雅克·拉康等人。精神分析对个体的心理结构、性格类型、精神成长和畸变有着深刻的洞察和精妙的阐释，大大拓展了我们对自身的理解。不仅如此，精神分析大师们还把个体成长与人类族群的成长及人类文明的进程结合起来进行透视，对文明的历史、现状和未来提出了很多天才的洞见。文学本身是作家的意识和无意识共同作用下的产物，讲述的归根结底也是人的故事、人的心灵和行为，精神分析对于我们理解作品中人物及其行为，以及借助文本去解读隐藏在文本之后的作家内心世界，都是非常有价值的。虽然 20 世纪后期以来，精神分析受到了充分的重视，出现了诸如存在主义精神分析、马克思主义精神分析、女性主义精神分析、读者反应精神分析等理论形态，并都应用于文学批评之上，但精神分析之于文学批评的巨大潜力还没有完全开发出来。

（6）文化批评。有两种意义上的文化批评。一种是就文学作品呈现的文化现象、文化质素展开批评，我们要探讨马尔克斯小说中土著文化与殖民文化的碰撞，探讨李佩甫小说中中原文化的韧性与奴性，即属此类。另一种，也是通常意义上的文化批评，是关于当下的文化的批评，其对象不限于文学文本，也包括电视、广告、服饰等文化现象的批评，和相关领域的从业人员所作的研究不同，文化批评更关注文化现象中所包含的权力符码及其运作，往往有着消解主流文化、对抗文化霸权的取向。伊格尔顿非常准确地指出，文化批评就是一种"政治批评"。

（7）后殖民主义批评。文化批评的一个分支，集中关注全球化背景下强势文化与弱势文化之间的互动及其影响。如果说精神分析探讨的主题之一是"创伤"对于个人精神成长的影响，那么后殖民主义探讨的是"创伤"对于民族精神成长的影响。虽然殖民地摆脱了宗主国的控制，但留下的精神创伤并不会很快修复，这不仅是因为宗主国没有放弃自己种族优越论和文化霸权，更重要的是，被殖民的历史导致的自卑情结很难清除，它往往隐含在对文化霸权的所谓抗争之中。无论按照宗主国的文化理想重塑自身并谋求超越对方，还是标举自身特质以区别于作为他者的宗主国，都可能折射出了一种后殖民心态。前者显然是对他者文化的认同，而后者则可能是出于不能释怀的屈辱而刻意采取的对抗态度，也可能是更坏的一种情况：一种具有受虐性质的对于强势他者的窥视的迎合。无论哪一种，都不是一种健康的心态。对于曾经被殖民的民族和地区来说，如何以一种自信、独立、平和的心态重塑自身，并以一种不卑不亢的姿态参与全球化时代的文化交流，是他们面临的一个重大挑战。

（8）女性主义批评。随着西方女权主义运动高涨而兴起的文学批评类型。它站在女性立场上，批判文学中的男权主义，抨击男性文学之于女性的歪曲；关注女性写作，试图发掘被男性文学史遮蔽了的女性写作的历史，探讨女性特有的写作、表达方式及其政治、伦理意义。随着发展的深入，女性主义批评和存在主义批评、生态批评、精神分析批评相互吸收融合，正不断拓展自己的疆界。

（9）生态批评。作为对20世纪以来生态状况迅速恶化的应对而兴起的文学批评类型，是文学研究与当代生态思潮的结合。主要关注文学中人与自然的关系，揭示和批判人类中心主义观念及其表现，并基于生态思想重审和重评文学史。随着生态哲学、生态美学等生态学科的深入发展，生态批评的理论资源和理论视野也在不断拓展，与其他批评类型诸如存在主义批评、女性主义批评、精神分析批评、意识形态批评等展开了持续而深刻的对话交流。

需要再次申明的是，各种批评类型之间并无清晰的界限，任何一种都会吸收、借鉴其他批评类型的方法、观念，它们之间存在着多重的交叉、重合。比如，任何批评都不可避免地包含着政治维度和伦理维度；对当下的批评实践来说，社会历史维度也几乎是不可或缺的；精神分析在发展中融入了越来越多的母性气质，精神分析批评和女性主义批评互为资源；而女性主义批评和生态批评的关系更是亲密，母亲作为自然的隐喻人所共知；语言分析是所有批评类型共同使用的方法；文化批评则无所不包……一个文本划归为哪一种类型，只是看其各种成分之间的比重。当下想要写出真正卓越的批评，只用一种方法几无可能，因而，足够的理论学养，已经成为批评写作的必要条件。

第二节　文学批评实践

文学批评的写作是文学理论课程的一部分，也是汉语言文学专业的大学本科生应该具备的能力。但要想写出合格的文学批评，并非易事，写作者需要做多方面的准备。

如我们上一节所谈到的，足够的理论学养，是批评写作的必要条件。理论并不是供写作中装点门面用的，它的价值在增强我们的感受能力、观察能力和思维能力，帮助我们更好地认识和理解世界。一个优秀的作家，必然是一个世事洞明的人，否则他根本没有可能对世相人生做出入木三分的刻画；一个优秀的批评家，亦是如此，如果连自己身边的世界都看不清楚，又如何能够穿透文学世界。我们不否认，一个人不学理论也可能做到世事洞明，但那需要一点天分，还需要足够的阅历和磨炼。理论是智者们之于世界的思考的结晶，无疑能帮助我们看清这个世界。读了让·鲍德里亚①，你会轻易识破媒体、商家们的种种"居心"和"诡计"；而读了艾瑞克·弗洛姆②，你会明白过去人们何以会丧失理性投身极权主义的怀抱，现在又何以疯狂地破坏生态环境且在受到大自然的警示后仍不思悔改。写作文学批评，要有批评的眼光，要能看到普通读者看不到的东西，没有理论的帮助、单单依靠个人的小聪明是无法做到的。

---

① 让·鲍德里亚（Jean Baudrillard），法国哲学家，在现代消费社会理论和文化研究方面成果卓越，著有《消费社会》《生产之镜》《拟像与模拟》等。

② 艾瑞克·弗洛姆（Erich Fromm），美籍德国犹太人，人本主义哲学家和精神分析心理学家，著有《逃避自由》《健全的社会》《爱之艺术》《占有还是生存》等。

除了理论储备，丰富的、多样化的阅读也是写作批评的重要条件。如果说，理论提高的是我们的理解和思维能力，那么，文学阅读提高的则是我们的艺术感受力的。古人云："操千曲而后晓声，观千剑而后识器。"（刘勰《文心雕龙·知音》）艺术感受力只能在艺术鉴赏中培养出来。需要强调的是，阅读的多样化非常重要。只吃一种食物永远成不了美食家，良好的味觉感受力只能在遍尝百味中才能培养出来。文学发展到今天，形态千差万别，如果只选择合乎自己口味的阅读，是不可能拥有艺术感受力的。中国的现实主义文学传统根深蒂固，优秀的作品非常多，而这种类型的文学恰好也是非常具有可读性的，从而使得我们很容易受到它的拘限。我们应该有意识地避免这种拘限，多选择艺术风格多样化的现代主义和后现代主义文学进行阅读。

阅历对于文学批评的写作也很重要，经历过世态炎凉的人更能读懂文学中的沧桑和辛酸，但这不是我们可以努力的，因而搁置不论。除了以上种种，还有非常重要的一点——我们可以做到也应该做到，那就是怀着一颗柔软、悲悯的心去面对文学、面对世界。唯此，我们才能不囿于成见，才能同情地进入作者的心灵，进入作品人物的心灵，才能感受到作品的细腻和精妙之处，才能进而做出准确的解读和公正的评价。

如何写作文学批评？这个问题没有标准答案，和不同作家创作取径各异一样，不同的批评者因为各自的主体条件不一样，写作方法和习惯也各不相同。余华说，写作的捷径只有一个字，就是写。这句话对于文学评论的写作也是适用的。如何发现切入点，如何整理思路、谋篇布局，如何组织语言……这些要靠自己摸索。这里我们打算介绍"细读式批评"供初学者借鉴，当然，不会提供可以搬来即用的操作模式，没有这样的操作模式，我们只能介绍一个大致的方向。

我们都知道，衡量一篇文科论文是否有价值，要看其能否提出新观点。对于文学批评来说，这一标准也是适用的。不过，新观点的提出殊为不易，我们生活在一个文学批评活动相当繁荣的时代，进入文学史的作品自不待言，那些尚未进入文学史的作品，只要能够进入我们的视野，都有大量的批评文字，而且几乎穷尽了作品的一切话题。在这样一种研究现状下，想要提出新观点，除非能找到一种别人未曾使用过的理论视角，而这对于理论储备并不丰厚的写作者，根本就没有可能。那如何写出新意？在新观点不现实的情况下，着眼于发现新的细节，构建新的文本关系，是比较务实的选择。因为就一部稍微复杂点的作品而言，其主题、情节和人物性格之类的东西可能已被反复谈论过，但其细节很难被穷尽，而这正是我们可以有所作为的地方。

打个比方。游览一座名山，有人选择绝大多数人的做法，乘坐登山巴士或索道直达山顶,有人则沿着羊肠小道攀援而上,在荒芜处驻足,在险僻处觅路,最后他们都到达了山顶。我们把写作文学批评比作爬山,把论点比作山顶:可能你的论点和别人并无不同——你和别人到达了同一个山顶,但你不走寻常路,你的论证、你用以推出结论的文本细节和别人不一样——你到达山顶的路径和别人不同,那么,你的批评也是有新意的——你也看到了不同的风景。我们得承认,阅读的实际情形和登山真的很像,绝大多数读者是不约而同地选择了省时省力的线路,如此若拍出让人耳目一新的照片,若写出不是"浅谈……""略论……"之流的文字才是咄咄怪事!进入大山腹地,沿小道而上,对应的才是创造性阅读,才是与文本充分接触的"细读":荒芜、险僻之处往往隐藏着绝美的风景,文本那些为人所忽视的或晦涩费解的细节,也往往是作者的匠心之所在。

　　具体而言,细读要求我们反复阅读、用心体悟,观察文本每一个细节,下面这些类型的细节要特别予以重视:重复出现的意象、场面或人物的语言、意念;看似与上下文并无多少联系的闲来之笔;明显存在矛盾、不一致的细节;情节发展中的断裂、空白或偶然性的介入,比如,人物在即将达成某个目标时突然放弃或意外死掉;显然游离于故事主线之外的文字;未揭晓答案的谜,叙述者讳莫如深或欲言又止的内容。如果你阅读了关于批评对象的所有批评文字,未能发现关于上述细节的谈论,那么,这很可能就是你的创新点。接下来,你要做的,就是反复阅读文本,努力给这些细节以合理的解释。如果你做到了,你对文本的理解、把握就会比其他人更深刻,你的批评也会卓异于既有的研究。当然,能否成功地给出解释,还是要取决于你的理论储备和阅读经验。比如,路遥的代表作《人生》,自发表以来就已被反复探讨,在社会文化语境没有发生大的变革之前,关于高加林和他的选择,已经不可能再提出全新的看法,但有批评者抓住高加林的"更衣记"——即高加林在不同情境下的衣着——大做文章,由点到面,条分缕析,探讨其自我认同与环境、权力之间的复杂纽结——这就是一个成功的细读的案例。①

　　细读式批评,关键在于如何去读,如何在读中发现有意义的细节,并就此向文本发问。——在上述《人生》的批评案例中,批评者对文本提出的问题是:作者多次描写高加林的衣着,是无意为之吗?若不是,意图何在?事实上,不止细读式批评,对一切批评的写作来说,至为关键的环节都是"向文本发问",问题的层次高低、是否新颖,直接决定了批评的质量。下面我们结合几个案例,来谈谈怎样阅

---

　　① 杨晓帆:《怎么办?——〈人生〉与80年代"新人"故事》,《文艺争鸣》2015年第4期。

读，怎样发问。

案例一：雷蒙德·卡佛《咖啡先生和修理先生》①（内容略）

这篇小说中，作者设了一个"局"，如果你是一个有经验的读者，读过石黑一雄的《远山淡影》②，读过博尔赫斯的《玫瑰角的汉子》③，很容易识破这个局。但若你没有读过类似作品，且又不肯下功夫细读，那就会受到作者的愚弄，被拒绝在文本之外。

---

① 雷蒙德·卡佛：《当我们在谈论爱情时我们在谈论什么》，小二译，译林出版社 2010 年版，第 20~24 页。

② 石黑一雄（Kazuo Ishiguro，1954— ），日裔英国小说家，与拉什迪、奈保尔被称为"英国文坛移民三雄"，获得 1989 年布克奖、2017 年诺贝尔文学奖等多个重量级奖项。《远山淡影》是石黑一雄发表的第一部长篇，该书发表于 1982 年，可谓技惊四座，获得了英国皇家学会颁发的温尼弗雷德·霍尔比纪念奖，至今仍在不断重印。小说的主体是在英格兰生活的日本寡妇悦子——也是小说的视角人物"我"，有两个女儿，大女儿景子出生在日本，来英国几年后自杀了——关于"二战"后长崎生活的一段回忆："我"在战争中失去丈夫，但幸运的是又重新组建了家庭，生活得平静而幸福；有一天"我"结识了搬到我家附近的一对母女——佐知子和万里子，这对母女性情和行为都很古怪，母亲疯狂地试图移民到美国去，温和而善良的"我"尽可能地照顾她们。在佐知子去美国的想法似乎就要实现的时候，悦子结束了回忆，回到当下，很快，小说结尾，谜底揭开——原来悦子就是佐知子。和二女儿妮基聊到当年在长崎的一次郊游时，"我"不经意地提道："那天景子很高兴。我们坐了缆车"。而在"我"的回忆中，曾详细讲述过"我"陪佐知子母女去郊游并坐了缆车的情形，那天万里子很高兴！瞬间，悲情满篇！

③ 豪尔赫·路易斯·博尔赫斯（Jorge Luis Borges，1899—1986 年），阿根廷诗人、作家，世界上最伟大的小说家之一。著有《小径分岔的花园》《布罗迪报告》《阿莱夫》《沙之书》等。《玫瑰角的汉子》是博尔赫斯早期的一部短篇小说，收入小说集《恶棍列传》。小说是第一人称叙事，"我"讲述了一个不寻常的晚上的故事：在灯红酒绿、鱼龙混杂的胡利亚舞厅，帮派分子罗森多是最有分量的人物，然而就在那天晚上，被罗森多拍拍肩膀都会受宠若惊的"我"目睹了他被前来砸场子的牲口贩子弗朗斯西科·雷亚尔肆意羞辱的全过程，之后他的女人——那卢汉娘儿们——轻蔑地抛弃了他，和新的强者雷亚尔出去寻欢作乐。但不久后他们就回来了，那卢汉娘儿们说，他们到了野地里，一个不认识的人非要和雷亚尔打架，然后把雷亚尔捅死了。在这里死个人不算什么事，舞会继续。"我"离开了，抽出插在马甲左腋窝下的短刀端详了一下，"那把刀跟新的一样，精光锃亮，清清白白，一丝血迹都没有留下"。小说至此结尾，而我们也恍然大悟，原来，"我"就是那个杀死雷亚尔的人，"我"才是所有人中的最强者。知晓谜底再回头看看，会发现，"我"其实多处露出破绽，或者说，"我"多次给出了暗示。小说开头就提到，"我"和亚雷尔打过三次交道，都在同一个晚上，在舞厅目睹他羞辱罗森多以及不久后的死亡算是两次，另一次呢？只能是在野地和他斗殴。小说开头还提到，那卢汉娘儿们在"我"家过夜，而在亚雷尔死后她"趁着混乱溜了出去"，随后"我"回到家看到窗口有灯亮着，"我"刚走近就熄灭了，而此时"我明白过来"并"立刻加紧了脚步"。——你必须看到这些细节，才不负博尔赫斯的精心布局，而且，博尔赫斯也不单纯是给我们玩了个猜谜游戏，这些细节对于塑造人物是有帮助的："我"那按捺不住的得意跃然纸上。

小说的主角显然是那个被"我"称为"修理先生"的罗斯，关于这个男人我们了解得最多：他才华横溢，兴趣广泛，曾经从事过和登月有关的工作，那时的他可以称为"咖啡先生"，每天在办公室喝咖啡，后来失业，酗酒，落魄成了一名修理工。可罗斯到底是谁？真的就是一度把妻子玛娜从"我"身边抢走的那个人吗？"知乎网"上有人就这样理解，并写了挺长的一篇文字，通过对很多细节的分析，推出这样的结论："我"是一个生性懦弱、借酒逃避的人，"我"准备自杀。依据是："我"原谅了母亲，意味着也原谅了玛娜；"我"为把老婆和女儿托付给罗斯找了很多理由，诸如，罗斯和我本来就拥有同一个女人；都修不好有声音没图像的电视；女儿总体上不讨厌罗斯，罗斯和女儿相处得也不错；还有就是，我和罗斯很像，都失业了，"我"不嘲笑他，"我"和他同病相怜。"'愿上帝保佑你常在，修理先生'，潜在的台词是你照顾好我老婆孩子吧，老子不玩了，老子要像老子的老子在大醉中睡死过去。"最后作者总结说，"文笔和感情都很隐忍"，讲述了"一个酒鬼又惨遭失业连最后一点点阵地都惨遭沦陷的悲伤"。——"文笔和感情都很隐忍"，这句话说得很漂亮，但他对文本的解释是错误的。

其实，罗斯就是"我"，"我"就是修理先生！小说中多处给我们暗示，并在最后揭开了谜底：

> "宝贝，"玛娜回来的那天晚上，我对她说，"我们先拥抱一会儿，然后你去给我们做一顿丰盛的晚餐。"
> 玛娜说："去洗洗手。"

"去洗洗手"确切无误地暴露了"我"的身份——修理先生。好的小说家，不会容忍毫无意义的文字出现在自己的作品中。如此，我们会明白，何以"我"和罗斯有那么多的相似之处：都酗酒，都失业，都有过很精彩的过去；我们也会明白，何以"我"会知道罗斯这么多的事。玛娜什么都告诉"我"，女儿和他也很熟，也把和他交往的一切细节都告诉"我"，"我"有他的电话号码，甚至和他在一块看电视——"如果我们想知道新闻，我们就得围坐在屏幕前听"，这一切太不合情理。罗斯挨了他的第一个老婆一枪落下了残疾，"我"却感叹"真不知道那个时候我们都在想些什么"，"我们"？罗斯现在是修理先生，过去是咖啡先生，而小说中也谈到"我"有喝咖啡的习惯：

> 我离开了坐在沙发上的母亲和那个男人，开车在外面转了一会。回家后，玛娜去给我煮咖啡。
> 她去厨房煮咖啡，我等着她把水烧开。然后，我伸手去摸坐垫下面的酒瓶。

以局外人的口吻谈论自己，生活中也不乏这样的情形：我们与人初次接触时，为避免尴尬，会把自己的情况假托在一个虚拟的人身上说出来，根据对方反应来决定是建立较为密切的关系还是随后一拍两散；我们若有某种不便向熟人透露的计划，又想从熟人口中得到一些建议，也会假托他人达到目的。在上述情形下，我们就用谈论别人的口吻谈论自己，只是当这种"伎俩"被作家发展成一种文学手法时，有些读者就失去了辨识力。生活中，谈论自己和谈论假托为别人的自己，口吻是不同的，谈论自己必须谨慎，不能太狂也不能太酸，而谈论披着别人外衣的自己则要自由得多，你尽可以不吝溢美之词或是施以无限同情。同样的道理，作家使用这种手法，对讲述的语调和情感有很大影响，而不仅仅是对读者耍了一个花招。现在你可以思考以下问题：

第一，玛娜是一个怎样的女性？对"我"如何？我们的夫妻感情怎么样？结合一下细节：

　　①他俩刚好上那阵子，我老婆声称这个家伙收藏古董车。这是她的原话，"古董车"。但它们只不过是些破铜烂铁。
　　②她去厨房煮咖啡，我等着她把水烧开。然后，我伸手去摸坐垫下面的酒瓶。
　　③我想玛娜也许真的爱那个男人。
　　④玛娜说他对占星学、预感和易经之类的东西感兴趣。我一点也不怀疑这个罗斯足够聪明和兴趣广泛，就像大多数我过去的朋友。我对玛娜说他如果不是那样的话，她肯定不会去关心他的。

第二，"我"的生活一团糟，仅仅是"我"自身的原因吗？结合以下情节：

　　①八年前，我父亲醉着在睡梦里死去。——父亲也死于酗酒。
　　②罗斯和玛娜是在玛娜试图戒酒那会儿认识的。——玛娜也酗酒。
　　③玛娜说他对占星学、预感和易经之类的东西感兴趣。我一点也不怀疑这个罗斯足够聪明和兴趣广泛，就像大多数我过去的朋友。——我是个才华横溢的人。

第三，从咖啡先生到修理先生，"我"经历了怎样的心路历程？结合以下细节：

　　①现在情况好多了。——"我"现在的生存境况（工作、收入）有变化吗？为什么说好多了？

②真不知道那时候我们都在想些什么。——"我"怎么看待那时的"我",那时的"我"干了什么?深爱着"我"的玛娜为什么给了我一枪?

③我现在希望他一切都好了。罗斯。什么样的一个名字!但那时可不像现在这样,那时我常提到武器。我会对我老婆说:"我想去弄一把'史密斯威森'。"但我从来没有付诸行动。——"我"想弄把枪干什么?"那时可不像现在这样","现在"什么样?

④他三十五六岁时开始走下坡路。丢掉了工作,拿起了酒瓶子。我过去曾一有机会就嘲笑他,但我现在不再嘲笑他了。——"我"不再嘲笑走下坡路的自己了,意味着什么?自暴自弃了,还是相反,与过去告别重新面对生活了?

第四,在最后一个场景中,你感受到了怎样的气氛?

认真思考以上问题之后,我们会得出与"一个酒鬼又惨遭失业连最后一点点阵地都惨遭沦陷的悲伤"不同的结论。"最后的阵地"从来没有沦陷过,玛娜一直深爱着罗斯——他是个优秀的人,只是在受到打击后犯了错,招惹了年轻的贝弗莉,也因此受到了惩罚。小说中有悲伤,但不仅仅是悲伤,还有才华横溢却遭社会所弃的悲愤,有不离不弃相濡以沫的深情,以及历尽劫波后的超脱,或者说是别无选择的坚忍。现在,你可以从头开始,进入"我"的角色,一口一个"家伙"地调侃自己,感受那种无以复加的苦涩、酸辛、悲悯、疲惫……然后就这篇作品的艺术手法和艺术水准做出自己的评价。

案例二:胡利奥·科塔萨尔《花园余影》(内容略)

美国著名评论家克林斯·布鲁克斯和罗伯特·潘·沃伦编著的那本长期用于美国大学教材的《小说鉴赏》中,也分析了这篇小说。不过,作为形式主义批评家,两位著者只探讨了小说的形式法则,对于其思想层面上的寓意点到即止,不愿多做盘桓。但这样做是要付出代价的,他们关于这篇小说的评论极为苍白,这也留给了我们继续探讨的空间。

《花园余影》较之《咖啡先生和修理先生》要简单、清晰得多:一个有钱人坐着阅读一本关于谋杀的书,读到最后却发现,自己就是那对情侣谋杀的对象。小说中的人物竟然走出书本进入现实,真是令人难以置信!布鲁克斯和沃伦评价说:"在一篇小说里,如果所有要素都是现实的,那么按理说,它是不可能使用幻想的手法来处理小说的故事结局的。这篇小说由于它除了现实事件之外没有为读者准备任何其他东西,那情节转变——那对情人走出书本去谋杀那个读书的人——从逻辑上讲就显得不可信。但是,这篇小说令人震惊的地方也就是那书里的现实竟和读书人的现实发生了直接的联系。由此看来,这篇小说所显示的是扩展了的现实,或者说是现实的多样化,它所提出的就是多样化现实——所谓'真实的'现实和幻想的现实——之间的关系问题。"① 说得非常暧昧！读书人的现实和书里的现实——也就是所谓"真实的"现实和幻想的现实——之间的关系问题，确实是这篇小说想要显示的。这种关系到底是一种什么关系，批评应该予以解答，可是布鲁克斯和沃伦就此打住了。他们未必不明白，更可能是固执于形式批评的立场不愿多说。但读者不会满意他们给出的那段话，他们还是会追问，书中的人怎么会走出来呢？——这也是批评者要追问的问题，关于这篇小说的批评完成的质量如何，就取决于你对这个问题的回答。

很多人可能不会想到，小时候我们就接触过这类文本。"从前有座山，山里有个庙，庙里有个老和尚在讲故事，讲的什么呀，从前有座山，山里有个庙，庙里有个老和尚在讲故事……"这个流传广泛的口头文学和《花园余影》有着同样的模式，只不过是反的：《花园余影》是故事中的人走进了现实，而《从前有座山》是讲现实中的人（老和尚）进入了自己讲的故事。博尔赫斯对这样一种叙事模式非常着迷，他在《吉诃德的部分魔术》一文中对此进行了探讨：《堂吉诃德》的第二部中，书中的主人公居然看过了《堂吉诃德》的第一部，主人公在书中成了阅读关于自己这本书的读者；印度史诗《罗摩衍那》的末篇写到，罗摩的两个儿子不知生父是谁，栖身森林，一个苦行僧教他们读书写字，他们读的书就是《罗摩衍那》，而那位老师则是跋弥——《罗摩衍那》的作者。同样的情节也出现在《一千零一夜》中，第六百零二夜，国王从王后嘴里听到了她自己的故事，听到了那个包含所有故事的总故事的开头，也不可思议地听到了故事的本身。以上案例分别来自南美、中国、欧洲、印度和阿拉伯，这意味着它们共同传达了某个人类普遍感兴趣的话题。博尔赫斯说，为什么这类情节会让我们感到不安？他给出的答案是："如果虚构作品中的人物能成为读者或观众，反过来说，作为读者或观众的我们就有可能成为虚构的人物。"② 也就是说：故事和现实或者说幻想与现实之间并没有绝对的界限，二者相互渗透。

现实与幻想之间的这种关系，今天比任何时代都更为显著。影视作品和小说一样是我们的幻想，不同之处仅在于它用技术手段将幻想呈现于视觉。今天我们的现实正受到影视作品的引领，多年前电视剧《刘老根》播出后，全国各地雨后春笋般冒出了各种"龙泉山庄"的仿制品；演员徐峥受到泰国总理英拉的接见，因为其自编自导自演的《泰囧》大获成功，掀起了中国大陆赴泰国旅游的热潮。不仅如此，我们衣着、谈吐、行事方式和思想观念都在受到影视作品的塑造，年轻人像

---

① 布鲁克斯，沃伦编著：《小说鉴赏》，主万、冯亦代、丰子恺等译，世界图书出版公司2010年版，第362页。

② 豪尔赫·路易斯·博尔赫斯：《探讨别集》，王永年等译，上海译文出版社2015年版，第72页。

电影中演的那样恋爱和分手，不良少年则模仿古惑仔电影搞帮派，如此种种，不一而足。幻想会进入并参与现实的组建，而现实更是幻想的土壤，我们经历的一切，我们的爱恨情仇，都会被各个时代的作家记录下来，以文学、幻想的形式呈现在后人面前。后现代主义思想家们津津乐道的话题之一就是，现实是我们创造出来的，现实与虚构之间并无明确的界限。如果你去读读他们的东西——比如让·鲍德里亚和吉尔·德勒兹，你就很容易明白《花园余影》想表达的是什么。至此，你应该不会再追问，"书中的人走出来杀人怎么可能"这样的问题了吧。

　　这篇小说并不太适合作为"细读式批评"的案例。每个人读后都很清楚，小说旨在呈现的是现实和幻想（文学）之间的关系，而且，只要下功夫思考，你总会就这个话题给出让人满意的回答。但若类似情节出现在长篇小说中，能否关注到它们，并予以恰当的解释，就要看细读的功夫了。如果你有兴趣，可以阅读下我国先锋小说家墨白的长篇《映在镜子里的时光》，看看你能就这个话题谈些什么。①最后，让我们重申一下：对于批评写作，理论储备和阅读储备是非常重要的，如果你了解后现代主义，如果你读过博尔赫斯，解读《花园余影》毫不费力，否则，还是要费一番思量的。

---

　　① 关于《映在镜子里的时光》的相关评论，可参阅杨文臣：《一部关于时间的小说》，《牡丹》2015 年第 10 期。

第八章　文学的历史演变

这里说的文学的历史演变不是指文学史，而是指自文学诞生至发展到今天的演变过程。文学史是各类文学创作、文学思潮等的发展史，而文学的历史演变则更漫长、更复杂。其漫长在于文学的萌芽要远早于自觉的文学创作，具体可以追溯到哪个时期则很难确定，约略说起来是自原始社会就开始了。其复杂在于文学的历史演变涉及因素众多，不仅限于文学内部。文学的产生与艺术的产生既相关，又不同。相关之处在于文学与其他艺术是同源的，有诗乐舞三位一体的说法；不同之处在于文学的产生或晚于绘画、舞蹈和音乐，因为文字的产生晚于线条、肢体语言、节奏等的发端。尽管如此，当我们说到文学的产生时不能不涉及其他艺术，事实上说到艺术的产生就已经是在说文学的产生了。

第一节　劳动实践与文学的发生

文学的发生需要主客观条件，主观条件主要是审美意识的萌生和审美需要的产生，客观条件是适合文学发生的社会文化语境。远在文字出现之前，人类经由其他艺术形式已经培养了最初的审美意识，也孕育了审美消费的需要。其原因在于，人类不仅要吃饭、睡觉、繁衍，还有生存之上的文化追求，文学只是其中需求之一种。

已有的关于文学起源的观点主要包括巫术说、游戏说、劳动说等，但这些是像宇宙大爆炸那样的假说，而非定论。事实上，也无从确定哪种说法是历史的真实，只能通过考古发现和文学发展进程来推测哪种说法更具有说服力、更能解释各种文学现象。就目前而言，马克思主义文论的劳动说是相对真实可信的。任何一种假说都不能包打天下，因为它们都只能解释部分文学现象，需要与其他假说相互参证才能得出相对可靠的结论。

1. 巫术说

巫术说将文学的发生与远古巫术相联系，能够解释早期文学中大量存在的巫术因子，与人类文明的发展进程也相符合。其代表人物是人类学家泰勒和弗雷泽，代表著作是泰勒的《原始文化》和弗雷泽的《金枝》。我们在此不想大段引用这两本著作中的论述，只想强调一点，即巫术仪式只是人类早期活动中的一种，故而巫术说也只能解释部分与巫术相关的文学活动，对其他活动就缺乏阐释力了。巫术中的相似律和接触律在现在的一些原始部落那里还有遗存，这是巫术说的有力证据，也是我们循此探究包括文学起源在内的人类早期活动的直接参照。巫术中包括诗乐舞等多种因素，其中的唱词和类似戏剧的情节也成为最早的文学萌芽之一。

2. 游戏说

游戏说也是较有说服力的文学起源说，其代表人物是康德、席勒、谷鲁斯等。原始人在狩猎等生存活动之外，必定还要游戏。甚至一些动物都在吃饱喝足之后游戏一番，作为高等动物的人类怎么可能没有游戏呢？现在一般认为是康德最早提出了"自由的游戏"的说法。但康德所谓游戏与一般所谓嬉戏式的游戏不同，这是需要注意的。他在《判断力批判》第43节中说："艺术还有别于手工艺，艺术是自由的，手工艺也可以叫做挣报酬的艺术。人们把艺术看作仿佛是一种游戏，这是本身就愉快的一种事情，达到了这一点，就算是符合目的；手工艺却是一种劳动（工作），这是本身就不愉快（痛苦）的一种事情，只有通过它的效果（例如报酬），它才有些吸引力，因而它是被强迫的。"游戏的本质是自由，艺术是自由的游戏，这与康德所主张的审美无功利观是一致的。很明显，康德并非要提出关于艺术起源的某种学说，而是要强调艺术的本质是自由的游戏。席勒继承了康德的自由游戏说并加以生发。他在《审美教育书简》第二十七封信中指出："自由的游戏冲动不满足于把审美的剩余带到必需的领域中去，终于完全从必需之中解放出来，于是美的本身就变成了人们努力追求的对象。人开始装饰他自己。自由的娱乐在他的欲望中占了一个地位，没有实用的东西很快地成为他娱乐中最重要的一个部分了。"

3. 劳动说

一般认为，劳动起源说是马克思和恩格斯提出来的，但事实上他们并没有直接提出这一论断。此种看法主要是受苏联一些学者的影响而逐渐风行的。当然，马克思和恩格斯肯定了劳动实践的重要地位，而劳动也的确是原始艺术的重要素材来源。而且，劳动不仅为艺术提供了内容来源，也锻造了形式，塑造了生产主体，培养了文学需求。但径直讲文学起源于劳动是有其缺失的，因为劳动只是早期人类生活的一部分而非全部，此外还有宗教、战争、祭祀等，并不能排除这些活动对文学发生的影响。实际上，就有一些文学起源说是以这些活动为依据的。从20世纪80年代开始，就不断有学者对劳动起源说提出质疑或商榷。① 这并不是要推翻劳动起

_____

① 参见王磊：《文学艺术起源问题管见》，《陕西师范大学学报》1981年第2期；姜庆国：《"艺术起源于劳动说"质疑》，《复旦学报》1982年第3期。

源说，而是要通过研究推进我们对劳动起源说乃至相关学说的认识，这对于丰富和发展马克思主义文论是有推动作用的。

不少教材讲到劳动说的时候会提及鲁迅所说的"杭育杭育"派，但它只是片段式的，没有展开论述。相反，鲁迅倒是说："诗歌起于劳动和宗教。其一，因劳动时，一面工作，一面唱歌，可以忘却劳苦，所以从单纯的呼叫发展开去，直到发挥自己的心意和感情，并偕有自然的韵调；其二，是因为原始民族对于神明，渐因畏惧而生敬仰，于是歌颂其威灵，赞叹其功烈，也就成了诗歌的起源。至于小说，我以为倒是起于休息的。人在劳动时，既用歌吟以自娱，借它忘却劳苦了，则到休息时，亦必要寻一种事情以消遣闲暇。这种事情，就是彼此谈论故事，而这谈论故事，正就是小说的起源。——所以诗歌是韵文，从劳动时发生的；小说是散文，从休息时发生的。"① 可见，鲁迅在文学起源问题上是持多元立场的。基于文学起源的复杂性，旁涉众多学科，单纯从文学或者艺术角度切入恐难以获得全面客观的答案。尽管如此，马克思和恩格斯以及其他理论家的阐述仍能为我们认识文学起源问题提供有力借鉴。恩格斯在《劳动在从猿到人转变中的作用》中指出："首先是劳动，然后是语言和劳动一起，成了两个最主要的推动力，在它们的影响下，猿脑就逐渐地过渡到人脑。"② 语言和劳动的共同作用推动了人类的形成，也成为文学产生的推动力。文学创作需要创造主体，而这一主体需要具备基本的创作能力，除了会思考的大脑，还需要手等其他器官的配合。而这些器官也是被劳动塑造的。恩格斯说："手不仅是劳动的器官，它还是劳动的产物。只是由于劳动，由于总是要去适应新的动作，由于这样所引起的肌肉、韧带以及经过更长的时间引起的骨骼的特殊发育遗传下来，而且由于这些遗传下来的灵巧性不断以新的方式应用于新的越来越复杂的动作，人的手才达到这样高度的完善，以致像施魔法一样产生了拉斐尔的绘画、托瓦森的雕刻和帕格尼尼的音乐。"③ 劳动不仅塑造了可以从事艺术创作的器官，而且塑造了作为整体的人。"劳动是整个人类生活的第一个基本条件，而且达到这样的程度，以致我们在某种意义上不得不说：劳动创造了人本身。"④ 归根结底，劳动处于人类社会生活的最基础地位，它制约着其他各种活动，文学活动也是其中之一。劳动说的价值正在于其对这种基础地位和作用的强调。文学活动所需要的语言和审美意识正是在劳动或以劳动为主的活动中，经过长久积淀逐渐形成并不断充实的。

---

① 鲁迅：《中国小说的历义的变迁》，《鲁迅全集》第8卷，人民文学出版社1957年版，第313页。
② 《马克思恩格斯文集》第9卷，人民出版社2009年版，第554页。
③ 《马克思恩格斯文集》第9卷，人民出版社2009年版，第552页。
④ 《马克思恩格斯文集》第9卷，人民出版社2009年版，第550页。

文学语言经历了从口头到书面、从简单到复杂的发展历程，这造就了口头文学与书面文学、杂文学与纯文学。人类社会民族众多，语言多样，故而文学语言也是多元的。但还是有其共同点，就是早期文学都是口头文学，这从一些民族史诗的语言形式可以看出，比如藏族的《格萨尔王传》。其中一些民族最终没有创造出书写文字，但其各个时期的文学创作仍通过口耳相传的途径流传至今。这里面保存了早期人类活动的大量材料，是我们研究原始文化和民族衍生的重要资料。其中的神话传说为后来的文学创作提供了丰富的素材，比如古希腊神话传说就为后来的西方文学所取材，中国的上古神话保存在《山海经》等文献中，也是后世文学创作的重要资料来源。除了语言文字，人类的审美意识也经历了从单一到多元、从非自觉到自觉的发展历程。在长期的劳动实践中，人类的形象感知力、想象力、理解力等逐渐丰富起来，以节奏感为中心的形式感也逐渐得到积淀。早期文学中有大量关于劳动和狩猎场景的描述，我们从《诗经》中仍能想见其大略。

第二节　文学的历史发展

文学的发展与社会的发展紧密相关，每一时代都有其代表性的文学样式和经典文本，此即王国维所谓"四言敝而五言兴，五言敝而七言兴"及"一代有一代之文学"。但文学的发展与社会的发展不一定同步，这一方面表现为时代兴替而前代文学的影响还会延续一段时间，比如唐初的宫体诗直到陈子昂和初唐四杰登上诗坛才逐渐淡出；另一方面表现为变乱时代的文学和落后地区的文学成就，可能会超越相对清平的时代和发达地区，比如魏晋时代的文学自觉和 19 世纪的俄国文学。这就是文学发展与社会发展之间的不平衡现象。但总体而言，平衡是常态，不平衡是特殊现象。但也有人认为，艺术总是超越其所处时代的，"艺术的职责，是揭示在一个生气洋溢的时刻，人与周围世界之间的关系。由于人类总是在种种旧关系的罗网里挣扎，所以艺术总是跑在'时代'前头，而'时代'本身总是远远落在这生气洋溢的时刻后面"[1]。

一、文学发展的动力

文学发展受多种因素影响，主要是经济发展水平、政治制度、宗教文化、时代风习、文人好尚等，其中经济发展水平是最基础的制约因素。这当然不是说落后的生产力条件下产生的文学也是落后的或低端的，而是说就文学发展的实际情形看，生产力条件对文学发展的影响是直接而深刻的。《诗经》中的劳动场景是周朝时期

---

① 戴维·洛奇：《二十世纪文学评论》（上册），葛林译，上海译文出版社 1987 年版，第 233 页。

生产活动的形象描绘，狄更斯在《艰难时世》中对雾都伦敦的环境描写是工业文明早期的直观呈现。时过境迁，有些场景或许难以重现，又或者发生了变异，文学家总会捕捉自己所处时代的生活场景绘制其"清明上河图"，也会思考时代发展提出的种种问题。《金瓶梅》就是一部明代社会世情的百科全书，《人间喜剧》是19世纪法国社会的历史长卷。但文学也有超越时代文化背景的一面，易卜生的问题剧思考的不仅是挪威的社会问题，也是当时欧洲社会的问题，甚至是人类社会共同的问题。所以，《玩偶之家》才会在"五四"时期的中国文坛产生广泛影响。《阿Q正传》也才会超越国界和时代在其他地区和之后的时代产生持久影响。时代文化对文学创作的影响是复杂的，文学家与时代文化的关系也是双向互动的。钱锺书说："一个艺术家总在某些社会条件下创作，也总在某种文艺风气里创作。这个风气影响到他对题材、体裁、风格的去取，给予他以机会，同时也限制了他的范围。就是抗拒或背弃这个风气的人也受到它负面的支配，因为他不得不另出手眼来逃避或矫正他所厌恶的风气。"①

政治制度、宗教文化、时代风习、文人好尚等对文学发展的影响也是深刻而多样的。比如，佛教（特别是禅宗）对中国文学就产生了深远影响，它与道教等宗教共同成就了中国的宗教文学和文学中的宗教意蕴。读王维的诗，不懂佛教；读李白的诗，不懂道教，都是不行的。孙昌武、葛兆光、周裕锴等都对佛教与中国文学的关系作了深入研究，李长之先生在《道教徒的诗人李白及其痛苦》中对道教在李白生活和诗作中的体现也有独到论述。西方也是一样，读列夫托尔斯泰的小说，不懂基督教是不行的。事实上，圣经文学在西方文学中居于特殊而重要的地位。

但我们也要看到文学对社会现实、百姓生活的反作用，因为文学并非只是被动的，它也是主动的。"五四"新文学承担了思想启蒙的重任，鲁迅、胡适等新文化运动的先驱都以其文学创作深刻影响了现代社会。诗骚传统对中华民族精神人格的养成有巨大影响，陶渊明的诗、曹雪芹的小说对于提高中国人的审美品位居功至伟。魏晋风骨、盛唐气象不仅是当时时代风尚的写照，也深刻影响了社会生活的诸多方面。我们不能想象失去魏晋风骨、盛唐气象的魏晋、盛唐会是怎样的。诗必盛唐不仅是说唐诗对后世诗歌创作的示范效应，也是说文学对于后世社会文化格局的形塑作用。

二、文学中的继承与创新

表面看来，继承与创新是两个问题，实则是一个大问题，即如何在传统文学基础上有所发展的问题。谁都知道，文学有自己的传统，任何一个写作者都不可能无视传统，哪怕他完全不读书，也是在文学传统之内，受到文学传统潜移默化的影

---

① 钱锺书：《中国诗和中国画》，《七缀集》，三联书店2002年版，第1页。

响。所以，继承问题不是要不要的问题，也不是能不能的问题，而是如何继承的问题。这个问题古人也要面对，但越是后来者所受到的传统文学压强越大，因为历代文学层层累积，成为难以逾越的存在物。就此而言，创新实难。从文学史看，有些时代的文学是辉煌的，有自己的特色；有些时代的文学则是沉寂的，缺乏特色。尽管"唐后无诗""宋后无词"的说法有些绝对，但唐诗宋词的确是难以逾越的，事实上也没有被逾越。清词号称中兴，但那是相对于"有明一代无词"而言，它并不能与五代北宋之词相比。所以，文学史上才有唐诗、宋词、元曲、明清小说的说法。这并不是以偏概全，而是肯定各个时代有代表性的文学形式。

继承不是照着说，而是接着说；接着说是否创新还不一定，但总比只是照着说来得好。创新意在新，但途径在创，即创造。创造当然不是凭空就能来的，还是需要有所参照，毕竟所谓创造、所谓新是相对于已有的而言。但旧的不一定不好，新的不一定好。对于那些好的旧的，就要继承；对于那些坏的旧的，就要扬弃。道理很浅显，但做起来并不那么容易。因为，文学传统本身有惯性，旧文学不是死文学，它还要在新时代谋求一席之地。比如旧体诗，就没有完全消亡，事实上还是有人坚持这类创作，至于是否能在旧体内有所创新，则还不好说。

粗略而言，继承包括内容和形式两个方面。旧文学的题材可以被后世文学采用而赋予新的形式，或从中开掘出新的主题。旧文学的形式可以被后世文学沿用而稍加改造，或与其他形式糅合形成新的形式。旧的题材之所以会被采用，当然是因为它还有价值，旧的形式也是一样。事实上，题材被重新阐释、形式被重新形塑本身就是创新。但创新有大有小，有时是渐进的，有时是突变的。白话文运动就是大创新、就是突变。文言被抛弃当然也有个过程，但是并不长，这个任务在现代阶段就完成了。但爱情、战争等题材就无法被弃置不用，诗歌、小说等文体的基本写法也没有发生根本性的变化。这就是说，继承是创新地继承，创新是继承地创新。马克思说："人们自己创造自己的历史，但是他们并不是随心所欲地创造，并不是在他们自己选定的条件下创造，而是在直接碰到的、既定的、从过去承继下来的条件下创造。"①

在《红楼梦》之后，中国的小说写作者或多或少会对之有所借鉴，"红楼笔法"也成为甄别其借鉴与否以及如何借鉴的辨识之点。借鉴就是继承，但借鉴有优劣。就如续写《红楼梦》的代有人出，但无人能超越原作。究其原因，不能说是时势造英雄，更多的恐怕还是才力有别。王国维在《人间词话》中充分肯定了晚唐五代北宋之词，而对南宋之词大家贬抑，认为勉强看得过的只有辛稼轩的词。这自然与他的好恶或者词学观相关，但文体代谢也是事实。其实，传统文学的持久影响本身就说明了其价值所在，而无视传统，好高骛远，刻意求新，则是幼稚和褊

---

① 《马克思恩格斯选集》第 1 卷，人民出版社 1995 年版，第 585 页。

狭的表现。莫言尝试了包括古代章回体小说形式在内的各种技法，在借鉴中创新，形成了自己的文体和语言特色。

继承不仅是就本国本族文学而言，不同国家、地区、民族之间的文学交流和相互借鉴也是文学传承与创新的重要方面。毛泽东说："对于中国和外国过去时代所遗留下来的丰富的文学艺术遗产和优良的文学艺术传统，我们是要继承的，但是目的仍然是为了人民大众。"① 中国文化极具包容性，体现于文学也是如此。作为中国古典小说源头之一的敦煌变文，就是从印度传入后经改造而成的佛教文学形式。孙悟空的形象中也有印度神猴的影子。近代文学更多地受到了西方文学的影响，此即洋为中用。一直到当代文学，西方文学的影响仍较为强势，特别是在 20 世纪 80 年代的文学中表现明显。王蒙借鉴意识流小说，创作了《春之声》《风筝飘带》等一系列旨在手法创新的小说。以马原、苏童、余华创作的小说等为代表的先锋文学在新时期文坛被广为关注。先锋作家们在谈及自己的写作经历时，都坦承受西方现代派文学的影响。与之相类，阿来也承认福克纳等是其喜欢并学习的作家。每一个文学创作者都离不开对已有文学作品的阅读和借鉴，所以继承是永远存在的。但创新则需要机缘、学养等因素的共同催生，并不必然发生。事实上，有的传统文学影响持久，比如《诗经》《楚辞》，后人凡写诗都难出其范围；有的传统文学则影响逐渐式微，比如汉赋，后世少有佳作。有的西方文学对中国影响甚巨，比如 19 世纪的现实主义文学；有的则影响有限，比如十四行诗。所以，对于继承和创新的问题只能具体分析，不可一概而论。

第三节　文学的风格、流派与思潮

文学风格、流派和思潮在文学史上居于重要地位，甚至有的文学史就是风格、流派和思潮的历史。事实上，以风格史、流派史、思潮史命名的文学史不在少数，比如勃兰兑斯的《十九世纪文学主潮》。文学风格、流派和思潮之间既有联系，也有区别，我们为了分析的方便分别论之。

一、文学风格

（一）文学风格及其特征

文学风格是文学作品中所呈现的作家的创作个性，其特点是独创性、稳定性和多样性。创作个性是基于作家的性格、气质、审美趣味、语言格调等形成并表现于文学作品的独特性。文学风格包括作品风格、流派风格、时代风格等，其中作品风

---

① 《毛泽东选集》第 3 卷，人民出版社 1991 年版，第 855 页。

格是其重心。布封"风格即人"和中国文论"文如其人"是对文学风格与作家关系的经典概括。但文与人有对应关系，如作家的性格、经历等会体现于作品；但这种对应关系不是绝对的，而是时有例外，这一方面是因为有的作者会在作品中刻意掩饰自己，另一方面是因为有的作者会尝试超越自己的个性或经历等。

1. 独创性

独创性是文学风格的根本属性，是区分不同创作的重要参考指标。刘勰说："夫情动而言形，理发而文见，盖沿隐以至显，因内而符外者也。然才有庸俊，气有刚柔，学有浅深，习有雅郑，并情性所铄，陶染所凝，是以笔区云谲，文苑波诡者矣。故辞理庸俊，莫能翻其才；风趣刚柔，宁或改其气；事义浅深，未闻乖其学；体式雅郑，鲜有反其习：各师成心，其异如面。"① 严格说来，独创性是指独一无二的创作特性，但有时并没有被恪守，人们也会承认一些作家之间相似的个性，认为他们都是独创的，比如对豪放派和婉约派的评价。如果严格遵循独一无二的界定，则一种风格只能属于一人，其他人即使风格接近也不属于这种风格，毕竟模仿的价值是有限的。那么，同为豪放派的苏轼和辛弃疾为何都能被记住，而且的确有所不同呢？因为豪放一词本身就有些粗疏，实则有不同种类的豪放。王国维就认为"东坡之词旷，稼轩之词豪"，可见在豪放的外衣下有更精微的差异，这是需要我们透过语言文字的障蔽去辨识的。把苏轼和李清照的词放在一起，当然容易辨识，但把苏轼和辛弃疾的词放在一起，就不是那么容易辨识了。有的时候，我们对一些作家作品风格的界定是贴标签式的，这会造成对风格的细微差异的遮蔽。实则概括总是有局限的，所以要谨慎对待。汪曾祺与沈从文的小说有相似之处，但不能径直用沈从文的风格去框定汪曾祺的创作。对于师徒传承与文友相习所造就的相似风格，尤其应注意细加甄别。

每个作家都希冀形成自己的风格，但最终形成自己的风格的只是少数，而多数人则在仿效或探索的途中。王小波的小说就有不少仿效者，这些仿效者的部分作品还汇总为一本书。粗略看来，书中作品的语言运用的确与王小波较为相似，但细加审度则落差立现。这说明一味模仿是无法形成自己的风格的，人们只会记住被模仿者而非模仿者。

2. 稳定性

文学风格的形成需要经历一个过程，而风格一旦形成也会保持一段时间，甚至会一直保持下去，这要视具体作家而定。所以，稳定性是相对的，是就一定时间之内而言的。但一般来说，文学风格的转变往往是渐进的，突变是少数，比如不少作家的创作都有前后期，甚至早中晚的变化。很多时候，可以作品风格为参照确定其写作时段，虽然这不一定完全靠得住，因为同一个时段内也可能有不一样风格的作

---

① 刘勰著，范文澜注：《文心雕龙注》，人民文学出版社 1958 年版，第 505 页。

品。如果资料不足，往往难以确定某些作品的创作时间，比如《李商隐集》中就有一些没有系年的作品。同一个作家的风格具有相对的稳定性，时代风格和流派风格也是如此。中国古代文学史习惯将唐诗划分为初、盛、中、晚几个时期，就是从风格变异角度作出的评判。

不变中有变，变中有不变，正是文学风格相对稳定性的表征。所以，研究文学风格就要注意这种变与不变的辩证关系，否则会拿捏不定或僵化不变。文学风格的稳定性表面表现在题材、主题等方面，深层则表现在技法、语言等方面。正因有此稳定性，文学风格才有明显的辨识度；正因有此相对变化，文学风格才有多彩的吸引力。严肃作家总是不会满足于既有程式，而是探求创新之路，突破自己，超越传统，永远是值得肯定的。

3. 多样性

文学风格的多样性主要是由作家创作个性的差异、多元造成的，但也有时代文化语境等诸种因素的影响。风格的多样是一个时代文学繁荣的重要表征，如果千人一面，沿袭成风，则这个时代的文学往往呈现衰颓之象。先秦诸子散文异彩纷呈、多元共生，得益于百家争鸣的自由文化氛围。后世罕有哪个时代的文学能与之媲美，若有之则或为五四新文学，而那也是一个思想解放、对撞生成的时代。从文学史看，意识形态统治的相对松弛、文化的开明包容，是造就文学繁盛的必要条件。反之，思想禁锢、保守封闭，则不利于文学的创新发展。百家同调，千篇一律，是谈不上文学风格的多样性的。李白的飘逸、杜甫的沉郁、王维的空灵等共同昭示出唐诗多样风格下的繁荣。后人写诗，往往有望唐兴叹之感，但这并不表示唐诗已经穷尽了诗歌创作的所有可能性。事实上，这也是不可能的，所以宋诗能另辟蹊径。同理，当古体诗难以出新时，现代新诗则垦拓出一片新天地。当然，闻一多、鲁迅等会坚持写古体诗，但徐志摩、戴望舒、李金发、卞之琳等则为我们呈现了新诗多彩的一面。

文学风格的多样性不仅表现为不同创作者之间的差异，而且包括同一作者的多样创作。我们习惯给苏轼、辛弃疾贴上豪放的标签，但他们都写有不少婉约的诗词。苏轼的《水龙吟·次韵章质夫杨花词》、辛弃疾的《西江月·夜行黄沙道中》就属婉约之作。苏轼的《江城子·乙卯正月二十日夜记梦》（十年生死两茫茫）凄婉缠绵也是婉约一类。其实，婉约乃"当行本色"，豪放反非正宗。苏轼引诗入词而创豪放一派固然功不可没，但其词集中还是婉约的居多。文学史在对文学风格的书写上，多有以偏概全之处，由此正可见重写文学史的必要。但重写不是完全推翻，也不是缝缝补补，而是改变既有思路和观念，在继承基础上出新意，呈现文学史的别样风貌。

（二）文学风格的分类

既然文学风格是多样的，那么到底有多少种文学风格呢？这却不好说。原因有二：其一，每种文学风格之间不一定是泾渭分明的，往往区别非常细微精妙，难以界说；其二，文学风格的类型是在不断充实之中的，并非格局圆满，而总是用拓展的空间。尽管如此，古今中外对于文学风格类型的划分还是有不少说法，最简单的二分法，清代姚鼐所谓"阴柔之美"与"阳刚之美"是也。现代学者陈望道提出八分法："文体或辞体就是语文的体式。语文的体式很多，也有很多的分类。约举起来，可以有八种分类：（1）民族的分类，如汉文体、藏文体……之类；（2）时代的分类，如《沧浪诗话》所举的建安体、黄初体、正始体、太康体、元嘉体、永明体……之类；（3）对象或方式上的分类，旧的如《文心雕龙》分为骚、赋、颂赞、祝盟……，新的如《作文法》分为描记、叙述、诠释、评议等，都属于这一种分类；（4）目的任务上的分类，如通常分为实用体和艺术体等类，或分为公文体、政论体、科学体、文艺体等类，可以说是属于这一种分类；（5）语言的成色特征上的分类，如所谓语录体、口头语体、文言体……之类；（6）语言的排列声律上的分类，如所谓诗和散文之类；（7）是表现上的分类，就是《文心雕龙》所谓'体性'的分类，如分为简约、繁丰、刚健、柔婉、平淡、绚烂、谨严、疏放之类；（8）是依写说者个人的分类，如《沧浪诗话》所举的苏李体、曹刘体、陶体、谢体、徐庾体……韩昌黎体、柳子厚体……之类。"① 他的这个分类兼顾到民族风格、时代风格、文体风格等诸多方面，还是比较全面的。最复杂的就不好说了，但并不是种类越多越好，刘勰有八分说、严羽有九分说，相对较多的是《二十四诗品》的二十四分说。② 我们大可不必拘泥于到底有多少种风格，更应留意他们所界定的这些风格的内蕴到底是怎样的。少也好，多也好，关键之点在于对于我们认识文学风格的复杂性是否有帮助。下面我们就以《二十四诗品》中的三品为例看一下相关的文学风格是怎样的。③

首先来看第一品"雄浑"：

大用外腓，真体内充。反虚入浑，积健为雄。

---

① 陈望道：《修辞学发凡》，上海教育出版社 1979 年版，第 256 页。

② 有的学者不认同二十四分的说法，认为《二十四诗品》虽然讲了二十四种诗境，但还是可以概括为阴柔之美和阳刚之美两种类型。我们不认同这种看法，因为二十四种类型固然显得有些冗余，但其间分疏有别，并非二分所能概括。

③ 《二十四诗品》有不同版本，学界对其作者的看法也有争议，这里我们采用朱良志先生在《〈二十四诗品〉讲记》（中华书局 2018 年版）中的观点，即认为《二十四诗品》为元人虞集所作。

> 具备万物，横绝太空。荒荒油云，寥寥长风。
> 超以象外，得其环中。持之匪强，来之无穷。

雄浑需要内在充盈，浑然之气表现为外方能雄健超拔。创作者将万物囊括于心，超越博大的时空，其气势如荒荒油云，又如寥寥长风。要超乎物象之外，而契合自然之道。非勉强为之，方能来之无穷。雄是雄健，浑是浑然，雄健有力，包罗万象，而浑然一体，方能达雄浑之境。这里既有道家，也有佛家思想的影响痕迹在。可见，雄浑的思想意蕴是深厚的，非心胸博大、真力弥漫者所不能为。李白《庐山谣寄卢侍御虚舟》："登高壮观天地间，大江茫茫去不还。黄云万里动风色，白波九道流雪山。"李白登临庐山，俯瞰天地之间，只见大江东去不见回还；万里黄云涌动，江水浪高如雪。诗人内心充盈，雄健有力，豪情满怀，书写天地自然的万千气象，毫无勉强，一任自然，确有"具备万物，横绝太空"之气概。杜甫《望岳》："岱宗夫如何？齐鲁青未了。造化钟神秀，阴阳割昏晓。荡胸生曾云，决眦入归鸟。会当凌绝顶，一览众山小。"杜甫极言泰山的高大雄伟和自然造化的鬼斧神工，全诗气势雄健，意境开阔。诗人在宏阔的自然景观中，心胸舒展，内外浑然一体。

再来看典雅一品：

> 玉壶买春，赏雨茆屋。坐中佳士，左右修竹。白云初晴，幽鸟相逐。
> 眠琴绿阴，上有飞瀑。落花无言，人淡如菊。书之岁华，其曰可读。

雅是相对于俗而言的，但雅俗并非截然对立，而是可以交融共生的，雅俗共赏实为难得佳境。大巧若拙，大雅还俗。俗当然不是庸俗，更不是低俗，而是通俗。日常生活景观是再通俗不过了，但在陶诗和《红楼梦》中所在多有，那是转俗归雅，非大才力所不能。就如此品，亦多日常景观，绝非故作高雅，事实上典雅也是附庸不来的。典雅不是富丽，茅屋简陋之至，修竹、白云等亦为寻常之物，但得道之人自能从中寻得雅趣。典雅与其他诸品一样，关键还在人的心境，在此即"人淡如菊"。"采菊东篱下，悠然见南山"，匆遽躁动之人无与乎典雅。老子曰："道之出口，淡乎其无味"正可解典雅之"淡"。陶渊明、王维等多有典雅之作，在此就不一一具体分析了。

最后来看旷达一品：

> 生者百岁，相去几何。欢乐苦短，忧愁实多。
> 何如尊酒，日往烟萝。花覆茆檐，疏雨相过。
> 倒酒既尽，杖藜行歌。孰不有古，南山峨峨。

旷达就是超然达观、通达超脱。明了"生者百岁，相去几何。欢乐苦短，忧愁实多"的事实，就知道放下，看开些。"生年不满百，常怀千岁忧"，又能怎样？只是徒增困惑和纠结。不如，喝点酒，到旷野中走走，在自然中消受这有限的生命。这不是消极，这是乐观知命。落花覆盖屋檐，细雨斜织，本然如此，不存刻意。喝完酒，拄着竹杖，啸歌而行，何其快哉！生命总是有限的，但南山亘古长存，与无限的宇宙自然相比，人生的失意和无奈又算得了什么呢？苏轼《定风波》正合此品。

定风波

三月七日，沙湖道中遇雨。雨具先去，同行皆狼狈，余独不觉，已而遂晴，故作此词。

莫听穿林打叶声，何妨吟啸且徐行。竹杖芒鞋轻胜马，谁怕？一蓑烟雨任平生。

料峭春风吹酒醒，微冷，山头斜照却相迎。回首向来萧瑟处，归去，也无风雨也无晴。

苏轼因"乌台诗案"被贬黄州，境况堪忧，但他浑然不觉，泰然自若。人生就是这样，内心的安泰比富贵荣华更重要。有的人可以抗争，但当时的苏轼无处抗争。就如被流放的王阳明，甚至朝不保夕，何来抗争呢？同情的了解比求全责备更珍贵。人世本多风雨，但静下心来感受这风雨，超脱于风雨之外，亦不失人生一大乐事。竹杖芒鞋比骑马还轻松快意，莫管风雨，随任自然。在春风吹拂下酒醒了，虽然有些许寒意，但是远看前方却有夕阳残照相迎，再回头看来时萧瑟之处，早已置诸身后，想来已无所谓风雨阴晴。正如陶渊明诗云："纵浪大化中，不喜亦不惧。应尽便须尽，无复独多虑。"（《形影神赠答诗》）在大化流衍中，"不喜亦不惧"正是旷达之境。

二、文学流派

文学流派是由审美旨趣相同、文学思想相近的作家组成的文学群体。影响文学流派形成的因素众多，大致包括外部社会因素和内部文学创作取向，后者影响更为直接。同样的社会文化背景下可能产生不一样的文学流派，不同的社会文化背景下产生的文学流派也可能会有相近之处。属于同一文学流派的作家作品总有基本的相近之处，但也会有差异，或者说文学流派内部并非整齐划一的。与文学作品风格相类，流派风格也不是固定不变的，而是在大致稳定基础上会发生变动。而这种变动有可能导致文学流派的解体。这对文学发展而言并非坏事，而恰恰成为推动文学演变的部分动力。下面我们具体谈一谈影响文学流派形成的诸种因素：

1. 题材相近

选取题材是促成文学流派形成的基本因素，因为对相近题材的关注折射出作家在人生经历、性情个性等方面的相近。作家对相近题材的处理或有不同，所擅长的表现手法或文体或有差异，但相近题材还是会导致他们在创作上有不同程度的相似之处。当然，这种相似不必然催生文学流派，但仍是文学流派得以形成的必要因素。中国古代文学史上的山水田园诗派、边塞诗派等并不是诗人们自觉组合形成的，而是由于题材的相近形成的相对松散的文学流派。山水田园诗派有其源流谱系，主要导源于陶谢的山水田园诗，其余绪则在古代文学史上代有传人。但作为文学流派的山水田园诗派有具体所指，即盛唐的王维、孟浩然、储光羲、常建等和中唐的韦应物、柳宗元等。

2. 风格相近

其实题材相近本身就可能导致风格相近。比如，山水田园诗派的风格基本是清新自然、朴实无华的。当然，细究起来陶谢不同，陶渊明与王维也有差异。这与他们的经历和思想等有关。陶诗所体现出来的道家思想，王维诗中所体现出来的主要是佛家思想。这只是就总体而言，事实上陶渊明思想里有儒家的因子，王维思想里也有儒家和道家的因子。大诗人之所以成其大，其中一个重要原因正在于其思想的丰富多元，偏枯是无法成其大的。中国词史上的豪放派和婉约派即属于风格相近的文学流派，但也是相对松散的，并非自觉结社而成的。我们前面说过苏辛豪放的不同，这就是说在同一文学流派内部的风格也是有所不同的。婉约派的情形也是如此，比如柳永与秦观的词作就有明显差异。这就需要我们既看到相同点，也要虑及不同点。

3. 自觉结社

结社是形成严格意义上的文学流派的主要途径，古今中外皆有。明代的"前七子"和"后七子"、现代文学史上的"创造社""文学研究会"等都属此类。相较而言，后者比前者流派特征更为明显，因为它们有共同的理论主张、有定期出版的期刊、有相对固定的群体成员。这与现代交通的便利和出版业的发达直接相关，这是古代难以比拟的。即使这样，同一流派内部仍会有纷争，比如创造社成员之间就有关于创作方法等问题的相互争辩，而且有的成员逐渐与其他成员分途。这是正常的文学现象，因为文学流派并不意味着不可突破，而是同样要遵循文学的自由创作本性和作家的个体选择。

三、文学思潮

文学思潮是产生较晚而被广泛使用的概念，勃兰兑斯《十九世纪文学主流》是较早使用文学思潮概念研究文学史的著作。文学思潮概念难以精确界定，主要原因在于人们理解的出发点不同。大致说来，主要包括创作方法角度（如先锋文学思潮）、与社会思潮的关系角度（如五四文学思潮）、文体演变角度（如小说革命文学思潮）等。但总体上说，文学思潮是指在情感态度、审美取向、文学思想及社会观念等方面有着共同倾向的文学思想潮流。

文学思潮具有一些共同特点，学界对此有诸多论述，其中有相似之处，也有差异。席扬将文学思潮的特点归纳为七点："①群体性（或连锁效应性）；②扩张性（整合性、多向性、呼应性或外衍性等）；③互动性（双向性）；④现象性（具体性、可感性等）；⑤系统性（递进性、波及性、联动性等）；⑥集权性；⑦多维性（多义性、多元性等）。"① 卢铁澎将文学思潮的特点归纳为四个方面：群体性、动态性、复杂性和历史性。②下面我们参照卢铁澎的观点简要论述文学思潮的特点。

1. 群体性

文学思潮是由许多创作个体共同参与推动形成的，往往有几个倡导者率先提出某种理论主张或者通过自己的创作引领示范，其他作者积极投身其中，践行理论主张，丰富创作技法。比如，五四新文学就是在新文化运动的背景下，在胡适、鲁迅、郭沫若等闯将倡导和推动下逐渐形成的。胡适提出的白话文主张和新文体理论为新文学指明了方向，他也创作了一些白话文学作品。鲁迅的创作则为新文学创作树立了标杆，影响至为深远。又如，新时期的伤痕文学、反思文学、寻根文学等思潮先后登上当代文坛，极大地丰富了当代文学的叙事空间。其中任何一种思潮的形成和发展都不是一己之力所能为。群体内部容或有争辩、有分野，但只是造就了作为整体的文学思潮的丰富性，而非令其分裂。这里需要注意的是，当代文学的几种文学思潮延续时间大多并不长，这主要与社会变革进度和作家文学观的拓展有关。但这些文学思潮之间并非截然分离的，而是有着深层的延续性。我们对于中外文学史上先后出现的文学思潮的认识，就要兼顾其分疏和承传。对于王德威所谓"没有晚清，何来五四"的用意，即应由此一层面认识。

2. 动态性

文学思潮从形成到发展再到隐没，是一个动态发展的过程。西方现代文学经历了浪漫主义、现实主义、现代主义和后现代主义等几种文学思潮的更替。这个更替的过程虽有先后，但并非前者完全消失，后者方才登场，而是前者尚存，后者已生，即存在前后交叠。这种交叠正是文学思潮动态性的表征之一。总体而言，后起的文学思潮常常是作为对之前文学思潮的反拨而出现并发挥其影响的。浪漫主义文学注重情感表现、崇尚想象、语言瑰丽新奇，而现实主义文学注重客观再现、追求

---

① 席扬：《文学思潮：理论、方法、视野——兼论 20 世纪中国文学思潮若干问题》，上海三联书店 2009 年版，第 30 页。

② 卢铁澎：《文学思潮论》，人民出版社 2015 年版，第 75 页。

典型性、富于批判性。一主观，一客观；一表现，一再现，确呈对立之态势。但浪漫主义文学也有对社会现实的再现和批判精神；现实主义文学也有对思想情感的表现和想象的介入。前者如雨果的小说、普希金的诗歌，后者如列夫·托尔斯泰的小说、易卜生的戏剧。文学思潮的这种交互共生是我们理解其动态性的一个很好的切入点。中国革命文艺提出革命的现实主义和革命的浪漫主义的结合，正是看到了不同文学思潮之间交互共生的价值。说到浪漫主义和现实主义，我们应明确一点，这是就西方文学发展进程而言的，并非中国文学的实际发展进程。由于受西方文学思潮和文学观念的影响，部分中国文学史论著借以概括中国古典文学，如提出《诗经》是现实主义的，《楚辞》是浪漫主义的；杜甫的诗歌是现实主义的，李白的诗歌是浪漫主义的。这多少有些削足适履，因为中国文学有其自身独有的文学观念，也有自身独立的发展历程，简单以西释中并不足取。

3. 复杂性

文学思潮的复杂性主要体现为各种思潮之间的关联和对具体作家作品的界定。具体而言，如现实主义思潮与自然主义思潮产生于大致相同的社会文化语境之中，都是再现的、批判的，所谓照相式的事无巨细的再现特征难以将二者分开。自然主义的代表人物左拉就认为自己的创作是现实主义的。进而言之，现实主义内部本就复杂多元，有批判现实主义、心理现实主义等分支。有的理论家甚至认为，就对现实的观照而言，任何作家都可说是现实主义的。这种说法是将现实主义作了过于宽泛的理解，是将现实主义作为一种创作方法看待，而非作为文学思潮看待。但现实主义本身的确是复杂的，司汤达和列夫·托尔斯泰的小说都十分重视对人物心理活动的展现，他们与狄更斯、巴尔扎克明显不同。但巴尔扎克的批判现实主义和福楼拜的严酷的现实主义到底有多大不同，就需要细致的辨析了。此外，有的作家会被归入不同的文学思潮或同一文学思潮内的不同流派。比如，卡夫卡就被归入表现主义或象征主义，意识流大师乔伊斯有时也被归入现实主义阵营。中国的情形也是如此。新写实主义是当代中国现实主义文学的一个分支，但其某些代表人物（比如刘震云）并不是现实主义所能框定的，充其量只能说他们某一时期的创作是新写实主义的，而另一时期则属于其他类型。因为，作家创作是会发生变化的，有时甚至会尝试多种写法，比如王蒙几十年的文学创作就是复杂多元的。一些当年的先锋作家后来就回归到现实主义创作道路上来，比如余华、格非等。有的作家甚至很难被归入哪一种文学思潮，他们具有鲜明的创作个性，难以归类，比如王小波。

4. 历史性

文学思潮的复杂性主要表现为其受社会历史环境的影响而发生演变以及同一文学思潮在不同国家、不同民族那里存在差异。前者容易理解，因为作为整体的文学本身就受社会历史环境的制约，文学思潮从产生到发展的过程当然也要受其影响。比如，17 世纪的古典主义文学思潮就与当时的贵族文化品位紧密相关，这只需要看看莫里哀的戏剧就可明了。启蒙文学思潮、浪漫主义文学思潮等莫不如此。这种影响当然不是单向度的，文学思潮反过来也参与了时代文化的建构，并推动了社会发展。列宁把列夫·托尔斯泰的文学创作称谓"俄国革命的镜子"，指出"托尔斯泰反映了强烈的仇恨、已经成熟的对美好生活的向往和摆脱过去的愿望，同时也反映了耽于幻想、缺乏政治素养、革命意志不坚定这种不成熟性"①。其实，19世纪的批判现实主义文学都是对当时所在国家和民族历史现实的真实写照，也都促进了人民大众对社会现实的理解并有力推动了革命运动。中国现代的普罗文学思潮及其作用同样如此。但我们也应该看到同一文学思潮在不同国家和地域产生的时间及发展走线有所不同，而且其具体表现也存在差异。比如，英法的批判现实主义文学就与俄国的批判现实主义文学不同；美国的象征主义文学也与欧洲各国的象征主义文学不同。对此，我们应该结合其各自社会背景和地域文化加以具体分析。这里面也存在借鉴和创新的问题。比如，拉美的魔幻现实主义文学对当代中国文学有较大影响，但当代中国作家对前者是在借鉴的基础上有所创新的。

---

① 《列宁选集》第2卷，人民出版社2012年版，第245页。

第九章　文学活动的当代发展

依据马克思主义文学理论，文学活动包括从生产到消费的完整过程，而且生产和消费之间是双向作用的关系，即生产影响消费，消费对生产有反作用。文学生产不仅生产消费产品（文学作品），而且生产着消费者（读者）；文学消费不仅消费产品，而且影响着文学生产的规模和方向。随着科学技术的进步，特别是互联网的迅猛发展，从文学生产到文学消费的方式和途径等发生了巨大改变，甚至大有改变整个文学活动格局之势。因此，当代文学理论研究不能忽视文学活动的新变，而且要深入研究，主动介入，引导文学活动健康有序展开。本章即由此种认识出发论述文学生产与消费、现代传媒与文学发展、全球化语境与文学发展等问题。

第一节　当代的文学生产与消费

文学生产属于相对于物质生产而言的精神生产领域，其目的是满足人们的精神生活需要。广义的文学生产包括从创作到传播的过程，广义的文学消费包括从购买、借阅等到阅读的过程；狭义的文学生产指文学创作过程，狭义的文学消费指文学阅读过程。本章主要从广义角度论述文学生产和消费。

一、文学生产与消费的时代性

文学生产与消费都受不同时代社会生产力发展水平、生产关系的实际情形和思想文化制约，游离于时代之外的文学生产与消费是不存在的。我们只有从具体时代背景出发才能认识文学生产与消费的真实情况。在生产力水平低下的原始社会，社会分工不充分，文学生产没有从其他生产活动中分离出来，缺乏专门从事文学生产的人。随着生产力水平的提高，文学生产发展成为独立的生产领域，专业的文学生产者（作家或诗人）也逐渐成长起来。在纸张发明之前，文字书写不便，传播难度大，极大地制约了文学影响力的发挥。纸张发明之后，情况有了极大改观，文学逐渐褪去贵族化气息，更深入地走向民间。宋元话本和明清小说的广泛传布就得益于印刷术的改良和书商的推动。因此，我们不能说古代社会的文学生产与消费同物质生产与消费是分离的，那只是最初的情形，而发展到一定历史阶段，这种情形已经有所改变。近代以来，随着专业出版机构和现代期刊的涌现，文学生产和传播格局极大改观，文学创作队伍也急剧增多。这为梁启超、黄遵宪等人提出三界革命创造了良好的土壤，其巨大社会效应的背后正是生产力水平的提高。对当代文学而言，互联网的出现和迅猛发展，极大地改变了文学生产和文学消费的传统格局。对此，我们将在本章第二节具体论述。在此，我们要首先明了互联网对当代文学创作影响的总体情形，即文学生产和文学消费方式的改变，文学创作主体不再局限于作家或诗人本身，文学消费也不仅是对语言文字的阅读，而且包括声音、视频等。要之，文学生产和文学消费之间的互动日益明显，文学生产影响消费更加迅捷，文学消费影响文学生产更加多元。

二、当代文学生产与文学消费的两重性

（一）当代文学生产的两重性

文学生产的两重性是指其社会价值和产业属性并存。其实，这种两重性并非从当代文学生产才开始具有的，而是有着较长时间的历史积累。比如，明清时期的文学生产已有明显的商业运作乎其间，至近代以来日益活跃。但当代文学生产的双重性更为显著，这突出体现在市场经济条件下文学生产的产业化。文学生产属于文化产业的一部分，而文化产业在整个社会生产中居于重要地位，也必然受到其他产业的影响，比如印刷、运输、销售等传播环节。这在网络文学生产中体现得更为明显，也凸显出一些新的特色。

对待文学生产的两重性，需要分析其间的关系及可能的影响。文学生产是精神生产，主要创造文化产品，满足人民大众的精神生活需要。但商业活动的介入或文学生产的产业化是否会弱化文学生产的传统文化功能？是否会造成文学生产本身的异化？当下文坛的确存在一些不正常的现象，比如趋利写作、商业炒作等。文学创作需要健康良好的心态，需要道义担当，需要沉潜省思，但有一些创作者受商业利益驱使而粗制滥造，一味迎合某些受众不健康的阅读需求。有些创作者，为博取眼球而极力书写怪异、庸俗、色情、暴力等。一些出版商跑马圈地，划分利益领地，罔顾文学生产所应担负的文化价值和社会价值。各类作家富豪榜大肆渲染高收入作家的资产数额，对年轻创作者和籍籍无名者起到了消极诱导作用。其传递的信息有正面效应，但负面效应更加不能忽视，比如弱化了文学的批判功能和反思精神。严肃文学、高雅文学本应对大众文化品位和审美情趣起到引领和塑造作用，但因其市场前景暗淡而被逐渐边缘化。事实上，在众声喧哗的时代，严肃文学和高雅文学的生产和传播都受到来自各方的侵蚀和排挤。书店里充斥着大量艺术价值不高、思想

价值有限的青春文学、官场文学、情色文学，严肃文学和高雅文学反而难觅踪迹。尽管如此，一些有担当的出版机构和重要文学期刊，仍坚持纯文学本位，坚持关注新时代，关注民生疾苦，不断推出一些优秀作品，特别是对草根写手给予扶持和宣传。比如回族女作家马金莲受到批评界关注并获得鲁迅文学奖，就是一个很好的例证。这至少说明当代文学生产与消费还是运行在正常轨道上的。总有一些人会关注严肃文学和高雅文学，它们必然会在当代文学中占据不可替代的地位。当代文学生产需要新生力量，需要健康有序的创作环境，这需要创作者、传播者、出版者等多方联动，共同参与。余秀华的诗歌之所以引发广泛关注，除了网络的推动之外，主要还在于其创作本身是严肃的、是有真情实感的、是有生命意蕴的。

（二）当代文学消费的两重性

与当代文学生产相对应，当代文学消费也具有两重性，即给读者审美愉悦和心灵教益与文学作品作为特殊物质产品的消费行为并存。这种两重性在其他精神产品的消费中同样存在，与其他精神消费的不同之处主要在于文学消费是以语言文字为媒介的，其他精神消费则有各自特有的媒介。因此，文学消费与其他消费相比有优势，也有劣势，这都是由语言文字的特性决定的。比如，文学消费不及影视消费直观，特别是在当代影视和新媒体产业占据主导地位的文化语境中，情况更是不容乐观。有些消费者，没看过文学原著，但看过由此改编的影视剧。这似乎无关紧要，实则远非如此。作为小说的《红楼梦》，是影视剧《红楼梦》无论如何也不能替代的。对于语言文字的许多微妙之处，接受者只有进入文学作品中才能体会。何况，有不少文学作品是无法或很难被改编为其他艺术形式的，比如诗词曲赋。

文学消费当然涉及物质层面，比如有时需要购买，而且还会有损耗。但购买并非唯一的获得文学作品的途径，此外还有赠阅、借阅、传阅、手抄、下载等。但物质消费层面的确是不能忽视的，因为这是作家或诗人获取稿费或版税的重要来源。在现代商品社会，就需要做好版权或知识产权保护，否则对创作者就是不公平的。金庸的小说阅读群体巨大，但其中有一些读者阅读的是盗版，而非正版。图书市场的良秩发展对于创作者、出版者而言是至关重要的。此外，有一个文学消费中的常见问题不能忽视，就是对于文学作品的宣传和推广，因为这有利于读者及时了解文坛创作动态。现代资讯发达，人们获知文学资讯的方式多元，但其中仍存在不对等现象。比如，有些文学作品不能及时被读者看到。更需注意的问题是，部分读者对文学作品的选择缺乏辨识能力，这当然需要批评家的介入引导，但最基本的层面是读者要不断自觉提高辨识力和理解力。事实上，各类排行榜和文学奖项是一般读者择取文学作品时的重要参照。这有其好处，因为那些被选出的作品总是经过一番甄别的。问题是有的排行榜水分较大，而文学奖项也有些杂乱，这仍需要读者的再次甄别，不能完全依靠他人的评判。要之，文学消费过程是复杂多变的，其间问题多多。我们在后文还将论及，此处暂不赘述。

三、当代文学生产的社会效益与经济效益

文学生产要兼顾社会效益与经济效益，不能为了经济效益而忽视社会效益。但当代文学生产中有过于看重经济效益，而忽视甚至无视社会效益的问题。这里面有创作者个人急功近利的原因，也有出版机构和传播机构的推波助澜。一些粗制滥造、低俗无聊、抄袭复制的作品因为受到市场追捧而不断推出，甚至挤占了严肃文学的市场份额。当代文学生产面临如何提升严肃文学影响力、抵制低劣作品的问题。

（一）当代文学生产的新特点

1. 生产规模庞大

当代文学生产规模日益庞大，这主要得益于大量资本的投入和创作群体的壮大。在市场经济条件下，没有资本的投入，文学生产的规模很难扩大。从创作到出版再到传播都离不开资本运作，文学生产早已不单是文学家自己的事情了。一些畅销的文学类图书一版再版，一方面说明这类作品契合了市场需要，另一方面也体现出资本运作的成功。市场有需要，出版社当然就愿意不断再版。比如，《红楼梦》《围城》《平凡的世界》等就对读者有持久的吸引力，因而不同出版机构就不断推出各种版本的新书以满足读者的需要。当然，在这种繁荣的表象背后，还是有大量原创文学作品受到市场冷落，甚至无人问津。这并不一定是因为作品本身思想价值或艺术价值不高，而反倒是读者接受力和理解力的问题。当代文学创作队伍空前壮大，特别是大量网络写手的出现，造就了文学作品的产量激增。这些作品良莠不齐，需要读者细加甄别，更需要文学从业者（特别是批评家）的合理引导。数量多而质量差，并不足取，反倒令人担忧。

2. 受众群体广大

中国人口众多，已有的和潜在的文学接受者数量自然庞大。理论上讲，庞大的接受群体当然有庞大的文学阅读需求，但情况并非如此乐观。因为，真正愿意阅读文学作品的读者只是其中一部分，而且可能是一小部分。毕竟，在资讯泛滥的时代，许多接受者会被吸引去关注文学之外的讯息，会去阅读非文学作品。这就关涉一个提升接受者阅读品位、普及文学知识的问题，而这不是单靠文学界所能解决的。此外，在这部分文学接受者中，也需要合理引导，促使其更关注严肃文学而非通俗文学。这并不是说不能读通俗文学作品，而是鉴于当下严肃文学市场萎缩的现实，必须有效介入而促其有所改变。

3. 文化品位趋向通俗化

通俗不是庸俗，本没有什么可怕的，无需上升到文学伦理学层面横加指责。但

大量通俗文学的涌现，毕竟已经对严肃文学造成了挤压，这是不能回避的事实。王小波、余华等的小说受欢迎，并不能改变这一事实。文学创作者本身确实需要思考如何创作为大众喜闻乐见、雅俗共赏的作品，但读者阅读品位的提高则更为迫切。甚至中文系的学生都很少读鲁、郭、茅、巴、老、曹，不熟悉《诗经》《楚辞》，这肯定是不正常的。基于此，文学经典的普及工作势在必行。事实上，中小学语文课外阅读书目中就有不少经典文学作品，但由于种种原因并未形成真正的阅读接受。反而是《明朝那些事儿》这样的作品收获了不少拥趸。这并不是说《明朝那些事儿》就不值得读，而是说这折射出当代文学阅读的浅表化等深层次问题。通俗化不完全是坏事，但越来越多的人对之趋之若鹜就不正常了。一个大家都穿牛仔裤的文学阅读格局实在是不可想象的，文学阅读园地还是需要百花齐放。在当下，则需要加大力度推广严肃文学，提升大众阅读品位。

4. 依托文化市场运作

文化市场化运营是大势所趋，文学生产和消费也无法逃避。近年国家不断加大对文化产业的投入，这对文学生产和消费而言是好消息。现在大多数出版机构都完成了股份制改造，实现了公司化运营。规范化、全流程化等对文学生产释放其活力是有利的。但市场化运作也有其弊病，主要是基于对利益的追求而导致文学生产的程式化和单一化。一些严肃文学作品因为市场前景暗淡，而进入不了出版程序，或者印数极为有限，这不利于文学产业的真正繁荣。这需要出版机构本着求真务实、为文学负责的精神出版一些严肃文学作品，不怕亏本，不计较得失。其实，在经济效益与文化道义之间如何权衡正是考量出版机构良知和担当之所在。

5. 传播方式多元

我们将文学传播也看作文学生产的组成部分，而不仅是中介，因为文学传播事实上参与了文学生产，影响到文学生产方式和生产规模。影视、广播、网络等具有相对于传统传播方式的优势，特别是网络媒介为网络文学的大量涌现提供了平台。但传统传播方式不会被现代传播媒介取代，只是其生存压力增大，而这是我们思考文学生产时应该考虑的问题。

（二）当代文学消费的新特点

随着文学生产市场化的推进和现代传媒的迅猛发展，文学消费也呈现出一些新特点。关注并研究这些新特点，不仅对于我们把握当代文学消费具有重要价值，而且对于反思当代文学生产也具有参考意义。

1. 文学消费对于文学生产的反作用日益增大

文学消费不仅影响着文学生产的价值导向和生产规模，也深刻影响着文学生产的方式。在现代传媒大行其道的背景下，文学生产已不能拘泥于传统生产方式，而要寻求新变。网络文学的消费方式就对传统写作提出了挑战，线上作者与读者的互动直接影响着文学生产的方向和进度，而这在传统写作中是基本不存在的。当代文学中心灵鸡汤式的作品之所以大量存在，主要还是为了迎合读者的口味。碎片化阅读、惰性阅读是许多读者的常态。余秋雨的文化散文通俗易懂，受到广泛欢迎。这并不是说余秋雨的文化散文品位低，而是说它符合更多读者的接受水平。与余秋雨相比，鲁迅还是不太好懂，语言或许也与当代读者有些隔膜，所以大众对鲁迅的阅读量远不如对余秋雨的阅读量。语言通俗易懂的确在接受上具有优势，比如余华的小说思想和艺术价值俱佳，但还是有不少读者喜欢。韩寒、郭敬明、安妮宝贝等的作品也因为其题材和语言贴近大众接受实际，而广受追捧。

2. 文学消费的快餐化趋向愈益明显

快餐化倾向的确是当代文学消费的显著特征，是全球化现象，而且在短期内是无法改变的。表面看来，造成这一问题的原因是生活节奏加快、大众传媒的介入等，实则根本原因还是当代人阅读能力的退化。吃惯了洋快餐，就淡忘了中餐，企望人们完全放弃洋快餐是不可能的，似乎折中的方式是引导人们多吃中式快餐。阅读方式的改变并非一朝一夕，阅读品味的提升更非一蹴而就，这里面批评的引领和优秀作品的感召作用至为重要。有人感慨长篇小说没人看，那诗歌呢？剧本呢？这些会被淘汰吗？非也！人们还是热衷于看电视剧、看电影，这都需要剧本。所以，关键问题还是如何回归和重建阅读，当然不仅是传统阅读。

3. 夸示性消费的蔓延

所谓夸示性消费是为炫耀身份、地位、财富等或为收藏而进行的不完整的文学消费。随着人们财富的增加、中产阶层的崛起，夸示性文学消费会日益增多。问题是那些人为什么会为夸示而消费呢？这要一分为二：有些人是纯粹为了显摆，对购买的文学书籍完全不感兴趣，根本不去阅读；有些人有对文学的些许敬畏甚或爱好，但由于时间或素养的缺乏而放弃或中断阅读。对于后者，文学仍是有吸引力的，而这些人也需要文学创作者和批评家加以引导，促其进入真正完整的文学消费领域。当然还有更极端的夸示性消费，即并不购买文学书籍，而是用装饰书点缀居室，这已非文学消费，与文学毫无关系。

第二节　现代传媒和文学发展

文学传播先后经历了口语、书面文字、电子等不同媒介发展阶段，这些媒介在当代文学中处于并存互动的传播格局之中。以藏族史诗《格萨尔王传》为代表的少数民族史诗就是以口语形式传播的，后来逐渐衍生出书面文本。《水浒传》《三国演义》《西游记》《封神演义》等都有长期民间口语传播的过程，后来经过文人整理改编方成为现代为人熟知的经典文本。

一、现代传媒与当代文学

现代传媒主要包括广播、电影、电视、互联网等，其中互联网的影响力愈益增强。最早的现代传媒是广播，在当时受众群体庞大，已非单纯口语媒介所可比拟。而电影、电视、互联网等新兴媒介的兴起更是对传统媒介产生了巨大冲击，时至今日，甚至有取而代之之势。"随着互联网的迅速普及和手机等数字通讯工具的广泛使用，网络文学、手机小说、博客书写、电脑程序创作、赛博朋客小说、多媒体和超文本文学实验等纷纷在文坛浮现。这些依附于数字化技术的新媒介作品，对文学的嬗变形成了强大的推力，也对文学传统的历史赓续形成较大的阻力。"① 现代传媒主要特点是：

1. 快捷性

广播、电影、电视、互联网等传播速度快，极大地释放了文学的传播潜能，这对增强文学的影响力和扩大受众面是极为有利的。手机文学、网络文学的兴起主要就是得益于其传播的快捷性。

2. 普及性

相对于口语，书面文字对于固化文学文本固然有利，但也限制了一部分文化水平较低的消费群体的接受力。而广播、电影、互联网则在很大程度上克服了这一局限，这对于普及文学无疑功不可没。

3. 互动性

这主要是就互联网媒介而言，因为作者与读者可以通过网络实现实时互动，读者的好恶取向甚至会影响作者。当然这有利有弊，利在于可使作者及时得到读者反馈，弊在于作者的独立创作状态受到干扰，可能因此滋生刻意迎合读者的低俗文学。

二、当代文学与网络文化

网络文学是随着互联网技术的发展，由文学与网络结合而产生的新文学形态，它是传统文学的创新发展，也是网络文化的有机组成部分。由于互联网的迅猛发展，网络文学生产与消费也呈井喷之势。中国互联网的普及与世界基本同步，所以中国网络文学的产生与发展也与世界同步。但网络文学是新生事物，尚待充分发展，对其的相关研究也比较薄弱。

（一）网络文学的特点

相对于传统文学，网络文学具有诸多不同特点，主要有：

---

① 欧阳友权：《数字媒介与中国文学的转型》，《中国社会科学》2007 年第 1 期。

1. 平民化

网络文学创作的低门槛极大地激发了广大文学爱好者的创作热情，壮大了文学创作队伍。传统文学是线下文学，网络文学是线上文学，后者不仅传播快捷，而且发表更为便利。虽然，网络不是零门槛，也不是法外之地，但健康规范的文学作品总能找到发表空间，而这是传统文学的发表和传播渠道所无法比拟的。打工文学的出现和发展就离不开网络文化迅猛发展的文化语境。

2. 虚拟性

网络空间是虚拟的，但与现实有着千丝万缕的联系，其虚拟性也造就了网络文学的特质，主要表现为玄幻、仙侠、穿越等虚构题材文学的大量涌现。这种虚拟文学与传统虚拟文学的不同在于虚拟的自由度更大、题材更为丰富多元。

3. 综合性

综合性是指网络文学通过链接等方式融合了口头语言、书面语言、图像、视频、动画等形成全新的超文本。这在进行立体文本建构的同时也极大地满足了读者在阅读之外的视听需要。超文本是多维的、开放的、丰富的。

（二）网络文学的当代发展及存在的问题

中国网络文学经过二十余年的发展，逐渐成熟，涌现出一大批优秀写手和风格各异的代表性作品，产生了广泛影响。截至 2018 年，中国网民约 7.72 亿，文学网民约 3.78 亿，受众规模巨大，网络文学发展前景乐观。2018 年，中国作协网络文学委员会、上海市作协等联合主办的"中国网络文学 20 年发展研讨会"公布了 20 年 20 部优秀作品 20 名优秀作家，猫腻的《间客》、痞子蔡的《第一次的亲密接触》、今何在的《悟空传》、辛夷坞的《致我们终将逝去的青春》、桐华的《步步惊心》、天下霸唱的《鬼吹灯》、天蚕土豆的《斗破苍穹》、当年明月的《明朝那些事儿》等入选。但在网络文学繁荣发展、百花齐放的背后，也存在一些隐忧，这些问题不解决或将影响网络文学的健康有序发展。

1. 低俗作品滋生

由于网络监管的困难和网络写手素质的良莠不齐，一些宣扬暴力、色情等的作品大量滋生，这不仅扰乱了文学消费市场，也产生了极坏的社会影响，造成了部分消费者对网络文学的拒斥心理。

2. 复制抄袭普遍存在

抄袭问题在传统文学创作中已然存在，但在复制手段便捷、花样翻新的网络文学创作领域尤为显著，"机械复制时代"文学创作征候不容忽视。正是基于此种认识，前述评选过程中就对庞大的网络文学文本作了仔细甄别，以期对网络文学创作起到积极引导作用。

3. 重娱乐休闲，轻思想艺术

　　任何时代的文学作品都要经受历史的检验，思想性和艺术性就是其中的重要指标。文学本有娱乐功能和休闲价值，作为现代小说源起的英国小说最初也是为了满足人们的娱乐需求而创作的。但文学绝不仅仅是娱乐和休闲，它应该直面现实、有反思、有批判，要给人启迪，更要有最终艺术创作律则。娱乐至死只是价值虚无的表现，休闲放任最终只能被历史淘汰。在当下价值多元的时代，网络文学更应该自觉发挥自身的广泛影响力，为提高国民思想水平和艺术素养发挥积极作用。网络文学发展中存在的问题也对文学研究者提出了新挑战和新要求，"我们不能再扮演'超然'的裁决者和教授者的角色，而是要'深深卷入'，从'象牙塔'转入'控制塔'，通过进入网络文学生产机制而发挥影响力。一方面，'学院派'研究者要调整自己的位置，以'学者粉丝'的身份'入场'；另一方面，要注重参考精英粉丝的评论，将'局内人'的常识和见识与专业批评的方法结合起来，并将一些约定俗成的网络概念和话语引入行文中，也就是在具体的作品解读和批评实践中尝试建立适用于网络文学的评价标准和话语体系"①。

第三节　全球化时代的文学发展

　　经济全球化是当今时代经济发展的必然趋势，与之伴生的是文化全球化。与经济全球化局限于经济领域不同，文化全球化是更深层次、更多领域的交流融合。经济全球化是文化全球化的先导，文化全球化是经济全球化的必然趋势。与经济全球化可能带来负面影响一样，文化全球化也会有负面影响，而且解决起来更加棘手。当代文学的发展无法摆脱文化全球化的背景，其中民族文学的生存与发展是需要严肃思考的问题。

一、全球化时代的民族文学

　　全球化时代，民族文学面临的机遇和挑战并存。机遇在于，民族文学可以通过提升自身竞争力，凝练民族特色、地域风格而扩大在全球的影响力。近代欧美文学的广泛影响就是伴随工业革命和殖民扩展而实现的。而今，英语已俨然成为世界通行语言，各民族文学不论抗拒还是接受都无法完全摆脱其影响。就中国而言也是如此，各级学校都要讲授英语，语言文学专业的学生还要学习欧美文学。与之形成鲜明对比的是，亚非拉文学长期被忽视，极少有专业课程讲授。英语、法语、德语等是大语种，朝鲜语、越南语、马来语等则是小语种，后者长期处于前者的挤压和侵蚀之下。在诺贝尔文学奖的评审中，欧美文学也依然占据主导，即使是而今已有全球影响的汉语也处于边缘地位。汉语文学作品如果没有被翻译成欧美主要语言是很

---

　　①　邵燕君：《网络文学的"网络性"与"经典性"》，《北京大学学报》2015 年第 1 期。

难被关注的，更谈不上进入评奖范围。

与经济全球化可能导致经济发展模式的趋同一样，文化全球化也可能带来文化上的趋同，而这是悲哀，甚至危险的。这是在欧美霸权文化冲击下，民族文学倡导者和参与者应该警醒的。说到民族文学的生命力，人们习惯引以为证的是拉美文学风暴。哥伦比亚作家加西亚·马尔克斯的《百年孤独》、阿根廷作家豪尔赫·路易斯·博尔赫斯的《虚构集》、墨西哥作家胡安·鲁尔福的《佩德罗·巴拉莫》、智利作家罗贝托·波拉尼奥的《2666》、秘鲁作家马里奥·巴尔加斯·略萨的《世界末日之战》等都在全球范围内广有影响。但仅就数量而言，仍无法与欧美文学相抗衡。汉语言文学专业的学生只要想一下自己阅读过几本亚非拉文学作品就可作出评判。

但事情总有另一面，民族文学仍在世界文学中占据一席之地，而且是不可或缺的。进而言之，文化全球化也给民族文学提供了广阔的发展空间。文学是语言的艺术，只要各民族语言存在，各民族文学就不会消失。而且，共通的人性、共同的问题、永恒的文学主题等都是民族文学可以不断书写的。比如，生态危机就是全球性问题，相应的生态文学也在世界各民族文学中不断涌现。迟子建的《额尔古纳河右岸》、姜戎的《狼图腾》等均是新时代的优秀生态文学作品。鲁枢元、曾繁仁等的生态文艺学、生态美学研究也在相应领域作了积极的开拓。

此外，影响也不是单向的，亚非拉文学对欧美文学也有影响，而且这种影响随着民族国家的崛起会逐渐增强。比如，当代中国文学随着中国综合国力的提升已引起欧美文学界的关注。世界各地孔子学院的建立，也为中国文学向域外传播提供了很好的平台。

二、全球化时代的文学交流

自歌德于19世纪提出"世界文学"的概念以来，世界文学已成为理论界熟知和通用的概念。在中国，"比较文学与世界文学"是中国语言文学一级学科下的二级学科，"比较文学与跨文化研究"是外国语言文学一级学科下的二级学科。由此可见，中外文学研究均已形成联通各国各民族文学的宏阔研究格局。事实上，研究者也只有将某一国、某种语言的文学研究置于世界文学的大背景下，才能获得更客观公允的评价，也才能把握本土文学的特质，明确其局限或不足。

全球化时代的文学交流必然是双向互动的，单向的、强制的文学交流是不利于各国各民族文学的健康发展的。但应该承认的是，欧美文学长期形成的话语霸权在较长的一段历史时期之内仍然无法消除。仅就中国而言，也仍然面临如何处理借鉴吸收与转化创新、坚守本土与博采众长的问题。跨文化文学交流的基本原则应该是彼此尊重、合理选择与融合创新。其中，融合创新是关键，而如何做好则颇费思量。自近代以来，中国文学已走过了一个半世纪借鉴吸收国外文学的历程，也探索出一条较为符合本土文学实际的融合创新之路，但这条路仍然任重道远。与之相应，新时代的中国文学也面临如何走出去，参与世界文学交流对话的新课题。无论如何，本土文化传统和文学特质不能丢，只有在此基础上才能谈论交流和对话。这就涉及一个老生常谈的问题"越是民族的就越是世界的"。对此，应该一分为二来看。一方面，民族文学的确可能产生世界影响，欧美文学和亚非拉文学中都不乏这样的例证。原因在于，人类有共同的人性，文学有共同的特性，苦难与幸福、理想与现实、传统与现代的冲突都是人类要共同面对的问题。鲁迅大量译介了东欧文学作品，扩大了这些作品在中国的影响，就是因为看到东欧各国曾经的历史与当时中国面临的时代课题是相近的，可资中国借鉴。另一方面，民族的未必能成为世界的，它只是在世界中存在，但不一定为世界所熟知，更谈不上世界级的影响。世界民族众多，语言各异，文化差异巨大，其中有些交流起来是困难重重的。酒香也怕巷子深，民族的要成为世界的需要走出去，首先要练好内功，拿出有深度的代表性的作品。安于一隅，不思进取，只会被遗忘、被忽视。当代文学作家作品众多，但真正有世界影响力的少之又少，为国外所熟知的主要还是古典文学作家作品。就此而言，以诺贝尔文学奖为代表的各种文学奖项就是我们无法忽视的，因为获奖作品的世界影响力是显而易见的。虽然不能一概而论，但是对这一基本事实还是应该承认的，由此也就可以理解诺贝尔文学奖情结为何会长期困扰中国文学界。

　　要之，世界文学是一个百花园，本应百花齐放，中国文学更应在其中绽放异彩。这不仅需要文学创作者的努力，而且需要文学批评的介入和文学理论的引导。文学创作、文学批评和文学理论的繁荣是并行不悖、相辅相成的。这也是文学理论的价值所在，新时代文学理论应担负起时代赋予的使命。

后　记

　　我们信阳师范学院文学院文艺理论教研室的同仁们早就想编写一部既能辅助教学又能体现我们自己学术心得的书，由于经费问题迟迟未能如愿。2016 年，我们的"文学概论"课程获得学校精品资源共享课程资助建设，这使得我们意识到机会来了，便立即商讨分工，具体着手该书的撰写。撰写过程中，由于参与者同时承担国家社科基金项目、教育部人文社科项目等项目的研究工作，抽出时间撰写本书就显得十分困难，这也影响了本书的写作速度。出于同样的原因，参与者之间对于全书的构思及表达方式也缺乏较为充分的沟通交流，多是本着自己从事教学研究工作的经验总结来进行写作的，不尽如人意之处甚多。主编虽然对全书进行了统稿，但所起的作用仍然十分有限。综合以上原因，这部书离我们期待的精品尚有很大距离，我们也希望以此为基础继续研讨交流，以便来日进行修订完善。

　　参与书稿撰写的有信阳师范学院文学院文艺理论教研室的吕东亮、杨文臣、王委艳、陈春敏、王丹、王海涛以及新乡学院的李进宁博士等。我们所尊敬的学科带头人吴圣刚教授为我们作序以示支持，朱庆福老师从始至终关切此事的进展，给我们以莫大鼓励。

　　最后感谢学校教务处等部门以及文学院对我们的指导和帮助。

吕东亮

2020. 7